THE GORGON'S HEAD

戈耳工的头

THE THREE GOLDEN APPLES

三只金苹果

THE CHIMAERA

喀迈拉

THE MINOTAUR

弥诺陶洛斯

THE DRAGON'S TEETH

龙牙

THE GOLDEN FLEECE

金羊毛

A WONDER BOOK

希腊神话故事集

[美] 纳撒尼尔·霍桑 著

任小红 译

云南出版集团
云南美术出版社

果麦文化 出品 | GUOMAI

Contents
目录

Part One

第一部

Part Two
第二部

224 喀耳刻的宫殿

俄底修斯王的随从都是饕餮之徒。储存的食物已经吃完，他们要么饿死，要么冒着被怪物吃掉的危险去岛内看看。

257 石榴籽

那个陌生人的语气又深沉又严厉，听上去像地震时从地下传来的隆隆声。孩子们一遇到危险就会喊妈妈，珀耳塞福涅也不例外。

293 金羊毛

全希腊的勇士擦亮盔甲盾牌，戴上利剑，从四面八方云集伊俄尔斯科，握着伊阿宋的手，保证自己已经将生死置之度外，一心陪他把这艘战舰划到世界的尽头。

第一部

THE GORGON'S HEAD

——➤·戈耳工的头·

珀耳修斯[1]（Perseus）是达那厄（Danaë）的儿子，达那厄是一位国王的女儿。在珀耳修斯很小的时候，一些坏人把他们母子二人装进一口箱子，丢进了大海。海风把箱子从岸边吹走，在汹涌的波涛中上下颠簸。达那厄把孩子紧紧搂在怀里，生怕一个大浪打来，泡沫飞溅的浪头会把他们淹没。然而，箱子竟然安然无恙地随波逐流，既没有沉，也没有翻。夜幕降临的时候，箱子漂到一座小岛附近，被渔网缠住，一个渔夫将它拖上了沙滩。这座小岛叫作塞里福斯岛（Seriphus），岛上的统治者波吕得克忒斯国王（King Polydectes）碰巧是那位渔夫的哥哥。

---

1. 珀耳修斯：众神之王宙斯和阿戈斯国公主达那厄的儿子，古希腊神话中的半神。

我很高兴地告诉你们，那位渔夫是一个善良正直的好人，他对达那厄母子一直很照顾，直到珀耳修斯长成英俊的小伙子。珀耳修斯长大后身强力壮，精力充沛，而且擅长使用各种武器。波吕得克忒斯国王早就看到坐在箱子里漂到岛上来的母子俩了。别看渔夫那么善良，国王可一点儿不像他的弟弟，他的心肠非常歹毒。他决定派珀耳修斯去完成一项特别危险的任务，最好能要了珀耳修斯的命，这样他就可以随心所欲地欺负达那厄了。于是，这个坏心眼的国王花了很长时间琢磨，他想啊想，终于想到一个可以置人于死地的任务，于是派人去叫年轻的珀耳修斯。

　　珀耳修斯来到宫殿，看见国王端坐在宝座上。

　　"珀耳修斯，"波吕得克忒斯国王假惺惺地笑着对他说，"你已经长成一个优秀的小伙子了。不光我那位高尚的渔夫弟弟对你和你的好妈妈照顾有加，我本人也对你们很关心哪，想来你不会连点儿回报都舍不得付出吧。"

　　"请陛下吩咐，"珀耳修斯说，"我赴汤蹈火，在所不辞。"

　　"那好，"国王嘴唇上依然挂着那抹狡诈的笑意，他接着说，"我有个小小的探险计划想派你去。作为一位雄心勃勃的年轻勇士，你肯定会好好珍惜这个出人头地的机会。我的好珀耳修斯，你肯定也知道，我想娶美丽的希波达弥亚公主（Princess Hippodamia）。按照规矩，我得向新娘赠送一件稀世珍宝。老实说，我想来想去，也不知道到哪儿去弄那么一件宝贝讨公主的欢心。不过，今天早上，我自以为终于想到一样合适的东西了。"

"我能帮陛下弄到那东西吗？"珀耳修斯急忙问。

"你能，只要你如我所料，是个勇敢的年轻人。"波吕得克忒斯国王回答说，他的态度特别和蔼可亲，"我决心把蛇发女妖戈耳工美杜莎（Gorgon Medusa）的头作为新婚礼物，献给美丽的希波达弥亚公主。我亲爱的珀耳修斯，这事儿就指望你了。我急着把亲事定下来，所以你越早去找戈耳工，我就越高兴。"

"我明天早上就出发。"珀耳修斯一口答应了。

"那就拜托了，我年轻的勇士！"国王说，"还有，珀耳修斯，你把戈耳工的头割下来的时候一定要干净利索，小心不要划伤她的脸。美丽的希波达弥亚公主很讲究，为了投她所好，你要完好无损地把它带回来。"

珀耳修斯离开了宫殿。他前脚刚迈出宫殿的门，波吕得克忒斯就放声大笑起来。这个心肠歹毒的国王看到年轻的珀耳修斯这么容易就落入自己的圈套，得意得乐不可支。消息很快就传开了，听说珀耳修斯答应去砍蛇发女妖美杜莎的头，人人都幸灾乐祸，因为大多数岛民都和他们的国王一样坏，他们看到达那厄母子大祸临头，比什么都开心。看起来，不幸的塞里福斯岛上只有渔夫一个好人。珀耳修斯一路走过去，人们在他背后指指点点，挤眉弄眼，肆无忌惮地嘲笑他。

"吼！吼！"他们嚷道，"美杜莎头上的蛇会狠狠咬他几口！"

那个时候，活着的戈耳工有三个。她们是开天辟地以来最怪诞、最可怕的怪兽，堪称空前绝后。我简直不知道应该把她们说成是哪种妖魔鬼怪。她们是三姐妹，样子长得有点儿像女人，但实际上是一种非常吓人的恶龙。真的，很难想象这三姐妹有多么凶恶。嘿，我告诉你们，她们头上长的可不是头发，而是一百条活生生的大蛇。大蛇在她们头上盘旋着，扭来扭去，吐着分泌毒液的信子，信子上还长着叉子似的毒刺！戈耳工的獠牙很长，双手是黄铜做的，身上长满了坚铁一样的鳞片。她们还长着翅膀，我跟你们说，她们的翅膀华丽极了，因为每片羽毛都是由光彩夺目的纯金打造的。她们在阳光下飞翔的时候，那双翅膀叫人眼花缭乱。

不过，就算碰巧看见她们金光闪闪地掠过高空，也很少有人停下脚步去细看，而是拔腿就跑，赶紧找地方躲起来。你们多半以为大家害怕被戈耳工头上的毒蛇咬死，怕被她们丑陋的獠牙咬断脖子，或者怕被她们的铜爪撕成碎片。不错，那确实很危险，但是算不上最大的危险，也算不上最难躲避的危险。这三个女妖最可怕的地方在于，一旦哪个可怜的人看到她们的脸，立马就会从活生生的人变成冷冰冰的石头！

这么一说，你们就明白了，这是一场异常险恶的探险，是邪恶的波吕得克忒斯国王为天真的珀耳修斯设下的圈套。珀耳修斯思来想去，也觉得此行凶多吉少，不但蛇发女妖美杜莎的头带不回来，自己多半还会变成一尊石像。别的困难且不说，单是其中一个问题，就叫人束手无策，就算比珀耳修斯老成的人，对此也一筹莫展：他不但要跟那个金翅膀、铁鳞片、长獠牙的蛇发妖怪搏斗，还得闭着眼睛把妖怪杀死，至少不能正眼去看自己的敌手。否则，他刚刚举起手臂要出击，就变成硬邦邦的石像了，那他只能高举着手臂一站几百年，直到风霜雨雪将自己化为齑粉。他还想在这个光明而美丽的世界上建功立业，享受幸福的生活呢，这真是祸从天降，叫人扼腕。

珀耳修斯想到这些就发愁，更不忍心把自己要去做的事告诉母亲。于是，他拿起盾，佩上剑，渡海离开小岛，来到大陆，在一个偏僻的角落里坐下，眼泪忍不住流了下来。

就在他伤心难过的时候，突然听见身边有人说话。

"珀耳修斯，"那个人说，"你为什么伤心啊？"

珀耳修斯本来双手捂着脸，听到声音抬起头来，呀！他以为这里只有他一个人，没想到这么偏僻的地方还有个陌生人。此人很年轻，而且聪明活泼，一脸古灵精怪。只见他身披斗篷，头戴一顶稀奇古怪的帽子，手里拿着一根弯来扭去的手杖，腰间还佩着一把曲里拐弯的短剑。他身形矫健灵敏，像经常练习体操的人，而且擅长奔跑跳跃。最重要的是，这个陌生人乐乐呵呵的，一副善解人意、乐于助人的模样（尽管看着有点儿淘气），珀耳修斯瞧着他，心情不由轻松了很多。再说了，自己怎么着也是个豪情万丈的男子汉，给人家看到像个畏畏缩缩的小学生似的偷偷抹眼泪，可真是太丢人了，何况现在还不到完全绝望的时候。想到这里，珀耳修斯擦掉眼泪，尽力做出一副英勇无畏的样子，故作轻松地跟陌生人聊起来。

"我并不怎么伤心啊，"他说，"只不过是在思考要去完成的一场探险。"

"啊哈！"陌生人说，"那你讲给我听听，兴许我能帮帮你。我曾经帮助许多年轻人渡过难关，他们接受的任务最开始看着都很棘手。说不定你听说过我呢。我有很多名字，哪个名字都很适合我，你就叫我水银[1]吧，这个名字也不错。来跟我说说你遇到什么麻烦了，咱们合计合计，看看该怎么办。"

陌生人的这番话和他的态度让珀耳修斯情绪大好。他决心把自己的难处向水银和盘托出，反正现在已经走投无路了。再说了，他的新朋友很有可能会给他提一些很有用的建议呢。于是，他三言两语就把事情的原委讲明白了：波吕得克忒斯国王是如何想要蛇发女妖美杜莎的头，好献给美丽的希波达弥亚公主做新婚礼物，而他又是如何接受了这项任务，却又害怕自己变成石头。

"那可真是令人遗憾，"水银嬉笑着说，"你会变成一尊很

---

1. 水银：指宙斯与女神迈亚（Maia）所生的儿子赫尔墨斯（Hermes），因在罗马神话中的名字为墨丘利（Mercurius），故被霍桑称为水银（Mercury）。他头戴一项插有双翅的帽子，脚穿飞行鞋，手握魔杖，行走如飞，担任诸神的使者和传译，是宙斯最忠实的信使。他精力充沛、多才多艺，是司畜牧、商业、交通旅游和体育运动的神。

英俊的大理石像呢，真的，过上好几百年才会化成齑粉。不过，一般来说，大家宁肯做几年小伙子，也不愿意当几百年石像。"

"噢，那还用说！"珀耳修斯大声说着，泪水又涌上了眼眶，"再说了，要是我变成石头，我亲爱的母亲可怎么办？"

"好啦，好啦，但愿这事儿没那么糟，"水银给他鼓气说，"要说有人能帮得了你，那非我莫属了。尽管这事儿看上去挺凶险，但是你放心，我和我姐姐[1]会全力以赴，帮你顺利渡过难关的。"

"你姐姐？"珀耳修斯追问。

"是的，我姐姐。"水银说，"告诉你，她可是聪明过人；至于我嘛，脑子也很够用。要是你胆大心细，又肯听我们的话，就一点儿都不用担心变成石头。不过，你首先得把你的盾牌擦亮，擦到和镜子一样，能清清楚楚照见你的脸。"

对珀耳修斯来说，以这种方式开启探险之旅倒是挺新鲜，因为他认为，一面盾牌最重要的是够不够坚固，能不能保护他不被戈耳工的利爪抓伤，而不是够不够明亮，能不能照见他的脸。不过，他认定水银比他见识广，于是立即去擦盾牌了，擦得很仔细，直到把它擦得像满月一样亮堂堂的。水银笑眯眯地看了看，满意地点点头，把自己那把曲里拐弯的短剑解下来，给珀耳修斯换上。

"我这把剑才管用，"他说，"这把剑的剑刃经过最出色的

---

1. 指智慧女神雅典娜，与水银同是宙斯的孩子。她的母亲是第一代智慧女神墨提斯。

淬炼，削铁斩铜易如反掌，就像砍小树枝似的。现在咱们就出发，去找白头三媪，她们知道到哪儿去找山林仙子。"

"白头三媪！"珀耳修斯嚷嚷起来，在他看来，这只不过是他前去探险的路上多出来的一重障碍罢了，"白头三媪是谁？我从来没听说过她们。"

"她们是三个非常古怪的老太太，"水银笑嘻嘻地说，"她们统共只有一只眼睛、一颗牙齿。而且，只有在繁星满天或暮色四合的时候才能找到她们，因为她们从来不在阳光或月光下露面。"

"可是，"珀耳修斯不解地问，"我为什么要浪费时间去找白头三媪？现在就动身去找可怕的戈耳工不是更好吗？"

"不行，不行，"他的朋友说，"你得先办成几件事才能找到戈耳工。现在必须去找那三个老太婆。等见到她们，你就知道离戈耳工没多远了。好了，赶紧动身吧！"

这时，珀耳修斯对同伴的睿智变得深信不疑。他不再提出任何异议，而是表示自己随时可以启程。于是他们出发了，而且走得很快。水银的步伐实在太快了，珀耳修斯发觉自己很难跟上这位身手灵敏的朋友。说实话，他心里有个奇怪的念头，总觉得水银穿着一双飞鞋，所以一路健步如飞。还有，每当珀耳修斯斜眼瞟过去的时候，仿佛都看到水银脑袋两旁长着翅膀，可是当他定睛细看时，翅膀又不见了，只有一顶古怪的帽子。不过，不管怎么说，那根弯来扭去的手杖显然帮了水银的大忙，让他一路疾步如飞。别看珀耳修斯是个生龙活虎的小伙子，也走得上气不接下气了。

"手杖给你！"水银大声说——他虽然调皮，却也知道珀耳修斯很难跟上他——"你比我更需要它。塞里福斯岛上没有谁比你走得更快吧？"

"要是我有一双飞鞋，"珀耳修斯偷偷扫了一眼同伴的双脚说，"就能走得非常快了。"

"咱们得想办法给你弄一双来。"水银答道。

不过那根手杖已经帮了珀耳修斯的大忙，他一点儿也不觉得累了。事实上，手杖在他手里像活的一样，把自己一部分生命力借给珀耳修斯。珀耳修斯和水银一边轻松地赶路，一边愉快地聊着天。水银讲了很多他以前探险的趣事，讲他怎样随机应变。珀耳修斯越来越觉得水银了不起。天下的事没有他不知道的，对一个年轻人来说，没有比这种百事通朋友更有魅力的了。他越听越激动，希望能借此增长自己的见识。

珀耳修斯忽然记起来水银刚才提到了他的姐姐，说她会在探险中助他们一臂之力。

"她在哪儿？"珀耳修斯问，"我们不用马上去见她吗？"

"适当的时候就见到啦，"同伴说，"不过，你得知道，我这个姐姐性格跟我完全不一样。她为人严肃谨慎，不苟言笑，更不会放声大笑。而且，除非特别重要的话，否则她一个字都不肯多说；除非特别睿智的谈吐，否则她一个字都不肯听别人说。"

"我的天！"珀耳修斯叫起来，"我连声都不敢出了。"

"告诉你，她是个才华横溢的人，"水银接着说，"精通所有的艺术和科学。这么说吧，她聪明盖世，很多人都说她是智慧的化身。不过，说老实话，在我看来，她有点儿暮气沉沉的，你肯定会觉得还是和我同行比较有意思。不管怎么说，她自有她的长处，你和戈耳工对阵的时候就知道了。"

这时，夜幕已经悄然降临，他们来到一个异常荒凉的地方，灌木杂乱丛生，四周悄然无声，好像从来没有人到过这里。暮色苍茫，万物萧瑟，珀耳修斯举目四顾，不由心绪怅然，就问水银是不是还有很远。

"嘘！嘘！"水银低声说，"别出声！已经到地方了，白头三媪就要来了。不能让她们先看见你。别看她们三个只有一只眼睛，可视力却好得很呢，比普通人的六只眼睛还敏锐。"

"可是，待会儿见到她们，我该怎么做？"珀耳修斯问。

水银对珀耳修斯解释说，白头三媪靠着一只眼睛过活，她们好像习惯轮流使用那只眼睛，仿佛轮流戴一副眼镜似的，或许说是单片眼镜更贴切。第一个老婆婆先用一会儿，然后从眼窝里抠出来，交给第二个，第二个老婆婆立马"啪"的一声装进自己的眼窝，赶紧看一眼这个世界。这么一说你们就明白了：可怜的白头三媪每次只有一个人能看得见，而且，在眼睛转手那一瞬间，她们三个谁也看不见。我长这么大，要论稀奇古怪的事情，我听得多了，亲眼见过的也不少，但是都不能和共用一只眼睛的白头三媪相提并论。

珀耳修斯也是这么想的，他觉得太不可思议了，差点儿以为是同伴在跟他开玩笑，世界上怎么可能有这样的老婆婆？

"你很快就会知道我说的是真是假了，"水银看到他的神色说，"听！嘘！嘘！嘘！她们来了！"

珀耳修斯透过暮色急切地张望着。果然，就在离他不远的地方，白头三媪出现了。光线太昏暗，珀耳修斯看不清三个人的身影，只能看见她们花白的长发。她们越走越近，他逐渐看到她们额头中央各长着一个眼窝，其中两人的眼窝空洞洞的，而走在中间的那个老婆婆眼窝里有一只明亮、深邃的大眼睛，像戒指上硕大的钻石似的闪闪发光，仿佛能洞察秋毫。珀耳修斯不禁想：恐怕在最漆黑的深夜，它都能像在正午时分一样看得一清二楚。三个人的视力全都汇聚在一只眼睛上了。

总而言之，三个老太太走起来轻松自如，仿佛都能看见似的。额头中间有眼睛的那位老婆婆一手牵一个姐妹，一个劲儿地向四周张望，目光十分锐利，搞得珀耳修斯暗暗担心，怕她一眼就能看见他和水银躲在灌木丛后。我的天！这么雪亮的眼睛，在它的视力范围内实在让人心惊胆战！

可是，还没走近灌木丛，白头三媪中就有人开腔了。

"姐姐！稻草人姐姐！"她嚷嚷着说，"眼睛你都用了好久了，轮到我用了！"

"再给我用一会儿，噩梦妹妹，"稻草人说，"我刚才好像看到灌木丛后面有东西。"

"那又怎么样？"噩梦不耐烦地反驳，"你能一眼看穿灌木丛，我还不是一样能？眼睛又不是你一个人的，我也知道怎么用，说不定比你用得还好呢。快给我，我现在就要看！"

这时，名字叫"抖关节"的三妹妹也抱怨起来，说轮到她用眼睛了，稻草人和噩梦两个人想霸占。为了息事宁人，稻草人老婆婆伸手把眼睛从额头上取下来，拿在手里往前一伸。

"给，随便你们谁拿走，"她嚷着说，"别瞎嚷嚷了。我倒是宁愿摸黑待会儿呢。快拿去，不然我就再把它安进我的额头里。"

噩梦和抖关节听了都赶紧伸出手去摸索，想从稻草人手上把眼睛抢走。可是，她们两个都看不见，谁也摸不到稻草人的手；而此时稻草人也和她们一样摸着黑，没办法立刻把眼睛准确地塞到她们手里。就这样（我聪明的听众们，你们可想而知）那三个老婆婆陷入了奇怪的困窘里。别看那只眼睛在稻草人手中像星星一样闪闪发亮，白头三媪却连一丝亮光都看不到。她们迫不及待想用它去看，却全都陷入无边的黑暗中。

水银看着抖关节和噩梦胡乱摸索，她们又是埋怨稻草人，又是相互抱怨，差点儿忍不住笑出声来。

"现在就看你的了！"他低声对珀耳修斯说，"快！快！赶紧从稻草人手上把眼睛抢过来，别等她们再安到头上！"

说时迟，那时快，趁着白头三媪相互指责，珀耳修斯从灌木丛后面跳出来，飞奔过去，一把把眼睛抢了过去。那只神奇的眼睛在他手里光彩夺目，仿佛正在用一种心照不宣的神情盯着他看，瞧它的样子，好像给它一双眼皮，它还要眨巴几下呢。不过，白头三媪还不知道眼睛给抢走了，都以为她们三个当中有人拿走了眼睛，于是又争吵起来。珀耳修斯不忍心过分为难这几位老婆婆，觉得应该把事情解释清楚。

"各位好心的女士，"他说，"请不要再争了。要怪就怪我吧，是我拿走了你们这只光彩夺目的眼睛，此刻正十分荣幸地将它捧在我的手中！"

"你！是你拿走了我们的眼睛！你是什么人？"白头三媪异口同声地尖叫起来。听到一个陌生人说拿走了她们的眼睛，她们确实吓坏了，"噢，我们怎么办，姐妹们？我们怎么办？我们全都看不见了！快把眼睛还给我们！把我们的宝贝眼睛还给我们！我们只有这一只眼睛，而你自己有两只！快把眼睛还给我们！"

"你跟她们说，"水银悄悄对珀耳修斯说，"只要她们告诉你到哪里去找有飞鞋、魔袋和隐身盔的山林仙子，你就会马上把眼睛还给她们。"

"我尊敬的女士们，"珀耳修斯对白头三媪说，"你们不必惊慌，我不是坏人。只要你们肯告诉我到哪里去找山林仙子，我就马上把你们的眼睛完好无损地还给你们，保证它像往常一样明亮。"

"山林仙子！天哪！姐妹们，他说的山林仙子是什么人？"稻草人尖叫起来，"人们常说山林仙子可多了，有的在山林里狩猎，有的住在树洞里，还有的在泉水里安家。山林仙子的事儿我们哪儿知道？我们不过是三个可怜的老太婆，黄昏时分出来溜达溜达。我们只有一只眼睛，现在还被你偷走了。噢，快还给我们，好心的陌生人！不管你是谁，赶紧还给我们！"

说到这里，白头三媪伸过手来摸索，极力想要抓住珀耳修斯，可是珀耳修斯早就有所防备，不让她们够着。

"我尊敬的女士们，"他说——母亲教导他对人要有礼貌，"我把你们的眼睛牢牢攥在手里，我会替你们好好保管的。只要你们肯告诉我到哪儿去找那几位山林仙子，我就还给你们。我说的山林仙子是负责保管飞鞋、魔袋，还有什么来着，还有——隐身盔的那几位。"

"天哪，姐妹们！这个年轻人在说什么啊？"稻草人、噩梦和抖关节纷纷惊叫起来，仿佛非常惊讶似的，"他说，飞鞋！他要是傻了吧唧地穿上那双鞋，他的脚后跟很快就飞得比头还高。还有隐身盔！一个头盔怎么能让他隐身呢？除非大得能让他钻进去。还有魔袋！那是个什么玩意？我都没听说过。不行，不行，好心的陌生人！那些神奇的玩意儿我们哪儿知道啊？你有两只眼睛，我们三个人只有一只。你去找那些稀罕物件儿比我们三个老瞎子方便得多。"

听了这番话，珀耳修斯信以为真。他觉得很过意不去，不该这么为难她们，于是就想把眼睛还给她们，请求她们原谅自己的鲁莽。可是水银抓住了他的手。

"别上她们的当！"他说，"这个世界上只有白头三媪能告诉你到哪儿去找山林仙子。你要是问不出来，就休想砍下蛇发女妖美杜莎的头。把那只眼睛拿好，保证你能如愿以偿。"

事实证明水银说得对。天下没几样东西能像眼睛一样得到人们的无比珍视。白头三媪把那只眼睛看得跟六只眼睛一样重要——她们本来就应该有六只眼睛。她们发现不老实交代就要不回眼睛，只好一五一十地回答了珀耳修斯的问题。白头三媪一讲完，珀耳修斯就立刻毕恭毕敬地把眼睛塞进其中一人的前额，并对她们表示感谢，然后就告别了。他还没走远，白头三媪又争执起来，因为他碰巧把眼睛塞进了稻草人的前额，而刚才她已经用过了。

白头三媪经常为了这事儿争争吵吵，严重影响了她们之间的和睦，这真是叫人担心。更令人扼腕的是，她们又离不开彼此，注定要永远在一起做伴。说到这里，我要奉劝大家一句，无论是兄弟还是姐妹，无论是年老还是年少，倘若几个人只有一只眼睛，那就要学会忍让，不要大家都抢着用。

接着说水银和珀耳修斯，他们赶去寻找山林仙子。白头三媪刚才说得很详细，他们没花多长时间就找到了。山林仙子跟噩梦、抖关节、稻草人三姐妹截然相反：她们不仅年轻漂亮，而且人人都长着一双十分明亮的眼睛，和蔼地看着珀耳修斯。她们好像认识水银，水银把珀耳修斯要去探险的事儿说给她们听之后，就痛痛快快地答应把自己保管的宝物借给他。最先递给他的是一个鹿皮做的小口袋，上面绣着古怪的花纹。她们叮嘱他要妥善保管。原来这就是魔袋。接着是一双鞋子，或者说是一双便鞋或拖鞋，鞋后跟上都有一双精巧的小翅膀。

"快穿上，珀耳修斯，"水银说，"剩下的路走起来要多轻巧就有多轻巧。"

于是，珀耳修斯把一只鞋往脚上穿，另一只放在旁边。不料那只鞋拍了几下翅膀，从地面上飞了起来。幸好水银眼疾手快，一下子跳起来抓住它，否则它可能都飞走了。

"多加小心，"水银说着，把鞋子递给珀耳修斯，"要是让小鸟儿看见有只鞋子飞在它们中间，那可要吓坏了。"

珀耳修斯把两只神奇的飞鞋都穿上之后，身子立马轻飘飘的，脚不着地了。他迈出了一两步，快瞧！他一下子飞到了空中，凌空站在水银和山林仙子的上方，怎么也下不来了。飞鞋之类的高空飞行宝物都不是那么好驾驭的，你得慢慢适应。水银看到伙伴身不由己的样子，不由哈哈大笑起来。他告诉珀耳修斯，不要这么心急，还得等着拿隐身盔呢。

性情温婉的山林仙子取出一顶头盔，上面一簇黑色的羽毛微微摇曳，就等着戴在珀耳修斯头上了。珀耳修斯一戴上头盔，就发生了一件非常奇妙的事，跟我给你们讲过的那些奇事一样奇妙：戴头盔之前，年轻英俊的珀耳修斯站在那里，金色的长鬈发，红扑扑的脸颊，腰间佩着弯弯曲曲的宝剑，手臂上挽着亮光闪闪的盾牌，威风凛凛，生气勃勃，像一道灿烂的光芒。可是，头盔一戴到他那白皙的额头上，他就立马不见了踪影！除了空气什么都没了！就连那顶隐身头盔都不见了！

"你在哪儿，珀耳修斯？"水银问。

"怎么了？我就在这儿啊！"珀耳修斯非常平静地应道，他的声音好像从透明的空气中传来的，"我就站着没动啊。你看不见我吗？"

"真的看不见了！"他的朋友说，"你躲在头盔下面呢。不过，既然我看不见你，戈耳工们肯定也看不见。跟我来吧，咱们试试你穿上飞鞋利索不利索。"

话音刚落，水银的帽子就张开了翅膀，他的脑袋仿佛要从肩膀上飞走似的，不过很快他整个人就轻盈地飞上了半空，珀耳修斯紧随其后。他们飞到几百英尺高的时候，珀耳修斯渐渐觉得，能把污浊的大地远远抛在下面，像只鸟儿似的在天际自由翱翔，真是一件令人无比心旷神怡的事!

　　此时已是深夜。珀耳修斯举目望去,只见一轮皎洁的明月挂在天空,他想,要是能飞到那里度过余生,他也就别无所求了。随后,他又低头望去,看见了脚下的大地,地上的海洋湖泊、白雪皑皑的山峰、广阔无垠的田野、黑压压的丛林和大理石修筑的城郭,仿佛全部在溶溶的月光下睡着了。此时的大地就像月亮和万千星星一样美丽。他还看到了塞里福斯岛,亲爱的母亲此时就在那里。他和水银不时穿过朵朵白云,向远处望去,那些云朵就像是羽毛状的银子做成的,可是当他们闯进云层,就会被灰蒙蒙的迷雾弄得又冷又湿。他们飞得很快,一溜烟儿就钻出了云层,重新回到月光下。有一次,一只展翅翱翔的雄鹰正对着隐了身的珀耳修斯迎面飞来,从他身旁掠过。最壮观的景象莫过于流星。流星突然划过天空,像燃起了一堆篝火,让方圆百英里的月光黯然失色。

　　两个伙伴继续往前飞,珀耳修斯似乎听到身旁一侧有衣服窸窣作响的声音,而水银飞在他的另一侧。他左看右看,只看到水银一个人。

　　"我旁边是谁的衣服,"珀耳修斯问,"被风吹得窸窣响?"

　　"噢,是我姐姐跟咱们一块儿来了!"水银回答说,"我跟你说过她会来的。她要不来帮忙,咱们什么都干不成。你不知道她有多聪明。还有,她的眼睛也非常明亮。对了,她能看见你,你在她面前隐身没用。我敢打赌，到时候肯定是她第一个发现戈耳工。"

这时，已经可以看到大海了，他们飞得很快，不一会儿就飞到了大海的上空。海面波涛汹涌，掀起滚滚白浪，形成一道浪线扑上沙滩。海浪拍打着嶙峋的悬崖，激起层层浪花。雷鸣般的涛声传到珀耳修斯耳朵里已经变成喁喁细语，仿佛半梦半醒的婴儿的梦呓声。这时，他旁边传来一个声音，像是一个女人在说话。那声音十分悦耳，虽然算不上甜美，却庄重而温和。

"珀耳修斯，"那个声音说，"戈耳工们就在那里。"

"在哪里？"珀耳修斯惊叫起来，"我怎么看不到？"

"就在你下面那座小岛的岸边，"那个声音回答说，"你丢一枚鹅卵石下去就会掉在她们中间。"

"我就说她肯定是第一个发现戈耳工的，"水银对珀耳修斯说，"她们就在那儿呢！"

珀耳修斯低头一看，就在他正下方两三千英尺的地方有一座小岛。岛屿三面礁石环绕，海浪拍打着岩岸，飞溅起白色的浪花。只有一面是雪白的沙滩。珀耳修斯一边朝小岛飞下去，一边仔细打量黑色峭壁下面一团明亮耀眼的东西，瞧，可怕的戈耳工们就在那里！她们在大海的轰鸣声中睡得很香。非得这种震耳欲聋的喧嚣声，才能哄那么狂暴的怪物入睡。月光照在她们的铁鳞和金翅上，闪闪发光。她们的金翅膀懒洋洋地耷拉在沙滩上，令人望而生畏的黄铜利爪伸出来，紧紧抠住海浪拍击的岩石，沉睡中的戈耳工仿佛梦见把某个可怜虫撕成了碎片。被她们当作头发的群蛇似乎也睡着了，只不时有一两条扭一扭身子，抬一抬脑袋，吐一吐分叉的信子，迷迷糊糊地发出嘶嘶的声音，而后又缩回蛇群里，安静下来。

在戈耳工的身上，美丽和丑陋并存，她们特别像一种可怕的巨型昆虫——硕大无朋的金翅甲壳虫或蜻蜓之类的东西，只不过体形比它们大了数百万倍。此外，她们身上还有一部分人类的特征。幸好此刻她们全都背对着珀耳修斯，珀耳修斯看不到她们的脸。否则哪怕他瞄上一眼，都会沉甸甸地从空中掉下去，变成一尊失去知觉的石像。

"快！"水银飞到珀耳修斯身旁说，"准备动手！动作要快，等戈耳工们醒过来就晚了！"

"我要砍哪一个？"珀耳修斯拔出剑来，往下飞了一点儿，"她们三个看着一模一样，都长着蛇发，到底哪个是美杜莎？"

要知道，三个戈耳工当中，珀耳修斯唯一能砍下来的，只有美杜莎的头。至于另外那两个，纵使让他拿天底下最锋利的宝剑砍上一个钟头，都伤不了她们一根毫毛。

"当心！"那个镇定的声音提醒他，"有个戈耳工睡得很不安稳，马上要翻身了，那个就是美杜莎。别看她！看一眼你就会变成石头！你那面亮闪闪的盾牌能照出她的脸和身影，你只要盯着盾牌里的影子看就行。"

现在珀耳修斯总算明白水银为什么劝他把盾牌擦亮了，原来是为了把盾牌当镜子，这样既能看到戈耳工的脸，又没有丝毫危险。美杜莎那可怕的面孔出现在明亮的盾牌里，月光洒在她的脸上，那张脸的狰狞暴露无遗。群蛇生性歹毒，无法安眠，在她的前额上不停地扭曲蠕动。从来没人见过这么狰狞的面孔，就连想都想不出来，然而，它却同时具有一种奇特、恐怖而又野蛮的美。美杜莎闭着眼睛，仍然在熟睡，但是她的神情很不安，好像被噩梦困扰着。她紧咬着白森森的獠牙，黄铜爪子抠进了沙土里。

群蛇仿佛也被美杜莎的噩梦搅扰得越来越躁动不安。它们缠绕成一团，猛烈地蠕动着，上百条蛇昂起头来，并不睁开眼睛，只发出嘶嘶的声音。

"快，快！"水银已经等得不耐烦了，忍不住低声催促起来，"朝那妖怪冲过去！"

"冷静点儿！"那个严肃而悦耳的声音在珀耳修斯的身旁说，"一边向下飞，一边盯着你的盾牌，注意，必须一击得手。"

珀耳修斯目不转睛地盯着盾牌里美杜莎的脸，小心翼翼地飞下去。他离得越近，美杜莎那群蛇缠绕的面孔和金属般的身体就变得越可怕。珀耳修斯飞到美杜莎的上方，就在距离美杜莎不到一臂远的时候，他突然举起宝剑。这一瞬间，那女妖头上的蛇纷纷向上竖起身子，仿佛在向他示威。美杜莎也睁开了眼睛，可是她醒得太晚了。只见锋利的宝剑像一道闪电劈下来，邪恶的美杜莎就尸首分家了！

"干得好！"水银大声喝道，"快，把她的头塞进魔袋！"

挂在他脖子上的绣花口袋原本只有钱包那么大，这时突然变得很大，足以装下美杜莎的头，珀耳修斯见状不由大吃一惊。闪念之间，他一把捡起美杜莎的头塞进口袋里，群蛇还在她的头上蠕动。

"你的任务完成了，"那个镇定的声音说，"赶快飞走吧，另外两个戈耳工会不遗余力地替美杜莎复仇的。"

的确，必须逃之夭夭了，因为珀耳修斯刚才的动静可不小，宝剑的呛啷声，群蛇的嘶嘶声，还有美杜莎的头砸在沙滩上"砰"的一声，已经把另外两个妖怪惊醒了。她们坐起身来，迷迷糊糊地用黄铜爪子揉着眼睛。头上的群蛇受到惊扰，纷纷竖起身子，虽然没看到对手，却摆出一副恶狠狠的样子。两个戈耳工看到美杜莎那鳞片斑斑的无头尸体和半铺在地上的金翅膀，顿时发出令人毛骨悚然的怒号声和尖叫声。群蛇也发出百倍的嘶嘶声，美杜莎头上的蛇在魔袋里和它们遥相呼应。

两个戈耳工一清醒过来，就腾空而起，她们挥舞着黄铜利爪，咬紧可怕的獠牙，疯狂地扇动着巨大的翅膀。翅膀上的金羽毛都给抖落掉了，飘飘荡荡落在岸边，兴许现在还散落在那里呢。且说戈耳工们凶神恶煞般地打量着四周，恨不得立马把什么人变成石头。要是珀耳修斯朝她们的脸扫上一眼，或者落入她们的魔爪，他那可怜的母亲就再也见不到自己的儿子了。不过，他非常小心，连一眼都不瞟。由于他戴着隐身盔，戈耳工们不知道他在哪个方向；而且，他还充分利用飞鞋，垂直往上飞了一英里。站在那个高度，下面两个妖怪的尖叫声听上去已经非常微弱了。珀耳修斯径直朝塞里福斯岛飞去，准备把美杜莎的头交给波吕得克忒斯国王。

珀耳修斯回家途中的几次奇遇我没时间讲给你们听了，比方说：他杀死了一只吃人的海妖，救出了一位美丽的少女；拿出美杜莎的头给一个残暴的巨人看，把他变成一座石山。你们要是不相信，哪天可以到非洲去看看那座大山，它至今还沿用那个古代巨人的名字呢。

最后，我们英勇的珀耳修斯终于回到塞里福斯岛。他期盼在岛上见到自己亲爱的母亲。可是，在他离开后，邪恶的国王肆意欺凌达那厄，达那厄被迫逃往一座神庙避难，好在神庙中几位善良的老祭司对她很好。看来，塞里福斯岛上心怀正义的人，只有这几位品行高尚的祭司和那位从一开始就对达那厄母子倍加关照的善良渔夫了。而包括波吕得克忒斯在内的其他人都坏透了，活该遭到即将到来的报应。

珀耳修斯看到母亲不在家，就径直朝王宫走去，他立刻受到了国王的召见。波吕得克忒斯见到他，一点儿都高兴不起来，他原以为戈耳工一定会把这个可怜的年轻人撕成碎片，吃个精光。不过，看到珀耳修斯安然无恙地回来，他只好极力做出一副亲切的样子，问珀耳修斯是怎么完成任务的。

"你答应的事儿做到了吗？"他问，"你把蛇发女妖美杜莎的头给我带来了吗？要是没有，那就对不住了，年轻人，我只能狠狠罚你，因为我必须为美丽的希波达弥亚公主准备结婚礼物，其他的东西她都看不上眼。"

"我做到了，陛下。"珀耳修斯不动声色地说，仿佛对他这样的年轻人来说，做成这件事没什么了不起的，"我把戈耳工的头给您带来了，连蛇发都不少一根。"

"真的吗？快拿给我看看。"波吕得克忒斯国王说，"要是那些旅行家的话可靠，那肯定是个难得一见的稀罕物。"

"陛下说得对，"珀耳修斯说，"确实足以让人大开眼界。我建议陛下宣布放假一天，把臣民们都召来，一起观赏这件稀世珍宝，陛下看是否合适。我估计没几个人见过戈耳工的头，兴许以后也没机会看到！"

国王深知他的臣民都是游手好闲的无赖，最喜欢看热闹——好吃懒做的人通常都爱看热闹。于是，他采纳了珀耳修斯的建议，向四面八方派出传令官和信使，分别站在街角、市场和道路的交会处吹响号角，召集所有人都到王宫去。于是，来了一大群不务正业的流氓，这些人纯粹是因为幸灾乐祸，要是他们看到珀耳修斯在和戈耳工交战时惨遭毒手，就会拍手叫好。就算岛上还有好人（尽管故事里没有提到岛上还有没有好人，我衷心希望还有），他们也都安安分分地待在家，埋头干自己的活儿，忙着照顾孩子。总之，大部分岛民都争先恐后地奔向王宫，你推我搡，急不可耐地挤到一座阳台跟前。珀耳修斯站在阳台上，手里拿着绣花口袋。

伟大的国王坐在正对着阳台的看台上，将阳台上的情景尽收眼底，一肚子坏水的宰相和专门拍马屁的侍臣在他身旁围成一个半圆。君王、宰相、侍臣和臣民全都眼巴巴地瞅着珀耳修斯。

"把头拿出来！把头拿出来！"人们高声喊着，喊声杀气腾腾，仿佛珀耳修斯要是不能让他们大饱眼福，他们就要把珀耳修斯撕成碎片似的，"快把蛇发女妖美杜莎的头拿给我们看！"

年轻气盛的珀耳修斯突然动了恻隐之心。

"啊，波吕得克忒斯国王！"他高声说，"还有你们大家，我真的不想给你们看戈耳工的头！"

"哈，你这个无赖，胆小鬼！"众人大喊大叫起来，叫得比刚才还凶狠，"他在耍我们呢！他根本没搞到戈耳工的头！你要真有就赶紧给我们看，否则我们就把你的头砍下来当球踢！"

一肚子坏水的宰相凑在国王的耳边叽叽咕咕出坏点子，侍臣们交头接耳，一致认为珀耳修斯犯了欺君之罪，伟大的波吕得克忒斯国王大手一挥，用威严、低沉的声音命令珀耳修斯赶紧把头拿出来，却不知道这会给自己招来杀身之祸。

"快把戈耳工的头拿出来给我看，否则我就砍了你的头！"珀耳修斯叹了口气。

"马上！"波吕得克忒斯重复道，"否则就要你的命！"

"那就看吧！"珀耳修斯的声音仿佛吹响的号角。

珀耳修斯说着，一把把美杜莎的头高高举起来，心狠手辣的波吕得克忒斯国王、一肚子坏水的宰相和残暴的岛民们连眼睛都没来得及眨，就变成了一群石像。他们此刻的神情和姿态永远地固定了下来！一瞅见美杜莎那可怕的头，他们就成了白色的大理石！珀耳修斯把那颗头塞回口袋，去找他亲爱的妈妈了。他要告诉她，从今往后，她再也不用害怕波吕得克忒斯国王了。

THE GOLDEN TOUCH

点金指

　　从前有个人，非常非常有钱，而且还是个国王，他的名字叫弥达斯。弥达斯有个小女儿，除了我之外，谁都没有听说过她。她叫什么名字我不知道，要么就是原本知道给忘了。反正我喜欢给小姑娘取一些稀奇古怪的名字，所以干脆就叫她金盏花（Marygold）吧。

　　这位弥达斯国王对金子的热爱胜过世间一切。他之所以把自己的皇冠当宝贝，主要还是因为皇冠是用金子打造的。要说还有什么能超过或比得上金子在他心目中的位置，那就只有那个承欢膝下的小姑娘了。她整天在父亲脚凳周围高高兴兴地玩耍。不过，弥达斯越是疼爱女儿，就越贪图财富。这个蠢材想，他能为宝贝女儿所做的最好的事，莫过于留给她一堆开天辟地以来堆得最高最大、黄灿灿、亮闪闪的金币。这样一来，他就无时无刻不在挖空心思为这个目标努力。假如他碰巧看到被染成金色的晚霞，就会希望那些云彩都是真金铸成的，而且可以塞进自己的保险柜锁起来。要是小金盏花捧着一束毛茛和蒲公英跑上前迎接他，他就会说："得啦，得啦，孩子！这些金黄色的花又不是真正的黄金，根本不值得去采！"

　　不过，以前弥达斯国王对财宝还没有这么痴迷的时候，曾经非常喜爱鲜花。他修建了一座花园，种了很多玫瑰花，人们从来没见过那么大、那么娇艳的玫瑰花，也没闻过那么香的玫瑰花。弥达斯曾几个钟头沉醉在它们的美丽和芬芳里，现在那些玫瑰花依然像以前一样美丽芬芳，可是他再也不去观赏了。就算偶尔看上几眼，心里也不过在合计，要是这不胜枚举的玫瑰花瓣每一片都是金箔做的，那整座花园该值多少钱。他从前曾经醉心音乐，可是现在对他来说，唯一的音乐就是金币碰撞的叮当声。

　　如果人们不刻意让自己变得越来越聪明，总是会变得越来越愚蠢。最后，弥达斯变得极其不可理喻，不管什么东西，只要不是黄金做的，他连碰都不愿碰，甚至连看都不想看。因此，他养成了习惯，每天都要在宫殿地下那间黑漆漆的地窖里消磨半天时光。那里是他存放财宝的地方，黑洞洞的比一座地牢好不到哪儿去。他每次寻开心的时候就跑到那个阴沉沉的地窖去，小心翼翼地把自己锁在里面，从阴暗的角落里拿出一袋金币，或捧出一只洗脸盆那么大的金杯，或拎出一根沉甸甸的金条，再要么就端出一配克[1]的金沙，放在从小窗口透进来的那一缕阳光下。他很珍惜那缕阳光，倒不为别的，只为阳光会让他的财宝闪闪发光。他会把口袋里的金币一个一个数上一遍；把金条抛起来接住，再抛起来再接住；让金沙从指缝里慢慢漏下去；或者看着锃亮的金杯上照出的自己那张滑稽的脸，喃喃地说："啊，弥达斯，富有的国王弥达斯，你是多么幸福啊！"但是，看着映在亮闪闪的金杯上那张对着他傻笑的脸，真叫人觉得荒唐可笑。它仿佛意识到国王的行为特别愚蠢，有意嘲弄他似的。

弥达斯虽然口头上说自己很幸福，心里却总是觉得还不够幸福。他永远都不可能感到十全十美，除非全世界都变成他的宝库，而且堆满属于他的金银珠宝。

我说，你们这些小家伙这么聪明，不用我说也知道，在很久很久以前，弥达斯国王生活的那个时代，会发生很多神奇的事情，要是那些事情发生在我们这个时代或地方，我们肯定会觉得不可思议。不过，从另一方面来说，发生在现代的很多事情，不仅在我们看来很神奇，古人看到了更觉得匪夷所思，恐怕连眼珠子都要掉下来。总而言之，我倒是觉得，相比而言，我们这个时代更离奇古怪。不过，咱们还是闲话少说，言归正传吧。

一天，弥达斯和往常一样，在他的宝库里消磨美好的时光，突

---

1. 配克：液体容量单位，1配克约为8.81升。

然发觉有个影子落在一堆金子上。他猛地抬头一看，只见一个陌生人站在那道明亮而狭长的阳光下！来者是个乐呵呵的年轻人[1]，红扑扑的脸盘，笑眯眯地望着他。不知道是因为所有的东西在弥达斯国王眼里都蒙上了一层淡黄色的光芒，还是别的什么缘故，他总觉得那个年轻人的笑容里有一种金色的光芒。确实，别看年轻人的身影遮住了阳光，那些堆积如山的金银珠宝此刻却更加光彩夺目了。年轻人笑起来的时候，就连最偏僻的角落里都亮堂了起来，仿佛被跳跃的火苗和火花照亮了似的。

弥达斯进来的时候小心翼翼地锁好了门，他知道，普通人是不可能闯进他的宝库的，不用说，这位不速之客肯定不是凡人。来者究竟何人？告诉你们也无妨。那时候，大地还是个新鲜去处，人们认为有法力的神仙们时常会来光顾。他们半戏谑半认真地插手芸芸众生的喜怒哀乐。弥达斯以前碰到过神仙，现在又碰上一个倒也不意外。确实，陌生人的样子就算说不上慈眉善目，也够亲切和蔼的，没道理怀疑他想捉弄自己，反倒多半有可能是来成全自己的。除了让一堆堆财宝成倍增加，自己还有什么好成全的呢？

陌生人把整个房间打量了一番，他那光彩夺目的微笑照亮了房间里所有的金银财宝。接着，他转向弥达斯。

---

1. 指酒神狄俄尼索斯。

"你是个大财主，弥达斯朋友！"他说，"估计这世上没有哪间屋子里堆的金子有你这间堆得多。"

"我是干得不错——相当不错，"弥达斯满腹牢骚地回答说，"可是，你想想看，我花了一辈子的时间才弄到这么一点儿，实在太少了。要是能活上一千年，兴许还有时间发财！"

"什么！"陌生人惊叫起来，"这么说你还不满足？"

弥达斯摇摇头。

"那怎么才能让你满足呢？"陌生人问，"我只是很好奇，想听听看呢。"

弥达斯在心里盘算了一下。他有一种预感，觉得这个笑眯眯的陌生人可以帮他实现毕生的愿望——他既有这个能力，也有这个意图。因此，现在只要自己开口，不管想要什么，不管看上去有没有可能，对方统统都会替他办到。于是，他想啊想，想啊想，恨不得立刻垒起一堆一堆的金山，都想不出这些金山有多大才能让他满意。最后，弥达斯国王终于想到一个绝妙的主意。这主意就像让他沉迷的黄金一样，光芒耀眼。

他抬起头，看着陌生人那光彩夺目的脸庞。

"唔，弥达斯，"来者说，"看来你终于想到怎么才能让自己心满意足了。把你的愿望说来听听。"

"是这样，"弥达斯答道，"我千辛万苦才收集了这么一小堆金子，实在不想再这么费劲了。我希望凡是我碰过的东西都能变成金子！"

陌生人展颜一笑，顿时满屋生辉，就像太阳喷薄而出，照进一座幽暗的山谷，漫山遍野黄澄澄的秋叶（金块和金粒看上去跟秋叶差不多）顿时沐浴在金灿灿的阳光下。

"点金指！"陌生人惊叫道，"亏你想到这么绝妙的主意，弥达斯朋友，了不起。不过，你当真认为有了点金指就能如愿以偿？"

"那还用说？"

"绝不后悔？"

"怎么会呢？"弥达斯问，"为了得到十全十美的幸福，别的我什么都不要。"

"那就让你如愿以偿吧！"陌生人说着，挥了挥手和他道别，"明天太阳升起的时候，你就会发现自己有了点金指。"

说着，陌生人的身影光芒四射，弥达斯不由自主地闭上了眼睛。等他再睁开眼的时候，屋子里只剩下一道金色的光芒，他耗费毕生心血囤积的珍宝在他周围闪闪发光。

那天夜里，弥达斯是不是像往常一样呼呼大睡，故事倒没有说。不过，不管他有没有睡着，他的心情多半都像个第二天早上就能拥有漂亮新玩具的孩子。总之，第一缕曙光刚爬上群山，弥达斯国王就醒了。他迫不及待地从床上伸出两条胳膊，去摸那些够得着的物件，想看看陌生人答应他的点金指是不是真的应验了。

他把手指按在床边的椅子上，又按在各种东西上，结果令他大失所望——那些东西还是跟原来一模一样。说实话，他非常担心自己只是在梦里见到了那个光芒四射的陌生人，要不然，就是那个人在捉弄他。要真是空欢喜一场，不能点石成金，还是只能用普通的法子积攒金子，那该多惨啊！

其实这会儿天刚蒙蒙亮，只有在弥达斯看不见的天际泛出一道鱼肚白。弥达斯心灰意冷地躺在床上，希望的破灭让他十分沮丧，而且越来越伤心，越来越难过，直到第一缕晨光从窗户射进来，给头顶的天花板镀上一层金色。弥达斯似乎发现这道金灿灿的太阳以一种十分奇特的方式反射在白色的被褥上。他定睛一看，顿时大喜过望——亚麻布的被褥好像变成了最纯、最明亮的黄金织品！点金指的魔力随着第一缕曙光降临了！

弥达斯简直高兴疯了，他从床上跳起来，在房子里到处乱跑，碰到什么就抓什么。他抓住一根床柱，床柱立马变成了一根有槽纹的金柱子。他把窗帘拉到一边，想把自己创造的奇迹看个清楚，可是窗帘的流苏竟然变成了一个金疙瘩，在他手里沉甸甸的。他从桌上拿起一本书，刚一碰到封面，那本书就变成了装帧精美的金边书，就像我们今天经常见到的烫金封面书。随着他的手指翻过书页，瞧啊！书页变成了一捆薄薄的金纸，可是书上的字渐渐模糊了。他匆忙穿上衣服，结果发现衣服变成了柔软而有弹性的金缕衣，尽管穿在身上有点重，却让他心花怒放。他掏出小金盏花给他缝的手绢，手绢也变成了金的，那孩子细密的针脚变成了金线！

这多少让弥达斯国王有点儿不悦。他宁愿女儿的针线活保持原样，就跟她爬上他的膝头，把手绢塞到他手里的时候一模一样。

不过这点小事倒没有让他烦恼多久。弥达斯从眼镜盒里拿出眼镜，架在鼻梁上，想更加清晰地看看自己制造的奇迹。那个时候，平民百姓用的眼镜还没有发明出来，不过国王已经有眼镜戴了，否则弥达斯哪儿来的眼镜？他戴上眼镜，结果发现什么都看不见。这让他大惑不解，他的眼镜那么好，怎么会看不到东西呢？不过，这事儿再正常不过了，因为他刚从口袋里拿出眼镜，透明的水晶镜片就变成两片黄色的金属了。黄金眼镜固然价值连城，但是作为一副眼镜，它已经毫无用处。这让弥达斯觉得有点儿不方便，别看他那么有钱，却再也买不到一副能用的眼镜了。

"这也没什么大不了的，"他深明大义地自言自语，"得了这么大的好处，总归要有点儿小麻烦的。为了点金指，一副眼镜算什么，又不是失明了。不戴眼镜我也看得到，看不清字也没事，小金盏花很快就长大了，她可以念给我听。"

聪明的弥达斯国王交了好运喜不自胜，仿佛连宫殿都盛不下他的欢喜了。他跑下楼梯，喜滋滋地看着自己扶过的扶手变成一根亮闪闪的金条。他拨开门闩（刚刚还是黄铜的，他一碰就变成了黄金的），冲进花园。花园里许多美丽的玫瑰花争相怒放，也有的含苞待放。晨风送来阵阵醉人的芬芳，娇艳的花瓣美不胜收。那些玫瑰花那么柔美，那么端庄，那么芬芳恬静。

弥达斯知道怎么让这些玫瑰花变得（在他看来）更加珍贵。他不辞辛劳地穿过一簇簇花丛，不厌其烦地施展自己的魔法，把每一朵花、每一个花蕾甚至花蕊中的每条虫子，都变成了金子。等弥达斯国王完成那项艰巨的任务，仆从已经来叫他吃早餐了。清爽的晨风让他胃口大开，他急匆匆地回宫殿去了。

我不知道弥达斯那个时期的国王早餐都吃些什么，现在也没法停下来专门去考证。依我看，弥达斯国王那天的早餐肯定有热腾腾的蛋糕、上好的小河鳟、烤土豆、新鲜的煮鸡蛋和咖啡，他女儿金盏花的早餐是面包和牛奶。不管怎么说，这样的早餐摆在一位国王面前也够格了，不知道弥达斯国王那天早上吃的是不是这些，反正不可能比这更考究了。

小金盏花还没来。弥达斯命人去叫她，然后在椅子上坐下来，等着那孩子来共进早餐。公平地说，弥达斯真的很疼爱自己的女儿，而且，那天早上因为交了好运，就更加宠爱她了。过了好一会儿，他才听到女儿一路哭哭啼啼从走廊上走过来。这让他十分意外，因为小金盏花是个非常快乐的小姑娘，就像你们夏天见到的那种最活泼的孩子一样，一年到头都难得见她掉几滴眼泪。弥达斯听到小金盏花抽泣，就想给她个惊喜，逗她开心。于是，他俯过身，碰了碰对面女儿的碗（碗本来是陶瓷的，上面画满了可爱的图案），把它变成亮闪闪的金碗。

这时，小金盏花闷闷不乐地慢慢推开门，用围裙擦着眼睛，还在抽抽搭搭地哭着，好像心都要碎了。

"噢，我的小姑娘！"弥达斯急切地说，"一大清早，天气这么好，你怎么哭了？"

金盏花一边擦着眼睛，一边伸出另一只手，只见她手里拿着一枝弥达斯刚刚施过法术的玫瑰花。

"真漂亮！"父亲说，"这朵漂亮的金玫瑰怎么把你惹哭了？"

"噢，亲爱的父亲！"孩子抽噎着说，"这花一点儿都不漂亮，没有比它更丑的花了！早上我穿好衣服，就跑到花园里给您摘玫瑰花，我知道您喜欢玫瑰，尤其是您心爱的女儿亲手为您摘的玫瑰。可是，天哪，我的天哪！您知道吗？太不幸了！美丽的玫瑰花全都枯萎了！那些香喷喷、红艳艳的花儿全都枯死了！它们变得黄乎乎的，就像这朵一样，而且也没有香味儿了！它们这是怎么回事？"

"得了，我亲爱的小姑娘，不要再为这事儿哭鼻子了！"弥达斯说。他非常惭愧，不愿意承认是自己把花儿变成了这样，惹得她这么伤心，"快坐下来吃面包喝牛奶吧！你会发现，用一朵几百年都不会凋谢的金玫瑰去换一天就枯萎的普通玫瑰容易极了。"

"我不喜欢这种玫瑰！"金盏花生气地把那朵玫瑰花扔到一旁说："连香味儿都没有，而且硬邦邦的花瓣戳得我鼻子疼！"

金盏花在餐桌边坐下，只顾着为枯萎的玫瑰花伤心，都没注意自己的瓷碗发生了什么奇妙的变化。或许这样更好，因为金盏花总喜欢盯着画在碗周围的那些画儿看，那些奇奇怪怪的小人儿、树木和房屋，她看都看不够，现在那些装饰图案全都变成金灿灿的一片了。

弥达斯倒了一杯咖啡。不论他拿起来的时候咖啡壶是什么材质的，反正他放下的时候不消说已经变成了黄金的。他心想，早餐使用黄金器皿，对他这个作风简朴的国王来说，未免太奢华了。另外，他开始犯难，不知道把珍宝放在哪儿安全。金碗和金咖啡壶这么宝贵，不能再放在橱柜和厨房里，太不安全了。

他一边想，一边舀起一勺咖啡送到嘴边，结果嘴唇刚碰到咖啡，咖啡就变成了熔化了的金子，紧接着结成了硬邦邦的金块，他大吃一惊！

"哈！"弥达斯惊叫起来。

"怎么了，父亲？"小金盏花不解地看着父亲问道，她脸上还挂着泪珠。

"没事儿，孩子，没事儿！"弥达斯说，"快喝牛奶，待会儿就冷了。"他叉起一条小鳟鱼，试着用手指碰了碰它的尾巴，顿时大惊失色：只见那条煎得酥脆的河鳟立马变成了一条金鱼——不是人们养在玻璃缸里装饰客厅的金鱼，而是金子做的鱼，看上去就像世界上技艺最高超的金匠精心雕琢出来的。小小的鱼骨变成了一缕缕金丝，鳍和尾巴变成了薄薄的金片，上面还有叉子印。煎得酥脆的小鱼整个儿变成了纤毫毕现、惟妙惟肖的金属雕铸品。你们可能会觉得那是一件非常了不起的艺术品，可是此刻弥达斯国王宁可自己盘子里盛的是一条真正的鳟鱼，而不是这种价值连城的精美艺术品。

"我有点儿闹不明白，"他心想，"我怎么才能吃到早餐！"

他拿起一块热气腾腾的蛋糕，刚掰开，蛋糕就变成了玉米面似的金黄色，刚才明明还是白生生的小麦面粉蛋糕。而且蛋糕变得硬邦邦的，越来越沉，弥达斯沮丧地意识到它也变成了金子。说实话，弥达斯觉得哪怕是块玉米蛋糕都比金子好。他几乎要绝望了，又伸手拿了一个煮鸡蛋，可是鸡蛋马上就和鳟鱼、蛋糕一样，变成了黄金的。可能会有人把这枚金蛋当成故事书里那只有名的金鹅生的蛋，其实，这和那只金鹅一点儿关系都没有，把它变成金蛋的，是弥达斯那只呆头鹅。

"这可真是叫人难堪！"他心里想着，靠在椅背上，羡慕地望着小金盏花，小金盏花正十分满意地吃着面包喝着牛奶，"这么昂贵的早餐摆在我面前，可是没有一样能吃！"

他想，说不定我动作快一点儿就可以避免发生这种窘况了，于是，他飞快地抓起一个热土豆，猛地塞进嘴里，想一口吞下肚去。可是他的点金术太灵验了。他发现嘴里塞的不是又粉又面的土豆，而是硬邦邦的金属，还烫伤了他的舌头！他被烫得大叫一声，跳了起来，在房间里跺着脚乱跳，又痛苦，又害怕。

"父亲，亲爱的父亲！"小金盏花叫起来，"您这是怎么了？烫伤嘴巴了吗？"她是个非常孝顺的孩子。

"啊，亲爱的孩子，"弥达斯愁闷地呻吟着说，"我不知道你可怜的父亲会变成什么样！"

说实话，我亲爱的小朋友们，你们啥时候听说过这么可怜的事儿？摆在国王面前的，可是名副其实的最昂贵的早餐，可正是它的昂贵让它毫无价值。就连最贫穷的劳苦人，坐下来喝杯凉水，啃几口干面包，也比弥达斯国王强得多，别看他的美味佳肴确确实实抵得上同等重量的黄金。这可怎么办？早餐时弥达斯已经饿得够呛了，到了午餐时还能饿得轻点儿？毫无疑问，晚餐的时候摆在他面前的那些饭菜还是只能看不能吃，那他该饿成什么样！你们想想看，天天对着那些昂贵的饭菜，他能活多少天？

想到这里，聪明的弥达斯国王突然开始怀疑，财富是不是世上唯一值得向往的东西，或者说，是不是最值得向往的东西。不过，这个念头只是一闪而过。这些金光闪闪的东西让弥达斯神魂颠倒，区区一顿早餐算什么，他才不会为了这点儿小事放弃点金术呢。想想看，为了一顿饭要付出多大的代价！这就好比为了几条烤鳟鱼、一个蛋、一颗土豆、一块热蛋糕和一杯咖啡支付千千万万的金钱（而且是永远也算不完的千千万万的金钱）！

"这代价未免也太大了！"弥达斯心想。

可是，他饿得要命，而现在的境况又让他束手无策，他不禁又叹了一口气，听上去非常难过。我们可爱的金盏花再也忍不住了。她坐在那里看着父亲，转着她的小脑袋，想要弄明白究竟发生了什么事。随后，她产生了一种善良而可怜的冲动，想去安慰父亲，于是从椅子上站起来，跑到弥达斯跟前，伸出双臂，亲热地搂住父亲的膝盖。弥达斯弯下腰，亲了亲女儿。他觉得小女儿的爱比他用点金术得到的东西宝贵一千倍。

"我亲爱的宝贝，我亲爱的金盏花！"他大声说。

可是金盏花没有回应。

啊呀，他干了什么？那个陌生人赐给他一件多么致命的礼物啊！弥达斯的嘴唇一碰到金盏花的额头，金盏花就变了。她那张原本乖巧、红润的小脸蛋变得金光闪闪，两腮还挂着金黄色的泪珠。那头美丽的棕色鬈发也变成了金色，那娇小柔软的身躯在父亲的怀里变得硬邦邦的。噢，多么可怕的灾难啊！小金盏花成了他对财富贪得无厌的牺牲品，她不再是有血有肉的孩子，而是变成了一尊金像！

是啊，金盏花就在那里，那种包含着孺慕、哀伤和怜悯的探寻神情凝固在她的脸上。从来没有人见过那么凄美的情景。她所有的特征都没有变，就连可爱的小酒窝都留在金灿灿的腮边。可是，金像越逼真，父亲就越难过。女儿没了，只剩下怀里这尊金像了。以前每当他心里特别疼爱这个孩子的时候，就会冒出一句口头禅，说她抵得上和她同等重量的黄金。现在，这句口头禅竟然一语成谶，他终于感到女儿那颗爱他的、温暖真挚的心远远比天地间堆积的所有财宝都珍贵，但是已经太晚了！

讲到这里，如果我只告诉你们弥达斯有多难过，那这个故事就太叫人伤心了。他得偿所愿后绞着双手痛哭流涕，既不忍心去看女儿，也不忍心别过头去。他眼睛盯着那尊金像，简直无法相信女儿变成了金子；可是再偷偷瞄上一眼，只见那尊小雕像金黄色的脸颊上挂着金黄色的泪滴，表情那么哀怨，那么温柔，仿佛能软化坚硬的黄金，随时都能活过来似的。可惜不能。弥达斯只能绞着双手，唯愿用自己所有的财宝换回亲爱的女儿脸上那一抹红晕，为此他甘心变成这个世界上最穷的穷光蛋。

就在他悔恨不已的时候，突然看到一个陌生人站在门口。弥达斯垂下头，默不作声；他已经认出来此人正是昨天出现在宝库里的那个陌生人，是他赐给了自己致命的点金术。陌生人还是一副笑眯眯的样子，他的微笑仿佛在整座房间里洒下了金色的光芒，映在小金盏花和所有被弥达斯变成黄金的物件上面。

"我说，弥达斯朋友，"陌生人说，"你的点金术用得怎么样呢？"

弥达斯摇了摇头。

"我非常不幸。"他说。

"不幸！"陌生人叫起来，"怎么会呢？我不是对你信守诺言了吗？你不是得偿所愿了吗？"

"黄金并不是最珍贵的，"弥达斯说，"我失去了自己最珍爱的。"

"啊！这么说你从昨天开始就有所发现了？"陌生人说，"那咱们瞧瞧，这两样东西中哪个最珍贵——点金术还是一杯沁凉的清水？"

"当然是神圣的清水！"弥达斯毫不迟疑地说，"它再也不会滋润我干渴的喉咙了！"

"点金术和面包，哪个珍贵？"陌生人接着问。

"面包抵得过世间所有的黄金！"弥达斯回答说。

"点金术和你那一个钟头前还热情、温柔、可爱的小金盏花呢？"陌生人问。

"噢，我的孩子，我亲爱的孩子！"可怜的弥达斯绞着双手哭起来，"就算有把整个地球变成金块的点金术，我也不愿用她脸颊上的一个小酒窝去交换！"

"你现在聪明多了，弥达斯国王！"陌生人严肃地看着他说，"你的心还没有完全从血肉变成黄金。要是你心里真的只剩下黄金，那就无可救药了。你还明白最普通的东西比诸多凡人梦寐以求的财宝珍贵得多。现在告诉我，你是不是真心实意想摆脱点金术？"

"我恨死点金术了！"弥达斯说。

这时，一只苍蝇落在他鼻子上，可是立即就掉在地上，变成了金苍蝇。弥达斯打了个寒战。

"那就去吧，"陌生人说，"跳进流过花园尽头的那条河里。从河里盛一瓶水，浇在你想要变回来的东西上。如果你真心实意地去做，或许还能补救自己的贪婪酿成的祸端。"

弥达斯国王深深鞠了一躬，等他抬起头，那个光彩夺目的陌生人已经不见了。

你们肯定猜到了，弥达斯忙不迭地拿起一个大陶罐（可是，哎呀！等他一碰到那只罐子，罐子就不再是陶罐了），向河边冲去。他连蹦带跳，从灌木丛中间硬钻过去，枝叶在他身后变成了金黄色，仿佛秋天瞬间降临了，可又不曾光临别处，这幅情景太奇妙了。一到河边，他就一头栽进河里，连鞋子都没顾上脱。

"噗！噗！噗！"弥达斯国王从水里露出头来，直喷鼻息，"唔，这个澡洗得真畅快，这下应该把点金术洗掉了。现在赶紧灌满我的水罐！"

弥达斯把水罐浸到水里，只见金水罐又变回了普通的陶罐，跟之前他没有碰过的时候一模一样，这让他打心眼里高兴。他感觉到自己的内心也发生了变化，仿佛从胸口搬走了一块冰冷、坚硬、沉重的金属。毫无疑问，他的心一度丧失了人心的特质，变成了麻木不仁的金属，现在终于变回了柔软的血肉之心。弥达斯看见河畔有一朵紫罗兰，就伸出手轻轻碰了碰它，发现这朵娇嫩的鲜花没有变成金黄色的枯花，依然紫红紫红的，这让他大喜过望。这么看来，他当真摆脱了点金术的诅咒。

弥达斯匆匆赶回宫殿，估计侍从们看到他们尊贵的国王那么小心翼翼地打回来一陶罐水，都猜不出是何用意。可是，这水要用来补救他的愚蠢酿成的祸端，在弥达斯看来，这比一汪洋的金水还宝贵。不用我说，你们也猜得到，他做的第一件事就是一捧一捧地把河水洒到小金盏花的身上。

那孩子一沾到河水，脸颊立刻恢复了玫瑰般的红润，而且打起了喷嚏，唾沫星子四溅——她吃惊地看到自己浑身湿淋淋的，父亲还一个劲儿往自己身上泼水！你们要是看到那幅情景，肯定会放声大笑起来！

"别泼了，亲爱的父亲！"她嚷嚷起来，"瞧您把我漂亮的裙子都弄湿了，我今天早上才刚换的呢！"

金盏花不知道自己刚刚变成了一尊金像，从她伸出双臂跑去安慰可怜的弥达斯国王那一刻起所发生的一切，她一点儿都不记得了。

她父亲认为没必要告诉心爱的女儿自己曾经多么愚蠢，他只想给女儿看看现在自己变得多聪明。于是，他牵着小金盏花来到花园，把剩下的河水洒在玫瑰花丛上，五千多株金玫瑰顿时变回了美丽的鲜花。在弥达斯国王的有生之年，只有两种情景会让他想起点金术来。一种是当那条河里的沙子像金子一样闪闪发光时，一种是当他看到小金盏花略带金色的头发时——在他的吻把小金盏花变成金像之前，他从来没发现女儿的头发会散发金黄的色泽。这种发色的变化倒是锦上添花，小金盏花的头发比婴孩时期更加艳丽了。

弥达斯国王渐渐老了，他经常让金盏花的孩子骑在自己膝头上，像小马一样颠着他们玩儿。他很喜欢把这个神奇的故事讲给他们听，就像我现在讲给你们听一样。讲完故事，他会抚摸着他们亮闪闪的鬈发，告诉他们，他们的头发散发着艳丽的金色光芒，那是来自他们母亲的遗传。

"老实告诉你们吧，我的小宝贝们，"弥达斯国王一边"嘚，嘚，嘚"地颠着膝头上的孩子们，一边说，"打那个早晨起，我见了金子和金色就讨厌，只有你们的头发除外。"

THE PARADISE OF CHILDREN

·—→ 儿童乐园 ←—·

很久很久以前，我们这个古老的世界还处在稚嫩的幼年时期的时候，有一个名叫厄庇墨透斯的孩子，从小就没有父母。不过他可能并不孤单，另一个像他这样没有父母的孩子，从一个遥远的国家被送到这里，和他一起生活，既是他的玩伴，又是他的伴侣。她的名字叫潘多拉。

潘多拉走进厄庇墨透斯的小屋时，第一眼看到的是一只大盒子；她跨进门槛后，最先问厄庇墨透斯的问题是：

"厄庇墨透斯，你那只盒子里装的什么东西？"

"我亲爱的小潘多拉，"厄庇墨透斯说，"这可是个秘密，求你以后再不要问关于这个盒子的问题了。盒子放在这里，是为了要我们妥善保管，连我自己也不知道里面装的是什么东西。"

"可是，是谁把它交给你的？"潘多拉问，"它是从哪里来的？"

"这也是个秘密。"厄庇墨透斯回答说。

"真讨厌！"潘多拉生气地噘起嘴嚷嚷起来，"真希望这个难看的大盒子别碍我的眼！"

"行了，别再管它了，"厄庇墨透斯大声说，"咱们出去找别的孩子玩儿去。"

厄庇墨透斯和潘多拉生活的时代已经过去好几千年了，那个时代跟咱们现在大不相同。那个时候，人人都是孩子。大家不需要父母照料，因为没有任何危险，没有任何烦恼，不用补衣服，也不愁吃喝。想吃饭的时候，抬起头就能看到食物长在树上；早上抬头去看，晚餐正在树上绽开花朵；黄昏时分仰头去看，第二天的早餐正在萌芽。那时候的日子真是太安逸了。不用劳作，不用学习，除了玩游戏和跳舞，什么都不用做。孩子们叽叽喳喳地说着话，像鸟儿似的唱着歌，不时爆发出欢快的笑声。

最奇妙的是，孩子们从来不争不吵，从来不哭鼻子，也从来没有哪个孩子躲进角落里生闷气。啊，生活在那个时代该多幸福啊！事实上，那些被称为"烦恼"、长着翅膀的丑恶小妖当时还没有出现，而现在几乎已经多如蚊虫。那时候，一个孩子最大的烦心事儿，莫过于潘多拉因为无法搞清楚那只神秘盒子的秘密而伤脑筋了。

刚开始，这种烦恼只是个淡淡的影子，可是随着日子一天天过去，它变得越来越清晰，到后来，厄庇墨透斯和潘多拉的小屋黯淡下去，没有其他孩子的屋子那么亮堂了。

"这盒子究竟是从什么地方来的？"潘多拉不停地追问厄庇墨透斯，也不停地暗自琢磨，"里面装的究竟是什么东西？"

"一天到晚都在说那只盒子！"厄庇墨透斯终于忍不住了，这个话题让他烦透了，"亲爱的潘多拉，希望你能谈点儿别的。走吧，咱们去采一些熟透的无花果，坐在树下当晚餐吃。我还知道有一株葡萄藤，上面结的葡萄最甜汁最多，你肯定没吃过那么好吃的葡萄。"

"一天到晚都在说葡萄和无花果！"潘多拉气呼呼地大吼。

"好，好，我不说了。"厄庇墨透斯的脾气很好，那个时候大多数孩子脾气都很好，"那咱们出去和别的小伙伴一起开开心心地玩去。"

"我烦透了整天去玩，就算以后再也不去玩我也不在乎！"我们爱生气的小潘多拉说，"再说了，我就从来没有开开心心玩过。都怪那只难看的盒子！我一天到晚都在想着它。你必须告诉我里面装的是什么。"

"我都说过五十遍了，我不知道！"厄庇墨透斯也有点儿恼了，他说，"我自己都不知道里面装的什么，怎么告诉你？"

"你可以把它打开，"潘多拉斜睨着厄庇墨透斯说，"那我们就可以亲眼看看了。"

"潘多拉，你想什么呢？"厄庇墨透斯嚷起来。

那只盒子托付给他的时候是有条件的，那就是他永远都不能打开盒子，所以他听到潘多拉的话大惊失色。潘多拉看到他的神色，觉得最好不要再提打开盒子的事儿。但是，她依然忍不住老想着那只盒子，忍不住要问那只盒子的事儿。

她说："你至少可以告诉我它是怎么来的吧。"

"有人把它放在门口的，"厄庇墨透斯回答说，"就在你来之前，一个笑眯眯的人把它放在了门口，他看上去非常聪明。把盒子放下的时候，他差点儿笑出声来。他穿着一件非常奇怪的斗篷，戴着一顶插着羽毛的帽子，那帽子看起来像长了翅膀似的。"

"他的手杖什么样儿？"潘多拉问。

"唔，非常古怪，你从来没见过那么古怪的手杖！"厄庇墨透斯嚷起来，"就像两条蛇缠在一根棍子上，雕刻得栩栩如生，乍一看，我还以为是两条活的蛇呢。"

"我知道那个人，"潘多拉若有所思地说，"除了他，没有人有这样的手杖。他叫水银，是他把我送到这里的，他还送来了那只盒子。想必是打算给我的。里面很可能是给我穿的漂亮衣服，或者给你我玩的玩具，再不然就是给咱俩吃的好东西。"

"也许吧，"厄庇墨透斯说着转身走开了，"不过，除非水银回来叫我们打开它，否则我们谁也没有权力掀开那只盒子的盖子。"

"真是个死心眼的孩子！"潘多拉看着厄庇墨透斯走出小屋，

低声嘟囔起来，"真希望他有点儿胆识！"

自从潘多拉来了之后，厄庇墨透斯破天荒第一回没有叫上她一起出去。他独自一人去采无花果和葡萄，独自和别的小伙伴去玩乐。潘多拉老是说那只盒子，听得他耳朵都要长茧了，真希望当时那个叫水银什么的信使把盒子放在别的孩子门口去，那样潘多拉就永远都不会看到它了。这事儿她唠叨起来真是没完没了！盒子、盒子，一天到晚只会说盒子！那只盒子就像被施了魔法似的，小屋仿佛已经容不下它了，潘多拉接二连三地被它绊倒，就连厄庇墨透斯也被它绊倒过，跌得他们浑身瘀青。

唉，可怜的厄庇墨透斯从早到晚耳朵里听的都是盒子，这实在不好受，特别在那个时代，地球上的那些小人儿还很不习惯有什么烦心事，所以根本不知道该怎么应付。因此，当时一个小烦恼所带来的不安，跟我们现在大得多的困扰所带来的不安不相上下。

厄庇墨透斯离开后，潘多拉站在那里目不转睛地盯着那只盒子。别看她不下一百次地说过它难看，其实它是一件非常精美的摆设，不管摆在哪个房间都是一件不错的装饰品。盒子是用一种非常漂亮的木料做成的，木料表面布满了华丽的深色纹路，而且打磨得精光锃亮，都能照见小潘多拉的脸。按理说，这孩子没有镜子，就算仅仅为了把它当镜子照，也应该觉得它很珍贵，可是她偏不，这可真是奇怪。

盒子的边角雕刻得巧夺天工，四面雕刻着姿态优雅的男男女女和最乖巧可爱的孩子们，繁花茂叶之间，他们有的斜躺着，有的嬉闹着。花卉、草木、人物无不栩栩如生，惟妙惟肖，它们浑然一体，形成一个美丽的花环。但是，那些枝叶后面仿佛隐藏着什么东西在向外窥视，有那么一两次，潘多拉仿佛看见有一张不怎么可爱的脸，或者别的什么不友善的东西，它们偷走了盒子的美丽。然而，等她靠近去看，再用手指去摸，却发现那地方什么都没有。倒是有一张非常美丽的脸庞，在她偶尔瞟去一眼的时候，显得丑陋不堪。

盖子上最美丽的脸庞是用所谓的高凸浮雕技术雕制而成的，恰好就在盒子的正中间。盖子上除了光滑美丽的深色木纹，中央就只有头戴花环的那张美丽脸庞。潘多拉盯着这张脸不知看过多少次，总是想象着这张嘴跟活人的嘴巴一样，想微笑的时候能微笑，想严肃的时候也能严肃。的确，整张面孔都带着一种十分活泼甚至有点儿淘气的表情，看上去像要突然用那张雕刻出来的嘴唇，说出自己的想法似的。

如果那张嘴开口说话，它很有可能会说：

"别害怕，潘多拉！打开盒子能坏什么事儿？别理会那个可怜巴巴的笨厄庇墨透斯。你可比他聪明，胆子也比他大十倍。打开盒子，看看能不能发现什么宝贝！"

我差点儿忘记说了，那个盒子不是用锁之类的装置锁上的，而是用金线打了一个非常复杂的结给捆住的。整个结看不到绳头。天底下没有哪个结打得这么巧妙，绕来绕去的看不到头尾，就连最灵巧的手指也休想把它解开。可是，结越难解开潘多拉越不甘心，她总想弄明白它究竟是怎么打的。有那么两三次，她已经俯下身去，用拇指和食指捏住了绳结，只是没有当真动手去解。

她自言自语地说："我觉得我已经弄明白这个结是怎么打的了。唔，说不定我把它解开后还能再扎起来。解开再扎起来又没关系。厄庇墨透斯不会为这点事儿责怪我的。我不需要打开盒子，当然，只要那个傻孩子不同意，就算我把绳结解开，也不应该打开盒子。"

潘多拉要是有点儿活干，或者把心思放在别的什么事情上面，就不会老想着这件事了。可是在烦恼来到这个世上之前，孩子们的日子过得太自在了，所以空闲时间实在太多了。他们不可能老在花丛中捉迷藏，或者用花环蒙上眼睛躲猫猫，或者玩地球母亲婴孩时期发明的随便什么游戏。当生活只剩下游戏的时候，劳作就成了真正的玩乐。那时没有一点事儿干。我猜，打扫完小屋，再采几朵鲜花（到处都是鲜花）插进花瓶，可怜的小潘多拉一天的工作就算结束。然后，剩下的时间就去琢磨那只盒子了！

其实，那只盒子的出现对潘多拉来说究竟是不是件好事，我还真是说不准。它让潘多拉生出各种各样的念头去反复琢磨，只要有人做听众，就可以用来做谈资！心情好的时候，她会津津有味地欣赏盒面明亮的光泽，欣赏盒子四周那美丽的脸庞和花卉。

要是碰到心情不好，她不是搡它一把，就是用顽皮的小脚丫踢它两脚。那只盒子挨了不少踹（不过，我们很快就会知道，那是一只惹祸的盒子，活该被踹）。平心而论，要不是有那只盒子，我们这位思维活跃的小潘多拉就不知道该怎么打发时间了。

里面究竟装的什么，确实能没完没了地猜下去。究竟会是什么？想想看，我的小听众们，要是屋子里有个大盒子，你们觉得很有可能装着送给你们的圣诞节礼物或者新年礼物，新崭崭的很漂亮，你们该动多少脑筋呀。你们以为自己的好奇心会比潘多拉少吗？假如只有你一个人在屋子里，你难道一点儿也不想掀开盖子看看吗？不过你们不会这么做的。呸！别这么干！除非你们认为里面装的是玩具，又有瞧上一眼的机会，那估计很难眼巴巴地让这个机会白白溜走。我不知道潘多拉是否期待里面装的是玩具，因为那时候玩具兴许还没被制造出来呢，而世界本身就是孩子们的大玩具。不过，潘多拉认定盒子里装着一些非常漂亮、非常宝贵的东西，因此，她迫不及待想瞅上一眼，就像我周围这几个小姑娘一样迫切。也说不定比你们更急切，这我倒不大敢肯定。

就在那天，我们一直谈论着的那天，她的好奇心比往常强烈得多，她终于忍不住朝那只盒子走去。要是能把盒子打开，她就要下定决心打开了。啊，顽劣的潘多拉！

起初，她试着把盒子搬起来。可是对她这样一个身单力薄的孩子来说，那盒子实在太沉了。她把盒子的一头抬离地面几英寸高，就扑通一声摔到地上了。过了一会儿，潘多拉好像听见盒子里有什么东西在动。她把耳朵贴在盒子上仔细聆听。不错，里面确实传来了沉闷的嘀咕声。莫非只是她的耳鸣声？或者心跳声？那孩子拿不准自己究竟有没有听到什么动静。但是，不管怎么样，她的好奇心越发强烈了。

她站起身的时候，眼睛落到了金绳结上。

"打这个结的人肯定非常心灵手巧，"潘多拉自言自语地说，"不过我还是觉得能把它解开。至少要把两端的绳头找到。"

于是，她拈起绳结，聚精会神地研究起它繁杂的结构来。不一会儿，她可能都没有清楚地意识到自己在做什么，就不由自主地动手解起了绳结。这时，明亮的阳光从敞开的窗户照进来，远处孩子们的欢声笑语也飘了进来，说不定其中还有厄庇墨透斯的笑声。潘多拉停下来侧耳倾听。多么美好的一天啊！要是她不去理会那恼人的绳结，不再想着那只盒子，而是跑去和小伙伴们一起玩乐，岂不是更明智？

可是，她的手指还在有意无意地忙活着解绳结。她不经意扫了一眼盒盖中央那张戴着花环的面庞，仿佛察觉到那张脸正不怀好意地对她咧开嘴笑。

"那张脸瞧着很诡谲，"潘多拉心想，"不知道它是不是在笑我干了蠢事！我得下定最大的决心赶紧走开！"

可是，就在这时，她无意间把绳结那么轻轻一拧，绳结竟然奇迹般地打开了！只要掀开盒盖，就能把盒子打开。

"我从来没见过这么奇怪的事！"潘多拉说，"厄庇墨透斯会怎么说我？我怎么才能把绳结再扎起来？"

她试了几次，想把绳结再打好，可是很快就发现自己根本没这个本事。刚才绳结一下子就散开了，她压根儿就记不住两根绳头是怎么穿来穿去的。她竭力回忆绳结的形状和外观，可是好像一点儿印象都没了。这下没辙了，只能随那只盒子放在那儿，等厄庇墨透斯回来。

"可是，"潘多拉说，"只要他发现绳结解开了，就知道是我干的。我怎么才能让他相信我没有看盒子里的东西？"

这时，她那调皮的小脑瓜灵机一动，计上心来：既然会被怀疑看过盒子里的东西，干脆现在就去看一眼。噢，多么顽劣多么愚蠢的潘多拉！你应该只考虑哪些事儿可以干，哪些事儿不能干，而不应该考虑你的伙伴厄庇墨透斯会怎么说、怎么想。要是盒盖上那张脸没有充满蛊惑地望着她，要是她没有更清晰地听到盒子里传来的动静，她兴许会想着不该打开盒子。她说不出是不是幻觉，耳朵里有一阵絮絮叨叨的嘀咕声，要不然，就是她的好奇心在嘀咕：

"快放我们出去，亲爱的潘多拉——快放我们出去！我们会成为你非常好的小伙伴！只要你把我们放出去！"

"里面会是什么？"潘多拉心想，"盒子里有活的东西？嗯！

对！我一定要瞅一眼！只瞅一眼，就立马把盒子盖好。瞅一眼能有什么关系！"

不过，现在我们该去看看厄庇墨透斯在干什么了。

自打潘多拉来到这里，这还是厄庇墨透斯第一次独自出去玩乐。可是好像事事都不如意，他也不如往常那么开心。他没找到甜葡萄，也没找到熟透的无花果（要说厄庇墨透斯有什么弱点，那就是他未免太喜欢无花果了）。那些无花果要么没有熟透，要么熟过头了，甜得发腻。往常他总是开心得欢呼雀跃，心中产生那种发自肺腑的快乐，让同伴们兴致更高，可是今天却没有。总之，他越来越烦躁不安，别的孩子都摸不着头脑，不知道他究竟怎么回事。其实连他自己也说不出来到底哪里出了问题。你们必定记得，在我们所说的这个时代，开开心心过日子是每个人的天性和习惯。生活在那个时代的人还从来不知道不开心是怎么回事。从那些孩子最初被送到这个美丽的地球上享乐以来，还从来没有谁身体不适或情绪不好过。

最终，厄庇墨透斯不知怎么察觉到自己无法愉快地玩耍，就想最好还是回去找潘多拉，因为她跟自己更合得来。不过，为了讨潘多拉开心，他采了许多花，编了一个花环，打算回去给她戴上。那些花儿非常漂亮，有玫瑰和百合，还有香橙花和许多别的鲜花。厄庇墨透斯拿着花环一路走去，身后留下一缕芬芳。花环编得很精致，平心而论，一个男孩能把花环编成这样已经很不错了。在我看来，小姑娘们的手指最适合编花环了，不过那时候男孩们编的花环比现在的女孩子编的还强呢。

说到这儿，我必须提一下，刚才有一大片乌云在天空聚集起来，只不过还没有把太阳遮住。可是，就在厄庇墨透斯走到小屋门口的时候，乌云开始遮蔽太阳，顷刻之间，天昏地暗。

他蹑手蹑脚走进小屋，打算悄悄走到潘多拉身后，趁她不备，把花环给她戴上。事实上，他根本不需要放轻脚步，尽可以大模大样地走进去，脚步再重都没关系，像成人一样重——我想说即便是像大象那么重，潘多拉也不大可能听得到。她正一门心思忙活自己的事儿呢。就在厄庇墨透斯走进小屋的当儿，那个顽皮的孩子已经把手伸向盒盖，准备把神秘的盒子打开了。厄庇墨透斯瞧个正着。要是他大喊一声，潘多拉多半会缩回手，盒子里的致命秘密或许永远都不会有人知道。

可是，厄庇墨透斯虽然嘴上不提盒子的事儿，其实心里也挺好奇的，他也很想知道里面究竟装的是什么东西。他发现潘多拉下定决心要揭开谜底，就决定不能让同伴成为屋子里唯一的聪明人。倘若盒子里真的装着什么宝贝，他也要分一半。因此，别看他对潘多拉说了那么多至理名言，要她克制自己的好奇心，其实他跟潘多拉一样愚蠢，应该承担的责任跟她不相上下。所以，每当我们责怪潘多拉铸成大错的时候，都不应该忘记对厄庇墨透斯摇摇头。

潘多拉掀开盒盖，小屋里顿时变得非常阴暗，因为那片乌云已经完全遮住了太阳，仿佛活活把它埋葬了。刚才阵阵闷雷仿佛还只是在低声咆哮，随着她掀开盖子，雷声突然大作，轰隆隆地炸开来。可是潘多拉压根儿没注意，她把盒盖掀得都要竖起来了，这会儿只顾着往里面张望。突然，好像有一群长着翅膀的小东西从她身旁飞过，逃出了盒子。就在这时，她听见厄庇墨透斯发出一声痛苦的惨叫声，仿佛受了伤。

"噢，我被蜇了！"他大叫着，"我被蜇了！讨厌的潘多拉！你为什么要打开那只可恶的盒子？"

潘多拉放下盒盖，站起身来四下张望，想看看厄庇墨透斯怎么了。此时外面乌云密布，屋子里黑咕隆咚的，什么都看不清。但是，她听到了一阵讨厌的嗡嗡声，好像到处都是巨大的苍蝇或蚊子，或者被我们称之为粪金龟或刺狗之类的昆虫，它们横冲直撞，四处飞窜。潘多拉渐渐适应昏暗的光线后，看见一大群长得非常丑陋的小怪物，只见它们长着蝙蝠翅膀，面目狰狞，尾巴上还长着可怕的长刺。刚才蜇厄庇墨透斯的就是这种东西。不一会儿，潘多拉也尖叫起来，她所受的疼痛和惊惶不亚于自己的小伙伴，所以连连惨叫。一只恶心的小怪物落在她的额头上，要不是厄庇墨透斯赶紧跑过来帮她赶跑，还不知道要把她蜇成什么样呢。

倘若你们想知道那些逃出盒子的丑恶怪物是什么东西，我只好告诉你们，它们就是尘世间的全部"烦恼"。有邪恶的"盛怒"、形形色色的"忧虑"、一百五十多种"伤心"、不计其数的"病痛"，还有说了也白说的各种"顽劣"。总而言之，为了让世上的孩子们永远幸福地生活下去，种种烦恼全被关进那只神秘的盒子，并交给厄庇墨透斯和潘多拉妥善保管。而此刻它们全被放了出来，此后将使人类的心灵和肉体备受折磨。要是他们能忠于所托，一切都会顺顺利利，平平安安的。要是那样，从那时直到现在，都不会有一个大人伤心难过，不会有一个孩子流一滴眼泪了。

不过，从这件事你们可以看出，一个人犯错会给全世界带来灾难：就因为潘多拉打开了那只不幸的盒子，就因为厄庇墨透斯没有及时阻止她，那些烦恼便在我们中间找到了立足之地，而且多半很难立刻把它们赶跑。不用说你们也能猜到，那两个孩子不可能把那群丑八怪关在自己的小屋里。恰恰相反，他们做的第一件事就是迅速打开门窗，想把它们赶出去。不用说，那些长着翅膀的"烦恼"便飞到了各个地方，到处纠缠、折磨那些小孩，此后好多好多天，他们个个都愁眉苦脸。尤为奇特的是，地球上那些姹紫嫣红的花儿本来一朵没有枯萎过，现在全都蔫了，一两天后，花瓣都开始凋谢了。此外，那些仿佛永远都处于童年时期的孩子开始一天天长大，很快就长成了大姑娘小伙子，不久又变成了成年男女，而后渐渐老去。他们连做梦都想不到自己会长大变老。

此时，顽劣的潘多拉和跟她差不多顽劣的厄庇墨透斯仍然待在自己的小屋里。两个人都被蜇得很惨，浑身疼得厉害。这是开天辟地以来人类第一遭尝到疼痛的滋味儿，所以觉得特别难以忍受。他们还没有习惯疼痛的滋味儿，也想不通这究竟是怎么回事。此外，他们的心情都糟透了，既后悔，又相互埋怨。为了发泄怨气，厄庇墨透斯哭丧着脸坐在角落里，赌气背对着潘多拉；潘多拉则倒在地板上，头靠着那只可恨的盒子。她哭得伤心欲绝，仿佛心都要碎了。

突然，盒盖里传来轻轻的叩击声。

"什么声音？"潘多来抬起头来大声问。

可是厄庇墨透斯要么是没听到叩击声，要么是没心思去理会，总之，他没理潘多拉。

"你太狠心了，"潘多拉又抽泣起来，"理都不理我了！"

叩击声又响了！听上去像小仙子在盒子里用指关节调皮地轻轻敲着盖子。

"谁？"潘多拉问道，她的好奇心又来了，"是谁在讨厌的盒子里？"

里面传来悦耳的轻声细语——

"掀开盖子你就看到了。"

"不，不！"潘多拉说着，又啜泣起来，"掀开盖子让我吃尽了苦头！捣蛋的家伙，既然你在盒子里，就永远待在里面吧！你那些丑八怪兄弟姐妹已经满世界飞了。你别以为我还会傻乎乎地再把你放出来！

她一边说，一边瞅着厄庇墨透斯，兴许是指望他夸自己聪明呢。可是那个男孩只是绷着脸嘟囔道，她的聪明来得太晚了。

"噢，"那个悦耳的声音又轻声细语地说，"你最好让我出去呢。我跟那些尾巴上长刺的坏家伙不一样。它们不是我的兄弟姐妹，你只要瞧我一眼就知道了。来吧，来吧，我漂亮的潘多拉！我相信你会放我出去的！"

确实，那声调里有一种鼓舞人心的魅力，让人几乎无法拒绝它的任何要求。它每说一句，潘多拉的心情就不知不觉地轻松一点儿。厄庇墨透斯的心情似乎也比刚才好些了，虽然他还靠在角落里，但是已经侧过半个身子来了。

"亲爱的厄庇墨透斯，"潘多拉大声说，"你听到那个小小的声音没有？"

"听到了，当然听到了！"他回答说，脾气还是不太好，"那又怎么样？"

"我要不要再把盖子掀开？"潘多拉问。

"随你的便，"厄庇墨透斯说，"反正你已经闯了那么大的祸，不妨再干点儿出格的事。你反正已经把一大群'烦恼'都放出来了，现在飞得满世界都是，再多放一个出来又有什么大不了的。"

"你就不能说得好听点儿！"潘多拉擦着眼泪嘟哝道。

"噢，调皮的小男孩！"盒子里的小声音调皮地笑着说，"他明明自己也想看看我。来吧，我亲爱的潘多拉，掀开盖子，我眼巴巴地等着安慰你呢。快让我呼吸呼吸新鲜空气，你马上就会发现，事情并不像你想得那么糟糕！"

"厄庇墨透斯！"潘多拉嚷嚷起来，"不管怎么样，我一定要把盒子打开！"

"那盖子看着很沉，"厄庇墨透斯大声说着从屋子那头跑过来，"我来帮你！"

于是，两个孩子齐心协力，又把盖子掀开了。从里面飞出来一个亮闪闪、笑眯眯的小人儿。她在屋子里飞来飞去，飞到哪里，就给哪里洒下一道阳光。你有没有玩过用一块小镜片将阳光反射到暗处，让阳光在阴暗的角落跳舞？那个小仙女模样的陌生来客，长着翅膀的欢乐小精灵，就像阴暗的小屋里一道跳跃的阳光。她飞向厄庇墨透斯，用手指轻轻碰了碰他刚才被"烦恼"蜇得红肿的包，那里立马不疼了。随后，她又亲了亲潘多拉的额头，潘多拉的额头也好了。

处理完他们的伤痛，那个亮灿灿的小人儿便在两个孩子头顶上嬉戏般地扑扇着翅膀，温柔而亲切地望着他们，这让他们觉得，此前把盒子打开倒也没那么糟糕，因为，要是不把盒子打开，他们这位快活的小客人就得和那些尾巴上长刺的坏蛋小鬼们关在一起。

"请问，你是谁呢，美丽的小人儿？"潘多拉问道。

"人们都叫我'希望'！"亮闪闪的小人儿回答说，"我是个快活的小人儿，那一大群丑恶的'烦恼'注定要被放出来折磨人类，把我关在盒子里就是为了弥补它们给人类带来的伤害。别怕！就算它们横行人间，我们也可以过得很好。"

"你的翅膀像彩虹一样绚丽！"潘多拉惊叹道，"好漂亮啊！"

"是呀，它们就像彩虹一样，""希望"说，"虽然我生性快乐，可我是由微笑和眼泪做成的。"

"你会陪在我们身边吗？"厄庇墨透斯问，"永远永远？"

"只要你们需要我，我就一直陪着你们，""希望"笑眯眯地说，"只要你们活在这个世上，我就永远都不离开你们。或许，有时候你们以为我完全消失了，可是，当你们做梦也想不到的时候，就会一而再，再而三地看见我的翅膀在你们小屋的天花板上闪闪发光。是的，我亲爱的孩子，从今以后，我会把某种至善至美的东西赋予你们！"

"噢，快告诉我们，"他们嚷道，"告诉我们是什么！"

"别问我！""希望"把手指放在她那玫瑰色的小嘴上，说，"就算你们这一生都没有看到，也不要绝望。相信我的承诺，因为它真的存在。"

"我们相信你！"厄庇墨透斯和潘多拉异口同声地大声说。

他们的确相信"希望"，不仅他们，人人都相信"希望"，相信她就在我们中间。老实告诉你们，我很高兴傻乎乎的潘多拉打开了盒子。当然，她这么做确实太调皮太不听话了，可是我还是忍不住感到高兴。毫无疑问，"烦恼"还在满世界飞，不但没有减少，反而越来越多。那群面目狰狞的小妖怪尾巴上长着最毒的刺。我已经感觉到它们的存在了，而且，随着年龄增长，我感觉到的会越来越多。可是还有那个明亮可爱的小人儿"希望"呢！要是没有她，我们在世上可怎么办？"希望"让地球焕发神采，"希望"让世界永葆常新。即使在地球最美好最明亮的一面，"希望"也会以无限福祉的影子现身！

THE THREE GOLDEN APPLES

三只金苹果

你们听说过生长在赫斯珀里得斯姐妹[1]（Hesperides）果园里的金苹果吗？要是现在的果园里能找到那种金苹果，一蒲式耳都可以卖出很高的价钱！不过依我看，茫茫世间没有一棵树上有那种神奇果实的接枝，就连一粒苹果籽儿都不复存在了。

即便是在几乎被人遗忘的远古时代，赫斯珀里得斯姐妹的果园尚未长满野草的时候，很多人就怀疑，是否真的有哪棵树的枝头能结出纯金的苹果。大家都听说过金苹果，可是没有一个人亲眼见过。孩子们经常瞠目结舌地听金苹果的故事，决心长大以后

1.赫斯珀里得斯姐妹：在古希腊神话中，赫斯珀里得斯姐妹负责守卫大地女神盖亚作为结婚礼物送给天后赫拉的金苹果树。

去寻找它们。喜欢冒险的小伙子们想做一番壮举出人头地，便去寻找这种果实。他们当中很多人再也没有回来，没有一个人能将金苹果带回来。难怪大家觉得摘金苹果是痴心妄想！据说，金苹果树下有一条龙，长着一百颗非常可怕的脑袋，它们轮班守卫，其中五十颗睡大觉的时候，另外五十颗就负责守望。

在我看来，为了一个纯金的苹果去冒那么大的险实在不值得。要是那些苹果又香又甜汁又多，那另当别论，就算有百头龙守着，想方设法去弄几个来也还说得过去。

不过，我跟你们说了，那些年轻人过腻了平静清闲的日子，就想出去寻找赫斯珀里得斯姐妹的果园，这在当时不足为奇。有一回，一位英雄去寻找赫斯珀里得斯姐妹的金苹果园。自从他出世以来，从来没享过什么清福。故事开始的时候，他正在意大利那片宜人的土地上漫游。他拿着一根大棒，挎着一张弓，背着一只箭囊，身上裹着他亲手杀死的狮子的皮，人们从来没见过那么威猛的大狮子。虽然总的来说，他善良、慷慨、品性高尚，但是他的内心却充满了狮子般的勇猛气概。他一路走一路问，打听前往那座著名的苹果园怎么走。可是那个国家的人对此一无所知。而且，要不是他手里拿着那么大一根大棒，很多人听到他这么问都会笑话他。

就这样，他走啊走，一边走一边打听。最后，他来到一条河边，几个美丽的姑娘正坐在那里编着花环。

"漂亮的姑娘们，"陌生人问，"请问去赫斯珀里得斯果园是走这条路吗？"

姑娘们正玩得开心呢，她们把鲜花编成花环，戴在彼此头上。她们的指间仿佛有一种魔力，经她们一摆弄，花儿比原来长在花梗上的时候更鲜艳，更水灵，更芬芳了。可是，听到陌生人的问话，她们大吃一惊，手里的花儿纷纷掉在草地上，大家惊诧地望着他。

"赫斯珀里得斯姐妹果园！"其中一个惊叫起来，"我们还以为，人们大失所望那么多次了，早就不想再去找它了呢。请问，喜欢冒险的旅者，你去那里干什么？"

"有个国王，是我的表兄，"他回答说，"命令我去给他摘三只金苹果。"

"大多数去寻找金苹果的年轻人，"另外一个姑娘说，"要么是为了自己，要么是为了把金苹果送给他们心爱的姑娘。看来，你是非常爱你那位当国王的表兄了？"

"那倒不见得，"陌生人叹了口气说，"他待我又苛刻又刻薄，但是服从他是我的天命。"

"那你知不知道有条长着一百颗脑袋的恶龙在金苹果树下守着呢？"第一个开口的姑娘问道。

"我一清二楚，"陌生人平静地回答说，"可是从一出生，我就一直在跟巨蛇和恶龙搏斗，这几乎成了我的消遣活动了。"

姑娘们瞧瞧他的大棒，又看看他身上那张毛茸茸的狮子皮，再瞅瞅他雄壮的四肢和腰身，低声嘀咕着商量起来，都觉得这个陌生人看上去有望干出一番别人望尘莫及的壮举来。不过话说回来，那可是一条长着一百颗脑袋的恶龙！凡人就算有一百条性命，也不可能逃得过那个怪兽的毒牙。这事儿实在太危险了，姑娘们心地非常善良，不忍心看着这位英俊勇敢的旅者去冒那么大险，搞不好会成为那条恶龙一百张贪婪大嘴的一顿美餐。

"回去吧！"她们一齐喊道，"回自己家去吧！你母亲看到你平安归来，会高兴得热泪盈眶；即便你能凯旋，她也不过如此吧？别理会什么金苹果了！别理会你那个残忍的国王表兄了！我们可不忍心你被那条百头龙吃掉！"

陌生人对她们的劝谏似乎不耐烦起来。他满不在乎地举起大棒，让它跌落在附近一块半截埋在土里的磐石上。就这么轻轻一敲，那块磐石居然碎成了齑粉。巨人才能做到的事，他做起来不费吹灰之力，就像一位姑娘用一朵花轻轻拂过哪位姐妹玫瑰色的脸庞似的。

"你们不觉得，"他笑眯眯地望着姑娘们说，"这一下就能敲碎那条百头龙的一颗脑袋？"

随后，他在草地上坐下来，把自己的生平事迹讲给她们听。从他第一次被放进武士的铜盾睡觉那天说起，凡是他能回忆起来的，全都讲给她们听。他躺在盾牌里，两条巨蛇悄悄从地板上爬过来，张开血盆大口要吃掉他。当时他还是个刚出生几个月的婴儿，却用两只小手各攥住一条毒蛇，活生生地把它们给勒死了。他少年时代就杀死过一头巨狮。那头狮子跟他现在披在肩上的那头巨狮差不多大。后来，他还跟一个叫作许德拉的怪兽打了一架，那家伙有九颗头，每颗头上都长着无比尖利的毒牙。

"可是你要知道，"一个姑娘说，"赫斯珀里得斯姐妹果园里的那条龙足足有一百颗头！"

"即便如此，"陌生人说，"我宁愿跟两条那样的龙斗，也不愿跟一条九头蛇打。因为，我刚砍下它的一颗头，它就立马在原来的地方长出两颗来。这倒还罢了，它还有一颗头根本砍不死，就算把它砍下来，它照样能凶狠地咬人。后来我只好把那颗头埋在一块石头下面，估计现在还活着呢。不过，许德拉的身体和另外那八颗头再也不能行凶作恶了。"

姑娘们估计他的故事会讲很长时间，就准备了面包和葡萄，好让他缓口气，提提神。大家很高兴能请他吃这些简单的食物，而且，她们怕他不好意思独自享用，不时会有一位姑娘捏起一颗葡萄放进自己红润的嘴唇。

那位旅者接着讲自己为了追逐一头牡鹿，怎样不眠不休，一直追了十二个月，最后终于揪住鹿角，把它活捉回家。他还跟一个半人半马的丑八怪种族交过手，而且出于责任感，把它们杀了个精光，这样就不会再有人看到它们的丑恶形象了。除此之外，他还因为清理了一座马厩而立下大功。

"你把清理马厩也称作了不起的壮举吗？"一个姑娘笑着问，"那种活儿乡巴佬都能干得很好！"

"要是普通的马厩，我连提都不会提。"陌生人回答，"当时幸亏我灵机一动，想到去改变一条河的河道，让它流过马厩，否则我一辈子也别想清理完那座马厩。河道一改，我很快就把活儿给干完了！"

看到美丽的听众们听得如此出神，他接着又告诉她们，他如何射死了几只怪鸟，如何活捉了一头野牛又把它放掉，如何驯服了许多野马，又如何打败了亚马孙好战的女王希波吕忒（Hippolyta）。他还提到他解下希波吕忒的饰带，送给了他国王表哥的女儿。

"是阿弗洛狄忒的饰带吗？"最漂亮的那个姑娘问，"戴上它能让女人变得很漂亮。"

"不是，"陌生人回答说，"它原本是战神阿瑞斯的剑带，只会让佩戴者更英勇无畏。"

"原来是一条旧剑带！"那姑娘把头一扬大声说，"那我倒不稀罕！"

"你说得对。"陌生人说。

说罢，他继续讲述他神奇的经历。他告诉姑娘们，他的探险之旅中，最奇异的莫过于跟六条腿的巨人革律翁[1]（Geryon）搏斗。

---

1. 革律翁：居住在大西洋伽狄拉海湾厄里茨阿岛上的巨人，高大如山，长着三个身躯和三头六臂，是世界闻名的富户、绰号"黄金宝剑"的伊比利亚国王的四个儿子之一。

你们肯定想到了，革律翁长得又古怪又可怕。倘若看到他在沙地或雪地上的足迹，你会以为是三个亲密的伙伴结伴而行呢。倘若在远处听到他的脚步声，你会理所当然地认为有好几个人正朝你走来。其实只有革律翁那一个怪人迈着他的六条腿啪嗒啪嗒往前走呢！

六条腿长在一个巨大的身躯上！看上去肯定是个怪物，可是，天哪，那要浪费多少皮革做鞋子啊！

陌生人讲完自己的探险经历，环视了一下姑娘们专注的脸庞。

"或许你们以前听说过我的名字，"他谦虚地说，"我叫赫拉克勒斯[1]（Heracles）！"

"我们已经猜到了，"姑娘们回答说，"因为你的神奇事迹闻名全世界。我们不再觉得你去寻找赫斯珀里得斯果园的金苹果有什么奇怪的了。来吧，姐妹们，咱们给英雄戴上鲜花！"

她们把美丽的花环戴在他高贵的头颅和壮硕的肩膀上，整张狮子皮几乎都被玫瑰花盖住了。她们还拿过他的大棒，用最鲜艳、最娇嫩、最芬芳的鲜花把它缠绕起来，绕得严严实实，都看不到橡木的踪影了。大棒看上去倒像 个大花束。最后，她们手挽着手，围着他载歌载舞，齐声吟唱的歌词变成了诗作，最后汇成一首向

1.赫拉克勒斯：古希腊神话中的大力神，是宙斯与珀耳修斯孙女阿尔克墨涅的儿子，因其出身受到宙斯妻子赫拉的憎恶。他完成了十二项被认为"不可能完成"的任务，还解救了被缚的普罗米修斯，隐藏身份参加伊阿宋的英雄冒险队并协助他取得金羊毛。

著名的赫拉克勒斯致敬的合唱曲。

赫拉克勒斯像其他的英雄一样，得知这些美丽的姑娘早就听说过他历尽艰险而取得的功绩后，心里美滋滋的。不过，他并不为此感到满足，反而觉得自己所做的那些事配不上这么多的荣誉，因为还有艰巨的冒险事业在等着他。

"亲爱的姑娘们，"他趁着她们停下来歇口气的时候说，"既然已经知道我是谁了，你们还不肯告诉我怎么才能去赫斯珀里得斯姐妹的果园吗？"

"啊！你这么快就要走吗？"她们叫起来，"你创造了那么多的奇迹，辛苦了半辈子，就不想在这宁静的小河边歇歇脚吗？"

赫拉克勒斯摇摇头。

"我现在就得走。"他说。

"那我们会尽我们所能给你指明道路。"姑娘们回答说，"你得先到海边去，找到老者，然后逼他告诉你金苹果园在哪儿。"

"老者！"赫拉克勒斯听到这么奇怪的名字忍不住笑了起来，他问，"那这个老者究竟是谁呢？"

"嘿，当然是海中老人[1]啦！"其中一个姑娘回答说，"他有五十个女儿，有人说她们长得很漂亮，不过我们倒不认为应该去结识她们，因为她们长着海绿色的头发，体形像鱼似的。你必

1.海中老人：即海神涅柔斯，他是大地母亲盖亚和大海蓬托斯的儿子，有长长的灰色胡须和鱼尾巴。

须跟那位海中老人聊一聊。他以海为家，对赫斯珀里得斯姐妹的果园了如指掌，因为那座果园就坐落在他常去的一座岛上。"

赫拉克勒斯又问，在什么地方最有可能碰到老者，姑娘们告诉了他。他感谢了姑娘们的盛情——感谢她们用面包和葡萄款待他，感谢她们给他戴上美丽的花环，感谢她们载歌载舞向他致敬，尤其感谢她们给他指了路——然后，他就启程了。

不过，他还没走远，一个姑娘就在他身后喊起来。

"抓住老者以后千万别松手！"她笑盈盈地喊道，还举起一根手指来强调，"不管发生什么事都不要惊慌。你只管牢牢抓住他，他什么都会告诉你。"

赫拉克勒斯再次谢过她后上路了，姑娘们又快快乐乐地编起了花环。他走了很久以后，她们还在谈论这位大英雄。

"等他杀死那条百头龙，带着三只金苹果回来的时候，"她们说，"我们要给他戴上最美的花环。"

赫拉克勒斯马不停蹄地往前赶。他翻山越岭，穿过荒凉的丛林，不时把大棒高高抡起，将巨大的橡树劈得稀烂。他一门心思想着那些巨人和怪兽，跟它们格斗是他的宿命。或许，他把那棵大树当成巨人或怪兽了。他迫不及待想要完成自己的任务，简直有点儿后悔白白浪费那么多时间跟姑娘们讲述自己的探险历程。不过，注定成就大事的人都是这样：他们业已完成的壮举仿佛微不足道；而眼下着手进行的事似乎值得历尽艰险，乃至付出生命。

倘若有人碰巧穿过丛林，看见他用大棒一击打碎大树的情景，一定会惊恐不已。就那么一击，树干就像被雷电劈开了似的，粗大的树枝稀里哗啦地掉到地上。

他埋头赶路，既不停步也不回头，渐渐地，他听到了远处大海的咆哮声，于是加快了脚步，不一会儿就来到海滩上。只见狂涛巨浪拍打着坚硬的沙石，雪白的泡沫形成一条长长的海浪线。海滩尽头有一个宜人的去处，翠绿的灌木爬上峭壁，把粗糙的崖面装点得松软而秀丽。从峭壁脚下到大海之间的那一小块空地上，覆盖着一片绿莹莹的青草，青草和散发着芳香的三叶草交织在一起，像一片柔软的地毯。就在那块绿毯上，赫拉克勒斯看到一个老人正在呼呼大睡！

可是，那真的是个老人吗？当然，乍看一眼，确实很像个老人，但是仔细一瞧，倒像是某种海洋生物，因为他的四肢像条鱼似的长满了鳞片，脚趾和手指之间像鸭子似的长着蹼，他的胡子很长，绿茸茸的，不像胡子，而像一撮海草。你们有没有见过经年在海浪里翻滚的原木，上面长满藤壶，最后漂到岸边，好像从最深的海底抛上来的一样？嘿，那个老头儿就会让你想到这么一根经年在海浪里翻滚的原木！可是赫拉克勒斯一看见那个奇怪的身影，立马就断定他就是那个能给自己指路的海中老人。

不错，那正是热情的姑娘们跟他说起的海中老人。赫拉克勒斯看到老头儿正在酣睡，暗自庆幸自己运气不错。他蹑手蹑脚走过去，抓住老头儿的一条胳膊和一条腿。

"快告诉我去赫斯珀里得斯姐妹果园的路怎么走？"老头儿还没完全清醒过来，赫拉克勒斯就大声喊道。

不用说你们也想得到，海中老人惊醒后大吃一惊。不过，接下去赫拉克勒斯的惊恐绝不亚于他。因为，海中老人突然之间不见了，赫拉克勒斯发现自己正抓着一头牡鹿的一条前腿和一条后腿！但他还是紧紧抓着不放。接着，牡鹿又不见了，取而代之的是一只海鸟，海鸟扑腾着、尖叫着，赫拉克勒斯抓着它的一只翅膀和一只爪子！海鸟脱不了身。紧接着，海鸟变成了一只丑陋的三头狗，对着赫拉克勒斯汪汪叫唤，还狠狠地咬住赫拉克勒斯抓着它的两只手！但是赫拉克勒斯还是不肯放手。转眼间，三头狗又变成了六腿怪革律翁，为了挣脱被赫拉克勒斯抓着的那条腿，它用另外五条腿狠狠地踢赫拉克勒斯！可是赫拉克勒斯就是不放手。革律翁不见了，变成了一条巨蛇，跟赫拉克勒斯小时候捏死的蛇很像，只是体形要大一百倍。巨蛇用身子缠住英雄的脖子和身体，尾巴高高竖在空中，张开血盆大口，好像要把他吞进去。这幅景象真是太吓人了！可是赫拉克勒斯毫不胆怯，他紧紧攥住巨蛇，痛得它嘶嘶叫起来。

你们要知道，海中老人尽管看上去像装在船头的傀儡，久经风吹浪打，却能够随心所欲地变幻形体。当他发现自己被赫拉克勒斯牢牢抓住时，就希望用变身术吓坏赫拉克勒斯，好让这位英雄乖乖地放他走。一旦赫拉克勒斯松开手，海中老人就会立刻钻进海底躲起来。他才不会自找麻烦跑上来，回答那些荒谬的问题呢。依我看，看到他变幻出来的凶恶模样，一百个人当中有九十九个都会当场被吓得魂不附体，拔腿就跑。因为，世上最难的事情之一，就是区分真正的危险和想象出来的危险。

可是，赫拉克勒斯坚定不移，海中老人越变幻，他就攥得越紧，让老头儿吃了不少苦头。最后，海中老人觉得最好还是恢复原形。于是，他又变回了那个像鱼一样浑身鳞片、长着脚蹼、下巴上有一撮海草的老头儿。

"你抓着我干什么？"海中老人刚喘过气来就嚷嚷起来，刚才变幻了那么多假身，把他累得够呛，"你干吗攥着我不放？马上放我，否则我就会认为你是个蛮不讲理的家伙！"

"我叫赫拉克勒斯！"强悍有力的陌生人吼道，"除非你告诉我到赫斯珀里得斯姐妹果园的路怎么走最近，否则我永远都不会放开你！"

海中老人一听抓住他的人是赫拉克勒斯，就明白只能一五一十地回答对方的问题了。你们肯定还记得，海中老人生活在海中，和其他的海中居民一样，四处游荡。他当然听说过赫拉克勒斯的鼎鼎大名，听说过他在世界各地不断完成的壮举，而且还听说过他不论做什么事，不达目的决不罢休。因此，海中老人也不再想着逃走了，他告诉我们的英雄如何去寻找赫斯珀里得斯姐妹的果园，还告诫他在抵达花园之前必须克服的重重困难。

"你得如此这般往前走，"海中老人定了罗经方位点之后说，"直到看见一个扛着天空的巨人。如果碰巧这个巨人心情好，他就会告诉你赫斯珀里得斯姐妹的果园在哪里。"

"如果碰巧那个巨人心情不好，"赫拉克勒斯用指尖顶着自己的大棒说，"或许我要想办法说服他呢！"

英雄谢过海中老人，又请求他原谅自己刚才那么粗鲁地抓着他，便又上路了。他碰到许许多多不可思议的危险，要是我有工夫细细道来，你们肯定会听得津津有味。

如果我没搞错的话，正是在这次旅途中，他碰到了一个奇异的巨人。那巨人天生神奇莫测，他每着地一次，力量都会增加十倍。他叫安泰俄斯（Antæus）。可想而知，跟这么一个家伙打斗可不是件容易事儿。每次他被打倒在地，都会变得更强壮、更凶猛，身手更好，比没有被敌人攻击的时候更厉害。因此，赫拉克勒斯用大棒把他揍得越狠，就越难打赢他。有时候我会跟这样的家伙争论，但从来没跟他们打斗过。赫拉克勒斯发现，只有把安泰俄斯举到空中，使劲挤压，把他的力气全部从他巨大的身躯里挤出来，才有可能打赢对方，结束这场战斗。

打败安泰俄斯后，赫拉克勒斯继续赶路，去了埃及，结果在埃及被俘，还差点儿被处死。他杀死了埃及的国王，逃了出来。他穿过非洲沙漠，尽快赶路，终于来到大海边。走到这里似乎已经山穷水尽，除非他能踏着浪尖行走。

在他面前，只有一片浪花飞溅、汹涌澎湃、无边无际的大海。他极目远眺，突然看见远处地平线上出现了一个东西。只见那东西光芒四射，就像天际升起或落下的一轮金灿灿的太阳，而且显然越来越近，因为它正在变得越来越大，越来越亮。最后，它来到赫拉克勒斯眼前，赫拉克勒斯发现那是一只巨大的杯子或碗，不是用黄金铸造的，就是用锃亮的黄铜制成的。我也说不清楚它怎么会浮在海面上。总之，它在汹涌的波涛上盘旋着，任由海浪上下颠簸，浪花拍打着杯壁，却没有水花溅进杯子里。

"我这一生见过不少巨人，"赫拉克勒斯心想，"可是从来没见过用这么大的杯子喝酒的巨人！"

一点儿也不错，这只杯子实在不得了！它大得就像——就像——总之，我也说不清它究竟有多大，反正大得没法量。说个大概吧，它比大水车轮还要大十倍。而且，别看它是金属铸造的，却能轻盈地漂浮在汹涌的海浪上，比小溪里顺流而下的橡实壳还轻盈。海浪推着它往前走，一直漂到距离赫拉克勒斯不远的海岸上。

杯子一漂到跟前，赫拉克勒斯就知道该怎么做了。他经历过那么多非同寻常的奇遇，每次遇到稍微逾越常规的事儿，都知道怎样见机行事。显而易见，这个神奇的杯子是被某种看不见的神力送到这里来的，是为了渡赫拉克勒斯过海，好让他去寻找赫斯珀里得斯花园。于是，他毫不迟疑地翻过杯沿，滑进杯底，把狮子皮铺开，准备小憩片刻。从告别河边的那些姑娘直到现在，他几乎都没合过眼。海浪拍打着空杯的杯壁，发出悦耳的鸣声；杯子轻轻地来回晃荡着，动作是那么轻柔，不一会儿就把赫拉克勒斯摇进了甜蜜的梦乡。

他这一觉估计睡了很久，那只铜杯恰巧擦到一块岩石，发出巨大的嗡鸣声，比你们听到的教堂钟声还响亮一百倍呢。赫拉克勒斯被惊醒了，他立即跳起来，举目四望，想搞清楚自己到了什么地方。不一会儿，他就发现这只杯子已经漂过汪洋，正在靠近像是一座岛屿的岸边。你们猜他在那个岛上看见了什么？

嘿，你们永远都猜不到，就算让你们猜五万遍也没用！在我看来，这绝对是赫拉克勒斯所有奇妙的探险历程中最神奇的奇观，比砍掉一颗头立即长出两颗来的九头蛇更叫人惊叹，比六腿怪和安泰俄斯，比任何人见过的任何东西都更叫人惊叹，这一奇观空前绝后。那是个巨人！

可是，那个巨人大得叫人瞠目结舌！像大山一样顶天立地。云彩缭绕在他的腰际，像他的腰带；挂在他的下巴上，像一把白胡须；所以从他的巨眼跟前掠过，他既看不到赫拉克勒斯，也看不到他乘坐的金杯。最为神奇的是，巨人高举巨大的双手，仿佛在托着天空。赫拉克勒斯透过云层看上去，苍天仿佛压在巨人的头顶上！这真是令人难以置信。

这时候，那只光芒四射的杯子继续往前漂，最后漂到了海滩上。就在这时，一阵微风吹散了飘浮在巨人面前的云彩，赫拉克勒斯看见了那张巨大无比的脸：每只眼睛都像远处的湖泊那么大；鼻子足有一英里长；嘴巴足有一英里宽。那张脸因其硕大无朋而显得狰狞可怕，但又郁郁寡欢，疲惫不堪。就像现在的很多人，被迫承受超出他们能力范围的负担，他们的脸上就是这种神情。苍天之于巨人，就如同大地的忧患之于那些被忧患压垮的人。每当人们从事超出自己能力范围的工作时，他们就会遭遇和这个可怜的巨人一样的厄运。

可怜的家伙！显然已经在那里站了很久很久了。在他脚下，一片古老的森林逐渐长成又渐渐凋敝，一棵棵橡树从橡实里发出芽来，从他脚趾间挤出来，已有六七百年的树龄。

此时，巨人用两只巨眼往下望，发觉赫拉克勒斯后大声咆哮起来，那声音就像从他面前飘散开去的云间发出的雷鸣。

"你是谁，我脚下那个人？你乘坐那只小杯子从何处而来？"

"我是赫拉克勒斯！我在寻找赫斯珀里得斯姐妹的果园！"英雄雷鸣般地回答道，他的声音跟巨人自己的声音差不多大。

"哈！哈！哈！"巨人爆发出一阵大笑，然后吼道，"当真是一场聪明的探险！"

"有何不可？"赫拉克勒斯大声说，他对巨人的嘲笑有点儿生气，"你以为我害怕那个百头龙！"

就在他们争论的时候，乌云在巨人的腰间聚集起来，顿时电闪雷鸣，暴雨滂沱，赫拉克勒斯一句话都听不见了，只能看到巨人两条无比庞大的腿耸立在风雨晦暝之中，不时还能瞥见他整个身体包裹在云雾里。似乎他一直在说着什么，可是他那低沉、刺耳的嗡鸣声跟轰隆隆的雷声混为一体，又像雷声一样，滚过群山，消失在远处。就这样，因为话说得不是时候，滚雷声和他的说话声一样大，那个愚蠢的巨人白费了不少口舌。

这场暴风雨来得快去得也快。不一会儿，雨过天晴，那个疲惫的巨人擎着苍天，和煦的阳光照耀着他那巨大的身躯，在乌云的映衬下格外耀眼。他的头颅远远高出云层，所以雨水连他的一根头发都没有打湿！

巨人看到赫拉克勒斯还站在海边，于是又向他大吼起来。

"我是阿特拉斯，力气最大的巨人！我头顶着苍天！"

"我都看见了，"赫拉克勒斯说，"不过，你能告诉我去赫斯珀里得斯果园的路怎么走吗？"

"你去那里干什么？"巨人问道。

"我要给我的国王表兄摘三个金苹果。"赫拉克勒斯高声回答。

"除了我之外，"巨人说，"没有人能去赫斯珀里得斯姐妹的果园里摘金苹果。要不是为了托住天空这桩小事，我倒愿意走上五六步路，跨过大海，去给你摘回来。"

"你心肠真好，"赫拉克勒斯回答说，"你不能先把天搁到山上歇会儿吗？"

"这些山都不够高，"阿特拉斯摇了摇头说，"不过，如果你站到那座最近的山的山顶上，你的头就差不多跟我一样高了。你看着倒有把力气。你替我托一会儿，我替你跑一趟，你看怎么样？"

你们肯定还记得很牢，赫拉克勒斯是个大力士。不用说，托起天空需要巨大的臂力，但是如果说哪个凡人能托起天空，也非他莫属了。不过，这个任务实在太艰巨了，他有生以来第一次感到踌躇。

"天空很重吧？"他问。

"嗨，一开始还不怎么重，"巨人耸耸肩膀回答说，"但是托上一千年就会觉得有点儿重！"

"那你去摘金苹果需要多长时间呢？"英雄问道。

"噢，只要一会儿工夫。"阿特拉斯大声说，"我一步能跨出十到十五英里远，还不等你肩膀感觉疼，我就从果园回来了。"

"那好吧，"赫拉克勒斯说，"我爬到你后面那座山上，替你把天空托起来。"

其实，赫拉克勒斯有一副好心肠，他认为应该帮帮巨人，让巨人有机会去逛逛。再说了，假如他以后能跟人夸口说自己顶过天，那可比制伏一条百头龙这样的寻常探险有面子得多。于是，他二话没说，就从阿特拉斯的肩膀上接过天空，放在了自己肩膀上。

把天空稳妥地交给赫拉克勒斯之后，巨人先伸了个懒腰。你们可以想象那是何等壮观。接着，他慢慢把一只脚从周围的森林里抽出来，再拔起另一只。随后，他突然又蹦又跳，为获得自由而开心得手舞足蹈。而后他纵身一跃，跳到谁也不知道多高的空中，又一头栽下来，把大地砸得都颤抖起来。他放声大笑起来——哈！哈！哈！雷鸣般的笑声在四面八方的群山之间回荡，就仿佛群山都是巨人欣喜若狂的兄弟。等欢乐劲儿稍稍平复下来，他便踏进了大海，第一步跨出十英里，海水淹到了他腿肚子上；第二步又跨出十英里，海水没过了他的膝盖；第三步再跨出十英里，海水刚刚齐腰。这已经是海洋的最深处了。

赫拉克勒斯看着巨人继续往前走。只见那巨大的身躯站在三十英里开外，下半身淹没在海洋里，上半身像一座云霭缭绕的蔚蓝色远山那样高高耸峙，那当真是一种奇观。这时候赫拉克勒斯开始考虑自己的处境：万一阿特拉斯淹死在海里，他该怎么办？万一阿特拉斯被守护赫斯珀里得斯金苹果的百头龙咬死，他又该怎么办？万一真的发生这样的倒霉事，他可怎么摆脱肩膀上的天空？渐渐地，天空压得他的头和肩膀难受了起来。

"我真同情那个可怜的巨人，"赫拉克勒斯心想，"我托了十分钟就累成这样，他托了一千年，该有多累啊！"

噢，我亲爱的小朋友们，别看我们头顶上的蓝天那么软绵绵、轻飘飘的，你们不知道它有多重！而且，怒号的狂风、湿冷的云彩、灼人的烈日也在轮番折磨着赫拉克勒斯！他渐渐开始担心巨人会不会永远都不回来了。他眼巴巴地望着下面的世界，暗暗承认在山脚下当个牧羊人也比站在令人头晕目眩的山顶，用尽全身力气托着天空舒服得多。你们应该很容易理解，这是因为，赫拉克勒斯不仅肩上托着天空，心中也有一种极大的责任感。嘿，他要是不稳稳地站好，纹丝不动地托住天空，搞不好太阳就会倾斜！到了晚上，很多星星就会脱落，像急雨似的纷纷掉下来，砸到人们头顶上！要是因为他这位英雄没能稳稳托住天空而导致天空崩裂，出现一条大裂缝，那该多丢人啊！

不知道过了多久，赫拉克勒斯才看到巨人那庞大的身影像一片云似的出现在远处的海上，顿时高兴得难以言表。阿特拉斯走到近前，举起手来，赫拉克勒斯看到他手里拿着一根树枝，树枝上挂着三个像南瓜那么大的金苹果。

"很高兴又看到你了！"赫拉克勒斯大声对走过来的巨人说，"看来你摘到金苹果了？"

"那当然，那当然！"阿特拉斯回答说，"而且都是顶呱呱的金苹果呢。告诉你，我摘的可是那棵树上最好的三个果子。哈！那个赫斯珀里得斯姐妹的果园真是个美丽的地方。不错，那条百头龙也值得人们去见识见识。说句心里话，你还不如自己去摘呢。"

"不要紧，"赫拉克勒斯说，"你高高兴兴出去逛了一圈，事情办得和我一样漂亮，有劳你了。行了，我还得赶路，因为我那个国王表兄正眼巴巴地等着我给他送金苹果呢，麻烦你把天空从我肩膀上接过去好吗？"

"嘿，这事儿嘛，"巨人把金苹果向空中抛了一下，足有二十英里高，然后用手接住，说，"这事儿嘛，我的好朋友，我看有点儿不合理。我难道不能把金苹果给你那个国王表兄送去？我走路可比你快得多。既然国王陛下那么急着要金苹果，我保证迈开最大的步子送去。再说了，这会儿我还不想托天呢。"

这下赫拉克勒斯不耐烦了，他使劲儿耸了耸肩膀。当时刚好是黄昏时分，你们也许可以看到两三颗星星给震了出来。地上的人都惊恐地抬起头来张望，担心天空会塌下来。

"噢，这可不行！"阿特拉斯巨人放声大笑起来，他大声说，"我托了整整五个世纪都没往下掉过那么多星星。等你像我那样站上几个世纪后，就慢慢学会耐心啦！"

"什么！"赫拉克勒斯勃然大怒，他吼道，"你想让我永远都托下去吗？"

"再说呗，"巨人回答说，"不管怎么说，就是让你托上一百年，或者一千年，你都不应该有意见。我不顾腰酸背痛地托了这么久，比你可久多了。好吧，一千年以后，要是我刚好心情不错，说不定会给你换换班。你可是条强壮的汉子，找不到比这更好的机会证明自己了。我保证，子孙后代绝不会忘记你的！"

"呸！废话！"赫拉克勒斯又耸了耸肩膀，喊道，"你就不能用头把天顶一会儿吗？我先把狮子皮垫在肩膀上，不然它硌得我生疼。要在这儿站上好几百年呢，尽量弄得舒服点儿。"

"这要求挺合理，我这就照办！"巨人说道。其实他对赫拉克勒斯并无恶意，只是做事太自私，只顾着自己舒服。"我只替你顶五分钟。记住，只顶五分钟！我可不想再顶上一千年了。要我说，人生就是要尝试不同的活法。"

啊，这巨人无赖真是长了个榆木疙瘩脑袋！他把金苹果扔在地上，从赫拉克勒斯头上把天接过来，放在自己肩膀上。这下天空又物归原主了。赫拉克勒斯捡起那三个和南瓜一样大，甚至比南瓜更大的金苹果，头也不回地踏上了归途。巨人在他身后咆哮如雷，要他回去，他丝毫不加理会。巨人的脚下又长成了一座森林，森林逐渐变得古老；他巨大的脚趾中间又出现了足有六七百年树龄的老橡树。

直到今天，那个巨人还矗立在那里。反正那里至少屹立着一座和他一样高的大山，并且是以他的名字命名的。当山顶响起轰隆隆的雷声时，我们不妨想象，那或许就是巨人阿特拉斯呼喊赫拉克勒斯的声音！

THE MIRACULOUS PITCHER

·神奇的牛奶罐·

很久很久以前的一天傍晚，费莱蒙老头儿和老伴儿鲍西丝坐在他们小屋的门口，欣赏着宁静美丽的落日。他们已经吃过了简单的晚餐，打算在睡觉之前安安静静待一两个钟头。他们聊着自家的菜园、奶牛、蜜蜂和葡萄架。葡萄藤已经攀上了小屋的墙壁，结出的葡萄也开始发紫了。就在他们聊天的时候，附近村子里孩子们粗野的吆喝声和恶狗的狂吠声越来越大，到最后鲍西丝和费莱蒙都快听不见对方说话了。

"哎，老伴儿，"费莱蒙大声说，"恐怕是哪个可怜的过路人在村子那边找地方吃饭借宿呢。咱们那些邻居不但不接待他，反而放狗咬他，这都成了他们的习惯了！"

"真是作孽！"老鲍西丝回答说，"真希望咱们邻居能对人友善点儿。他们只知道放纵自己的孩子，看到孩子们向陌生人扔石头，他们还要拍着孩子的头赞许呢！"

"那些孩子长大了也成不了好人，"费莱蒙摇着白发苍苍的脑袋说，"不瞒你说，老婆子，要是村子里的人遭了什么大难，我一点儿都不觉得意外，除非他们能改过自新。至于咱俩么，只要上帝赐给咱们一块干面包，哪个无家可归的穷苦过路人需要，咱们就分一半给他。"

"说得对，老头子！"鲍西丝说，"咱们就这么着！"

要知道，这两个老人家日子过得很贫苦，他们为了糊口，辛勤劳作。老费莱蒙在菜园里挥汗如雨，鲍西丝也忙个不停，要么忙着纺线，要么忙着用自家的牛奶做一丁点儿黄油和奶酪，要么忙着拾掇屋子。除了面包、牛奶和蔬菜，他们很少有别的东西吃，除了有时候从蜂箱里弄点儿蜂蜜，有时候从墙上的葡萄藤摘一串熟了的葡萄。不过，他们老两口心肠特别好，要是有疲惫不堪的过路人碰巧经过他们门口，他们宁可自己没饭吃，也要给客人一块自己吃的黑面包、一杯新鲜的牛奶和一勺蜂蜜。他们总觉得那些客人身上好像具有某些神圣的东西，所以应当吃得比他们自己更好，受到更慷慨的接待。

他们的小屋伫立在一片距离村子不远的山坡上，而村子坐落在一条大约半英里宽的山谷里。远古时代，世界刚刚形成的时候，那条山谷多半是湖底。鱼儿在湖里游来游去，湖畔长着水草，湖面如镜，树木和山冈倒映在湖水中。后来湖水干了，人们便来开垦土地，建造房屋，所以现在这里成了一个肥沃的地方。古代的湖泊已经消失不见了，只有一条蜿蜒的小溪穿过村庄，成为居民的水源。一茬又一茬橡树发芽长大，再逐渐枯萎老去，留下一片高大雄伟的橡树林。世界上找不到比这里更美丽富饶的山谷了。看到周围的丰足景象，这里的村民本应当性情温厚，与人为善，以报答上帝对他们的恩赐。

然而，说来令人遗憾，这里的人们不配生活在这个美丽的村庄，不配生活在这个蒙受上帝恩宠的地方。他们极度自私，麻木不仁，对贫苦人毫不怜悯，对无家可归的人毫不同情。要是有人告诉他们，人们应该相互关爱，因为没有别的办法可以报答上帝对我们的恩惠，他们只会哈哈大笑。我要讲的事，估计你们简直无法相信。

那些卑鄙的家伙教出来的小屁孩跟他们一样卑鄙下流，看见自己的孩子追赶可怜的异乡人，在后面又喊又叫，还投掷石头，他们不但不制止，反而拍手叫好。他们养着又大又凶的恶狗，只要有外乡人从村里经过，那些恶狗就会扑过去，龇牙咧嘴，又叫又咬。它们常常拽住外乡人的腿，或者撕扯他的衣服。如果他进村的时候穿得有点儿破旧，还不等他逃出来，就变得惨不忍睹了。你们可想而知，这对可怜的外乡人来说，实在太可怕了，尤其是那些老弱病残。那些外乡人（若是知道那些刻薄的人、他们顽劣的孩子和恶狗有多坏）宁肯绕道多走好几英里，也不愿意再从那个村子里过。

更不像话的是，若是有钱人骑着高头大马或者坐着豪华马车，由衣着华丽的仆从前呼后拥走进村子，村里的人就会表现得殷勤备至，好像再没有比他们更温文尔雅的了。他们会脱帽鞠躬，那副卑躬屈膝的样子，你们见都没见过。要是孩子们粗野无礼，肯定会挨耳刮子；要是恶狗胆敢乱吠，主人就会提起大棒来揍它一顿，还要拴起来不给饭吃。这倒无可厚非，不过这充分说明那些村民看重的只是来者口袋里的钱，却丝毫不在乎人的灵魂，而乞丐和王子的灵魂本是不分高低贵贱的。

现在你们知道费莱蒙老头儿听到村子街头孩子们的吆喝声、恶狗的狂吠声时，为什么说得那么伤感了。喧闹声持续了很长时间，仿佛整条山谷都吵翻了天。

"我从来没听见狗叫得这么凶过！"好心的老头儿说。

"也没听见孩子们喊得这么粗野过！"他好心的老伴儿说。

他们坐在那里摇着头，这时，吵闹声越来越近，最后，他们看到两个外乡人正向他们小屋所在的小丘走过来。后面一群恶狗紧追不舍，在他们身后狂吠不止。再后面是一群孩子，他们一边尖叫，一边使劲朝两个外乡人扔石头。

两人中间较年轻的那个（他身材颀长，样子机敏）不时回头挥舞着手杖，驱赶那些恶狗。另一个个头儿很高，一路从容不迫地走着，仿佛不屑理会那群顽童跟恶狗似的。顽童似乎在仿效恶狗，都不是什么好东西。

两个外乡人都穿得很寒酸，看样子口袋里多半没钱，估计连一晚上的住宿费都掏不起。恐怕这就是村民们放纵自己的孩子和恶狗如此粗鲁地驱赶他们的原因。

"我说，老婆子，"费莱蒙对鲍西丝说，"咱们去迎一迎那两个可怜的人吧。他们心里肯定很难过，恐怕连这小丘都爬不上来了。"

"你快去迎一迎他们，"鲍西丝回答说，"我赶紧到屋里看看能不能弄点儿东西给他们吃。舒舒服服吃一碗牛奶泡面包，他们立马就会精神起来。"

说着，她匆匆走进小屋。费莱蒙则走上前去，非常热情地伸出手，就算什么都不说，对方都能感觉到他的真诚好客。他用最热诚的声音说——

"欢迎，外乡客人，欢迎！"

"谢谢！"年轻的那个答道，别看他风尘仆仆，又麻烦缠身，说起话来却十分轻松，"这跟我们在那边村子受到的待遇截然不同啊。你怎么会跟那么坏的街坊住在一块儿？"

"啊！"费莱蒙老头儿温和而亲切地笑着说，"上帝把我安顿在这里估计有很多原因，我希望其中之一就是为了让我尽自己所能，弥补街坊们对你们的失礼。"

"说得好，老大爷！"那个过客哈哈大笑起来，"说老实话，我和我的同伴确实需要弥补弥补。那些孩子（那些小流氓！）用泥团打得我们浑身都是泥巴。我的斗篷本来就够破的了，一条恶狗还把它给撕烂了。不过我用手杖给了它嘴巴一下，别看离得远，我估计你多半听到它叫唤了。"

看到他心情这么好，费莱蒙挺高兴的。的确，从这位过客的神态来看，你们想象不到他辛苦跋涉了一天，已经累得筋疲力尽，最后还受到粗鲁的驱赶，从而灰心丧气。他穿得很怪异，头顶的帽子帽檐遮住了两只耳朵。明明已经是夏天的傍晚，他却披着斗篷，还把自己裹得严严实实的，想必是因为里面的衣服破烂不堪。费莱蒙还发现他的一双鞋子也很奇怪。可是天色越来越暗，老人家的眼神不太好，也说不出来到底哪里奇怪。反正有一点很蹊跷：那个外乡人轻巧灵活得出奇，他的两只脚仿佛会时不时自己从地面上抬起来，只能用点儿力把它们按在地上。

"我年轻的时候腿脚很轻快，"费莱蒙对那个过客说，"可是一到晚上就觉得腿脚发沉。"

"弄一根好手杖帮忙比什么都好使！"过客答道，"瞧，我碰巧有一根呢。"

费莱蒙从来没见过那么古怪的手杖。它是用橄榄木制成的，顶端好像还有一对小翅膀。两条用木头雕刻的蛇缠绕在手杖上活灵活现，费莱蒙老头儿（你们知道，他已经老眼昏花了）差点儿以为是真蛇，甚至还看见它们扭来扭去的。

"果真是件稀罕物！"他说，"手杖长了翅膀！给小孩子当竹马骑真是再好不过了！"

这时，费莱蒙和两个客人已经走到了小屋门口。

"朋友们，"老头儿说，"快在条凳上坐下歇歇脚。我好心的老婆子去给你们张罗晚饭了。我们是穷人，可是只要我们食橱有的东西，都会拿来款待你们的。"

那个年轻的过客一屁股坐在条凳上，随手把手杖往地上一丢。接下来的事儿，虽然微不足道，倒也相当离奇：只见那根手杖自己从地上起来，张开小翅膀，连飞带跳地跑过去，自己靠在小屋的墙壁上，然后就一动不动地站在那儿，只有那两条蛇还在扭来扭去。不过，依我看，多半是费莱蒙老头儿的眼睛不好使，又在捉弄他了。

他还没来得及发问，那个年长的过客就开口了，把他的注意力从手杖上引开了。

"古时候，那边村子所在的地方不是一片湖吗？"过客用非常低沉的声音问道。

"那我可没见过，朋友，"费莱蒙回答说，"瞧，我都这把年纪了。过去那里就一直都是田野和草地，现在也一样，长着老树，小河哗啦啦地流过山谷。据我所知，我的父亲、我父亲的父亲，见到的都是这副样子。等老费莱蒙不在人世，被人忘掉的时候，肯定也还是老样子！"

"这可说不准！"他声音低沉，语气十分严厉。他摇摇头，又黑又浓的鬓发也跟着来回摆动，"既然那边村子的住民把人性中的仁爱和同情心都忘在九霄云外了，那就让那片湖再把他们的住处淹没好了！"

过客的神情如此严峻，费莱蒙简直有点儿害怕了。过客皱眉的时候，暮色顿时更浓了；过客摇头的时候，空中好像雷声滚滚。这让费莱蒙越发害怕了。

不过，片刻之后，过客便放缓了脸色，渐渐变得十分和蔼可亲。老头儿也忘记了刚才的恐惧，他情不自禁地觉得，这个年长的过客绝对不是一般人，别看他这会儿穿得这么寒酸，靠双脚走路。费莱蒙倒不认为他是乔装的王子之类的人物，而是觉得他是个绝顶聪明的哲人，穿着破旧的衣服游历世界，鄙薄财富和一切世俗的东西，力争提高自己的智慧。这个想法似乎更有道理，因为当费莱蒙抬眼去看过客的脸时，一眼看到的思想似乎比他一辈子揣摩出来的还多。

鲍西丝准备晚饭的时候，两个过客就非常热情地跟费莱蒙攀谈起来。年轻的那个极其健谈，他伶牙俐齿，妙语连珠，逗得老头儿前仰后合，这位年轻人是费莱蒙这么多年来见过的最快活的人。

"请问，我年轻的朋友，"老头儿跟他们混熟之后问道，"我怎么称呼你？"

"你瞧，我很机灵吧，"过客回答说，"所以，你要是管我叫水银还挺适合我的。"

"水银？水银？"费莱蒙盯着过客的脸重复了两遍，想看看他是不是在跟自己开玩笑，"真是个奇怪的名字！那你的同伴呢？是不是也跟你的名字一样奇怪？"

"这你得请雷公[1]告诉你才行！"水银神秘兮兮地回答说，"别的声音都不够响亮。"

要不是费莱蒙壮着胆子去看那位年长的过客，从他脸上看到那么慈悲的神情，就会被这番话吓倒，不管水银是不是开玩笑，都会让老费莱蒙对那位年长的过客心生敬畏。不过，毫无疑问，如此谦卑地坐在一座小屋门口的人当中，再没有比他更尊贵的了。这位过客说话时特别威严，费莱蒙便不由自主地想要跟对方掏心窝子。当人们碰到非常聪明的智者，能理解他们所有的善与恶，却丝毫不加鄙视的时候，就会产生这样的感觉。

不过费莱蒙是个单纯善良的老头儿，没有多少隐私可讲。他喋喋不休地讲着往事，他这一辈子都没有离开过这个地方。他和妻子鲍西丝年轻的时候就住在这间小屋里，他们老老实实干活儿，日子过得很穷，但是却很满足。他告诉客人，鲍西丝的黄油和奶

---

1. 年长的过客即为宙斯。因他手持霹雳，故霍桑在此称其为雷公。

酪做得有多好，菜园子里种的菜长得有多棒。他还说，他们老两口相亲相爱，希望到死都不要分开。他们活着在一起，死了也应当在一块。

过客听着听着，脸上露出一丝微笑，严肃的表情也亲切起来。

"你是个善良的老人家，"他对费莱蒙说，"还有个好老伴儿做你的贤内助。你的愿望理应实现。"

此时此刻，费莱蒙觉得西天的云彩仿佛闪过一道亮光，在天空燃起一片突如其来的光辉。

这时，鲍西丝做好了晚饭，端到门口，很抱歉地说只能给客人们弄点儿粗茶淡饭，实在不成敬意。

"要是知道你们要来，"她说，"我和老头子宁肯不吃饭，也要给你们准备一顿像样点儿的晚饭。可是现在我把今天的牛奶都做成奶酪了，面包也只剩下一半了。唉，我从来不会为贫穷感到难过，除了可怜的过路人来敲我们家门的时候。"

"一切都会好的，不要为难自己，我的好大妈，"年长的过客和颜悦色地说，"对客人真心实意的欢迎会使饭菜发生奇迹的，它能让粗茶淡饭变成琼浆仙馔。"

"非常欢迎你们，"鲍西丝急切地说，"你们还可以吃到我们碰巧留着的一点儿蜂蜜和一串紫葡萄。"

"嗨，鲍西丝大妈，这就是美味佳肴啦！"水银笑着嚷道，"一顿地地道道的美味佳肴！你就看我怎么狼吞虎咽地把它们一扫而光吧！我觉得我这辈子都没这么饿过。"

"我的天哪！"鲍西丝悄悄对丈夫说，"要是那个年轻人的胃口真的这么好，恐怕这顿晚饭还不够他吃个半饱呢。"

四个人走进小屋。

我的小听众们，要不要我告诉你们一些会让你们目瞪口呆的事？那当真是整个故事当中最怪异的场景之一呢。你们还记得水银的手杖吧，它刚才自己跳过去靠在小屋的墙壁上。嘿，现在主人进了门，把这根神奇的手杖留在外面，它只好立即张开小翅膀，连蹦带跳，扑腾着飞上台阶！手杖哒哒哒走到厨房的地板上，最后走到主人的椅子旁边，才有模有样、彬彬有礼地站在那里不动了。费莱蒙老头儿跟他的老伴儿忙着招待客人，没有注意刚才那根手杖的动静。

正如鲍西丝说的那样，她给两个饥肠辘辘的过客准备的晚饭确实不多。餐桌中间摆着一块吃剩的黑面包，旁边摆着一块奶酪，另一边放着一碟蜂蜜。每个客人面前都摆着一串新鲜的紫葡萄。桌子的一角放着一只不大不小的瓦罐，里面的牛奶都不满。鲍西丝倒了两碗牛奶，放在两位客人面前，罐子里就只剩下一点儿牛奶了。唉！一个生性大方的人受穷困所迫，这真是令人伤感啊。可怜的鲍西丝一心想着，要是能给这两个饥肠辘辘的客人准备一顿稍微丰盛点儿的晚饭就好了，哪怕让她为此饿上一个星期她也甘愿。

晚饭实在少得可怜，她不由得希望两位客人的饭量没那么大。

可是，两位客人刚坐下，就一口气把碗里的牛奶喝得一干二净。

"能再来点儿牛奶吗，善良的鲍西丝大妈？"水银说，"今天太热了，我口渴得要命。"

"啊，我亲爱的客人，"鲍西丝十分尴尬地回答说，"真是太抱歉，太惭愧！罐子里连一滴牛奶都没了。唉，老头子！咱们怎么就先把晚饭给吃了呢？"

"嘿，我瞧瞧，"水银一边嚷嚷，一边从桌旁站起来，抓住牛奶罐的把儿，"我瞧倒不像您说的那么糟糕。罐子里还有牛奶呢。"

说着，他从罐子里给自己倒了一碗牛奶，又给同伴倒了一碗。鲍西丝看到十分惊讶，她以为罐子已经空了，这个好心的女人简直不敢相信自己的眼睛。刚才她明明都快把牛奶倒完了，就在把罐子放到桌子上的时候还瞅了一眼，都瞧见罐子底了。

"可能是我上年纪了，"鲍西丝心想，"忘性太大。估计刚才搞错了。这下又从罐子里倒了两碗出来，不管怎么样都空了。"

"多好的牛奶啊！"水银把第二碗一饮而尽之后说，"对不起，好心的女主人，我还得请您再给我来点儿。"

鲍西丝刚才清清楚楚地看见水银倒第二碗牛奶的时候，把罐子转了个底朝天，里面一滴不剩了，现在罐子里肯定没了。不过，为了让水银看个明白，她还是端起牛奶罐，摆出给水银倒牛奶的架势，但是根本没想过会有牛奶流出来。当牛奶像小瀑布一样哗啦啦地流进碗里，很快装满一碗，还溢出来流到桌子上的时候，她是何等惊讶啊！缠在水银手杖上的两条蛇（不过鲍西丝和费莱蒙碰巧都没注意）伸出头，把桌子上的牛奶舔得干干净净。

那牛奶是多么香甜可口啊！就好像那天费莱蒙的奶牛吃的是世界上最鲜嫩的仙草似的。我亲爱的小家伙们，真希望你们每个人晚饭的时候都能喝上一碗那样香喷喷的牛奶。

"给我来一片您的黑面包，鲍西丝大妈。"水银说，"再加点儿蜂蜜！"

鲍西丝给他切了一片面包。刚才她跟丈夫吃的时候，那面包干巴巴、硬邦邦的，一点儿都不可口，可是现在却又松又软，就好像几个小时前才从烤箱里拿出来似的。她捡起掉在桌子上的碎屑尝了一口，发现比她吃过的任何面包都可口。她简直不敢相信这是她亲手揉面烘烤的面包。可如果不是，又能是哪里来的面包？

啊呀，那蜂蜜啊！我索性不去描述它闻起来、看起来有多么鲜美了。单说它的颜色，那是最纯粹、最透明的金子的颜色。它散发着一千朵鲜花的香味儿，而且还不是生长在人间花园的鲜花。为了寻找那些仙花瑶草，蜜蜂肯定飞上了云端。不可思议的是，蜜蜂们飞上那么芬芳馥郁的奇花异卉后，竟然还舍得飞下来，回到费莱蒙菜园子的蜂巢里。从来没尝过、没见过，也没闻过这样的蜂蜜。厨房里香气四溢，沁人心脾，令人心旷神怡。闭上眼睛，你瞬间就会忘记厨房那低矮的屋顶和被烟熏得发黑的墙壁，还以为自己置身于一座爬满金银花的天国凉亭里呢。

尽管好心的鲍西丝大妈是个心思单纯的老太太，也觉得这一切有点儿不寻常。于是，给客人递上面包和蜂蜜，又在两个人的盘子里各放了一串葡萄后，她就坐到费莱蒙身边，把自己看到的事儿悄悄讲给他听。

"你听说过这样的事吗？"她问。

"没有，从来没有，"费莱蒙笑着回答说，"我亲爱的老婆子，我倒是觉得你像在梦游哩。要是刚才我去倒牛奶，肯定一眼就看明白怎么回事啦。罐子里的牛奶碰巧比你料想的多一点儿罢了。"

"啊，老头子，"鲍西丝说，"随你怎么说吧，这两个可不是平常人。"

"好啦，好啦，"费莱蒙仍然笑眯眯地回答道，"或许他们不是平常人，看样子应该是过好日子的。看到他们这顿晚饭吃得这么舒心，我打心眼儿里高兴。"

这时，两位客人从盘子里拿起葡萄。鲍西丝（揉了揉眼睛，好看得清楚点儿）觉得两串葡萄变得又大又多，每颗葡萄都饱满得要爆开似的。她怎么也想不明白，爬在小屋墙壁上那株又老又矮的葡萄藤怎么可能结出这样的葡萄来。

"这些葡萄真是不错！"水银说着，吃了一颗又一颗，可是那串葡萄好像一点儿都没变少，"善良的主人，这葡萄是从哪儿摘来的？"

"从我自己的葡萄藤上，"费莱蒙回答说，"你瞧有根藤从窗户那边绕过去了呢。不过我和老婆子从来不觉得这些葡萄特别好。"

"我从来没吃过比这更好吃的葡萄呢，"客人说，"能给我再倒一杯香喷喷的牛奶吗？再喝杯牛奶，我这顿饭吃得比王子还好呢。"

这次，费莱蒙老头儿站起身来，端起牛奶罐。其实他也想看看刚才鲍西丝悄悄跟他说的那些奇事儿究竟是怎么回事。他知道自己老伴儿从来不会撒谎，也很少会弄错，可是这次的事儿太蹊跷了，他想亲眼看个究竟。他端起牛奶罐，偷偷往里面瞅了一眼，非常确定里面连一滴牛奶都没了。可是，突然之间，他看见一股白色的喷泉从罐底涌出来，泛着泡沫、香气四溢的牛奶顿时注满了罐子。费莱蒙大吃一惊，幸好没有失手把那只神奇的牛奶罐掉在地上打碎。

"两位创造奇迹的外乡人，你们到底是谁啊？"他嚷嚷起来，比老伴儿还困惑。

"是你的客人，也是你的朋友啊，我亲爱的费莱蒙。"年长的过客温和而低沉地回答道，他的声音既亲切又令人敬畏，"给我也来杯牛奶吧，但愿你的牛奶罐永远都倒不空，你和善良的鲍西丝可以永远饮用，也可以跟饥渴交加的路人分享！"

这时，晚饭也吃好了，两位过客要费莱蒙带他们去休息。老两口本来很想跟他们攀谈一会儿，刚才看到那么多奇事，他们真想问个究竟。而且，看到那么简陋的粗茶淡饭变得那么丰盛，他们打心眼儿里高兴，也想说给他们听。可是那位年长的过客让他们感到敬畏，不敢贸然去问他什么问题。于是费莱蒙把水银拉到一边，问他一只旧瓦罐怎么会有牛奶冒出来，水银指了指他的手杖。

"全部奥秘都在那里，"水银说，"要是你能弄个水落石出，还要麻烦你告诉我一声呢。我可说不上来我的手杖是怎么回事。它总是玩这样的老把戏，有时候给我弄顿晚饭，有时候又把我的晚饭偷走。要是我相信那些无稽之谈，倒要说这根手杖会魔法呢！"

水银没再说什么，只是顽皮地看着他们老两口的脸，搞得他们觉得他在取笑自己。水银从房间走出去，那根魔杖跟在他后面，也蹦蹦跳跳走出去了。客人走了以后，善良的老两口又聊了一会儿晚上的种种怪事，就躺在地板上睡着了。他们把卧室让给了客人，家里又没有多余的床，就只好躺在木地板上睡觉。我希望那些木地板像他们的心肠一样柔软。

老头儿和他的老伴儿一早就起来了，太阳升起的时候，两位客人也起来了。他们准备告辞。费莱蒙热情地挽留他们吃过早饭再走，还让鲍西丝去挤牛奶、烤蛋糕，说不定还能弄几个新鲜鸡蛋呢。可是，两位客人的意思是最好在天热起来之前多赶些路。

他们执意马上动身，不过要请费莱蒙和鲍西丝送一送他们，给他们指一指路。

于是，四个人像老朋友一样，聊着天从小屋里走出来。不可思议的是，老两口居然跟那位年长的过客混得非常熟悉了，他们单纯的心灵仿佛两滴清水，融入他心里那浩瀚的大海。至于水银嘛，他机智敏锐，嘻嘻哈哈，仿佛能看透他们的内心，连他们自己都没有觉察的小心思也逃不过他的眼睛。说实在的，他们有时候真希望他不要那么机敏，还希望他把那根手杖扔掉，因为手杖上面总是缠着两条蛇，看上去十分诡谲淘气。不过，话说回来，水银待人那么和气，他们倒乐意让他成天留在他们小屋里，带着他的手杖和蛇一起留下来。

"啊！天哪！"大家刚走出没多远，费莱蒙就感叹起来，"要是邻居们知道接待过客是一件多么幸运的事，他们就会把恶狗统统拴起来，再也不会让孩子们对人乱扔石头了。"

"他们那么做真是作孽，丢人！"善良的老鲍西丝愤愤地说，"我打算今天就去找那些人说道说道，他们真是太缺德了！"

"恐怕你会发现他们都不在家。"水银高深莫测地笑着说。

那位年长的过客皱起眉头，脸上浮现出一种令人敬畏的威严，同时又显得十分安详平静，鲍西丝和费莱蒙连一句话都不敢说了。他们毕恭毕敬地望着他的脸，仿佛在凝望着上天。

"要是人们不把最卑微的陌生过客当兄弟看待，"年长的过客说，他的语调十分低沉，就像风琴发出的声音，"那他们就不配生活在大地上。大地之所以被创造出来，是为了给相亲相爱的人类居住的。"

"对了，亲爱的老人家，"水银嚷嚷起来，眼睛里闪烁着欢乐、淘气的神情，"你说的那个村子在哪儿呢？在我们的哪一边？我怎么都没看见啊。"

费莱蒙和老伴儿扭头朝山谷那边望去。昨天太阳落山的时候，他们还看见那里的草地、房屋、花园、树木和宽阔的林荫大道，孩子们在街上玩耍，一派忙碌、欢乐、繁荣的景象。可是现在他们惊呆了！那个村子不见踪影了！就连那片肥沃的谷地都不复存在了。只见一片蔚蓝的湖水灌满了山谷，周围的山峦倒映在湖心，湖水安宁静谧得就像开天辟地以来就一直在那里似的。有一瞬间，湖面平静如镜。随后微风轻拂，湖水微微荡漾，泛起层层涟漪，在清晨的阳光下闪烁着银光，流水轻轻拍打着湖岸，发出悦耳的潺潺声。

奇怪的是，这座湖竟然让人觉得十分眼熟，老两口大惑不解，差点儿以为他们只是在梦里看见有座村子曾经出现在那里。可是紧接着他们就记起那些消失的住房、村民的面孔和性格，一切都那么清晰，怎么也不可能是一场梦。村子昨天还在那里，现在却不见了！

"天哪！"两位好心的老人家嚷嚷起来，"我们可怜的邻居们怎么啦？"

"他们不再是人类了，"年长的过客用威严而低沉的声音说道，此时远处似乎有隆隆雷声滚过，"他们所过的那种生活既没有益处，也没有真善美，因为他们从来不肯用乐善好施来减轻、抚慰人世的疾苦。他们心中没有对美好生活的向往，所以古时候那片湖又冒出来映照苍天了！"

"至于那些愚蠢的人嘛，"水银调皮地笑着说，"他们全都变成了鱼。也用不着怎么变，因为他们已经是长满鳞甲的恶棍，是最冷血的动物了。善良的鲍西丝大妈，要是你和你丈夫想吃烤鳟鱼，只要抛一根渔线，就能把你们的老邻居钓上来半打！"

"啊！"鲍西丝打了个寒战说，"我可不会把他们放在炉架上烤！"

"不，"费莱蒙皱起了眉头，他接着鲍西丝的话说，"我们永远都不会吃他们的！"

"至于你，好心的费莱蒙，"年长的过客接着说，"还有你，善良的鲍西丝，你们尽管生活拮据，还是满腔热情地接待无家可归的陌生人，你们的情义让牛奶变成了用之不竭的琼浆玉液，黑面包和蜂蜜变成了珍馐仙馔。神仙在你们的饭桌上吃到了奥林波斯山[1]所吃的美味佳肴。你们做得非常好，我亲爱的老朋友。因此，

---

1. 奥林波斯山：位于希腊北部的一座高山。古希腊人视之为神山，认为统治宇宙的众神都住在山顶上。

你们心里有什么愿望尽管说出来，全部都会实现的。"

费莱蒙和鲍西丝你看看我，我看看你——我不知道他们俩是谁开的口，只知道那句话说出了两个人共同的心愿。

"让我们俩活着的时候相依为命，死的时候同时离开这个世界！因为我们永远相亲相爱！"

"如你们所愿！"过客郑重其事地答道，"现在再看看你们的小屋！"

他们扭头一看，顿时大吃一惊：只见刚才那栋简陋的小屋变成了一幢高大的白色大理石豪宅，宅子的前门敞开着！

"那就是你们的家，"过客笑眯眯地望着他们，宽厚地说，"在你们的宅邸里热情地接待过路人吧，就像你们昨晚在那座寒碜的小屋里接待我们一样。"

老两口赶紧跪下谢恩，可是，那人和水银都不见了！

就这样，费莱蒙和鲍西丝住进了那座大理石的宅邸，他们最大的快乐就是让每个路过的人都有宾至如归的感觉。我得告诉你们，那只牛奶罐仍然保持着永不枯竭的神奇魔力，需要它满的时候它就会满。正直、和善、快乐的客人从奶罐里喝奶，就会发现那是他喝过的最香甜、最提神的琼浆；可是，如果一个脾气又坏又吝啬的人喝上一口，就会把脸拧成一团，宣称那是一罐酸腐的牛奶！

老两口在那座宅邸里生活了很久很久，他们年纪越来越大，已经很老很老了。最后，在一个夏天的早晨，费莱蒙和鲍西丝迟迟没有露面。往常他们总是满脸笑容，热情地招呼留下来过夜的客人们来吃早餐，那天却没有看到他们。客人们把那座宽敞的宅邸上上下下找了个遍，就是不见他们的踪影。困惑不解地找了大半天之后，大家突然看到大门口出现两棵参天大树，可是谁也不记得前一天在那儿看到过那两棵树。大树耸立在门口，树根深深扎进土壤，繁茂的枝叶把整座宅邸的前半部分都遮住了。一棵是橡树，另一棵是椴树。它们的枝丫——看上去奇特而美丽——交缠在一起，相互拥抱着，好像生长在彼此的怀抱里，相依相偎。

客人们十分惊奇：这两棵树这么大，至少要一百年才能长成，怎么会在一夜之间就长得这么高大？这时，一阵风吹来——

"我是老费莱蒙！"橡树低声说。

"我是老鲍西丝！"椴树低声说。

风越来越大了，两棵树同时说起话来了——"费莱蒙！鲍西丝！鲍西丝！费莱蒙！"仿佛一分为二，又合二为一似的，它们在共同的心灵深处说话。显而易见，那对好心的老两口开始新的生活了，从现在开始，它们要安安静静、快快乐乐地再活一百年。只不过费莱蒙是一棵橡树，而鲍西丝是一棵椴树罢了。啊，它们在周围洒下多么热情好客的浓荫啊！每当路人来到树下歇脚，就会听到头顶上的树叶悦耳的低语声，来者就会纳闷，那声音怎么像在说：

"欢迎，欢迎，亲爱的过路人，欢迎！"

一些善良的人知道怎么最投合老鲍西丝和老费莱蒙的心意，他们围着两棵树的树干修了一圈环形座椅。很久很久以后，那些累了的、饿了的、渴了的人还常常在椅子上歇息，并开怀畅饮那只神奇的牛奶罐里源源不断的牛奶。

要是我们大家此时此地就有那个牛奶罐，该有多好啊！

THE CHIMERA

喀迈拉

很久很久以前的古时候（我给你们讲的那些稀奇古怪的故事，都发生在没有人能记得的古时候），在希腊神奇的土地上，一股泉水从一座山坡下涌出来。据我所知，好几千年过去了，它还在原来的地方汩汩流淌呢。不管怎么说吧，那股沁人心脾的甘泉生气勃勃地喷涌出来，在金色夕阳的照耀下，欢快地沿着山坡奔流而下。这时，一个英俊的小伙子向泉边走来，他叫柏勒洛丰（Bellerophon），手里拿着一副辔头，辔头上镶着璀璨的宝石，还配着一个黄金马嚼子。山泉旁边有一个老人、一个中年人、一个小男孩和一位姑娘，姑娘正拿着瓦罐汲水。柏勒洛丰看到后停住脚步，请求姑娘给他喝口水提提神。

"这泉水真甜！"他喝过水之后，把瓦罐涮了涮，又装满水，对姑娘说，"这山泉有没有名字，能劳驾你告诉我吗？"

"有的，它叫庇瑞涅泪泉（Fountain of Pirene）。"姑娘回答说，随后又说，"我奶奶告诉我，这股清泉是个美丽的女人变的。她儿子被女猎人阿尔忒弥斯[1]射死后，她整个人都化成了泪水。所以你喝的这股清凉甘甜的泉水，实际上是那位可怜的母亲心中的悲伤！"

"我做梦也想不到，"年轻的陌生人说，"这么清澈的泉水，潺潺地奔涌出来，欢快地跳出树荫，奔流到阳光下，竟然是从心底涌出来的泪水！这么说，这道山泉就是庇瑞涅泪泉了。美丽的姑娘，谢谢你把它的名字告诉我。我不远万里，从遥远的国家来到这里，就是为了寻找这个地方。"

一个中年乡下人（他牵着牛来饮水）目不转睛地盯着年轻的柏勒洛丰，盯着他手里那副漂亮的辔头。

"朋友，如果你从那么大老远的地方来就为了寻找庇瑞涅泪泉，"他说，"那你们河道的水位肯定下降得厉害。对了，你丢了一匹马是吗？我看你手里拿着一副辔头，而且是一副很漂亮的辔头，上面还嵌着两排亮晶晶的宝石。要是你的马跟这副辔头一样名贵，丢了真是太可惜了。"

"我没有丢马，"柏勒洛丰笑着说，"不过是碰巧在寻找一

1.阿尔忒弥斯：古希腊神话里的月神和狩猎女神。

匹非常名贵的马，智者告诉我，要找那匹马，只能到这里来。不知道那匹长着翅膀的飞马珀伽索斯[1]是否还像你们祖先那个时候一样，在庇瑞涅泪泉附近出没？"

听了他的话，那个乡下人哈哈大笑起来。

小朋友，你们有些人可能听说过，珀伽索斯是一匹雪白的骏马，长着一对漂亮的银白色翅膀，大部分时间都在赫利孔山[2]（Mount Helicon）顶上度过。它掠过长空的时候，就像在云端翱翔的雄鹰一样狂野、迅猛，充满活力，当真是一匹举世无双的骏马！它没有伴侣，没有人骑上过它的背，也没有人给它套上过辔头。这么多年来，它独自过着逍遥快活的日子。

做一匹飞马多好啊！就像它那样，夜晚在巍峨的山巅睡觉，白天大多数时间都在空中飞翔。珀伽索斯似乎并非人间凡品。每次看到它，它都在高空翱翔，太阳照耀着它银色的翅膀，你们会觉得它分明是天外来客；每当它低飞逡巡时，你们会以为它在人间的雾霭里迷失了方向，正在寻找归途。看着它纵身跃入一朵明亮的云彩，消失在软绵绵的云朵里，而后突然从另一端冲出来，那情景真是叫人称绝。或者在阴沉沉的暴风雨天，空中乌云密布，它碰巧穿云而降，云层上面悦目的光芒紧随它而至。下一刻，珀

1.珀伽索斯：古希腊神话里的飞马，美杜莎与波塞冬之子。珀耳修斯砍下美杜莎的头时，珀伽索斯即从她的身体里跳了出来。传说其踏过之处有泉涌出，诗人饮之可获灵感。
2.赫利孔山：古希腊神话中文艺女神缪斯居住的地方。

伽索斯和那道光芒固然会一同隐去，但是，如果谁有幸看到这一奇观，就会一整天都神采飞扬，直到暴风雨过去，还喜笑颜开。

夏天，风和日丽的时候，珀伽索斯经常会降落在坚实的大地上；合拢银色的翅膀，像疾风一样，漫山遍野撒欢奔跑，消磨时光。人们经常看到它出没于庇瑞涅泪泉附近，不时啜饮几口甘泉，或者在溪边柔软的草地上打个滚。有时候，它也会啃两口最甜美的苜蓿花（不过它对吃食非常挑剔）。

因此，人们的曾祖辈（只要他们还没老，对飞马的存在还深信不疑）常常到庇瑞涅泪泉去，希望能一睹珀伽索斯的风采。可是后来人们很少看到它了。的确，很多乡下人就住在泪泉附近，走路到泉边只要半个小时，可是他们从来没见过珀伽索斯，也不相信世间真的有这样的灵兽存在。刚才跟柏勒洛丰说话的人碰巧也是对此持怀疑态度的人。

所以他才放声大笑起来。

"说真的，珀伽索斯！"他嚷嚷起来，还把他那只塌鼻子使劲皱得老高，"老实说，一匹长翅膀的马！嘿，朋友，你脑子没毛病吧？马长翅膀有什么用？你觉得它能拉好犁吗？倒是省了钉马掌的钱了，可是话说回来，谁喜欢看到自己的马从马厩的窗户里飞出去？嗯，要是你叫它去推磨，结果它飞到天上去啦，那可怎么好？不，不！我才不信有什么珀伽索斯呢。才不会有那种说马不是马、说鸟不是鸟的四不像呢！"

"我可不这么认为。"柏勒洛丰心平气和地说。

说罢，他转向那个白发老翁。那个老翁拄着拐杖，伸长脖子，一只手放在耳朵上，全神贯注地听他们讲话，他二十年前就开始有点儿耳背了。

"您怎么看，老人家？"柏勒洛丰问，"我猜您年轻的时候肯定经常看到那匹飞马！"

"噢，年轻的陌生人，我的记性很不好！"那个老人说，"要是我没记错，年轻的时候我确实相信过有这么一匹飞马，其他的人也都相信。不过现在我也不知道该怎么看，其实我很少想起那匹飞马。就算我见过那只灵兽，那也是很久很久以前的事了；实话告诉你吧，我觉得我压根儿没见过。我还是个年轻小伙子的时候，确实有一回在山泉边见过几个马蹄印。有可能是珀伽索斯留下的，也可能是别的马留下的。"

"你也从来没见过它吗，美丽的姑娘？"柏勒洛丰问那个姑娘，姑娘头上顶着水罐站在旁边听他们说话，"要是真有人能看见珀伽索斯，那肯定非你莫属，因为你的眼睛非常明亮。"

"有一回我觉得我看见了它，"姑娘红着脸，笑盈盈地回答说，"当时它在高空翱翔，那如果不是珀伽索斯，就是一只白色的巨鸟。还有一次，我拿着水罐来泉边汲水，听到一声嘶鸣。噢，它的嘶鸣多么欢快，多么悠扬啊！听见那声嘶鸣，我激动得心跳都加速了。不过当时我吓了一跳，所以连水都没顾上汲就跑回家了。"

"那真是太可惜了！"柏勒洛丰说。

接着，他又转向我在故事开头提到的那个小男孩，那孩子正张着玫瑰色的嘴唇，好奇地瞅着他；孩子们总是喜欢好奇地盯着陌生人看。

"我说，小朋友，"柏勒洛丰打趣地拽拽他一缕鬈发，大声说，"我猜你经常看到飞马。"

"是的，"那孩子毫不犹豫地回答，"我昨天还看见它了，以前也见过好多次。"

"你是个好孩子！"柏勒洛丰把孩子拉到跟前，说，"来，说给我听听。"

"嗯，"孩子说，"我经常来这里，在山泉里放小船，从泉底捡漂亮的小石子。有时候，我低头看泉水，就会看到飞马和天空的倒影。我想叫它下来，驮着我飞到月亮上去！可是，只要我抬起头仰望，它就立刻飞得无影无踪。"

柏勒洛丰相信那个孩子在水中看到过珀伽索斯的倒影，也相信那个姑娘听到过它悦耳的嘶鸣；他不相信那个乡下人，那人的眼里只有拉车的牲口，也不相信那个老人，他把年轻时美丽的事物忘得一干二净。

因此，此后好多天，他都在庇瑞涅泪泉周围转来转去，时刻留神观察。他不是抬头望天，就是低头看水，一心希望看到飞马在水中的倒影，或者一睹它真身的风姿。他总是拿着那副镶着宝石、配着金嚼子的辔头。住在附近的乡下人把牲口赶到泉边饮水的时候，常常为此取笑可怜的柏勒洛丰，有时候还要狠狠训他一顿。他们说，像他这样身强力壮的年轻人，应该干点儿正经事，不该浪费光阴，老想着这种不靠谱的事情。如果他想买马，他们可以卖一匹给他。柏勒洛丰谢绝后，他们又想方设法，硬是要买他那副精致的辔头。

就连乡下的孩子也把他当成大傻瓜，常常捉弄他。他们粗野蛮横，就算当着柏勒洛丰的面也肆无忌惮。譬如说，有个顽童，常常扮作珀伽索斯，胡乱蹦跶着，做出飞起来的样子；他的同学手里抓着一卷灯芯草，权当柏勒洛丰的珠宝辔头，在后面追赶。不过，那个在水里见过珀伽索斯倒影的孩子十分乖巧，他对那个年轻人的宽慰胜过所有顽童对他的折磨。那个可爱的小家伙经常在玩乐时间坐在他身边，一声不吭，一会儿低头看着泉水，一会儿抬头望着天空。他的信念如此纯真，柏勒洛丰不禁深受鼓舞。

或许，你们想知道柏勒洛丰为什么非要抓住那匹飞马。趁他等待珀伽索斯出现的当儿，我们抓住时机来聊一聊这个问题。

要是我把柏勒洛丰之前的探险经历全部说一遍，故事就会变得很长很长，这里简单交代一下够了。当时，在亚洲的某个国家，出现了一只可怕的怪兽，名字叫作喀迈拉。这只怪兽干的坏事，从现在讲到太阳落山都讲不完。据我所获得的最可靠资料，这个喀迈拉即便算不上全世界出现过的最丑陋恶毒、最离奇古怪、最难打败、最难逃脱的怪兽，也八九不离十了。它的尾巴像大蟒蛇，身体像什么我说不上来。它有三只独立的脑袋：一只狮子头，一只山羊头，还有一只巨蛇头。每张大嘴都会喷出熊熊的烈焰！它是一只凡间怪兽，我不确定它有没有翅膀。不过，不管它有没有翅膀，它的速度都非常快，奔跑起来像山羊和狮子，蠕动起来像蟒蛇，所以它移动的速度相当于把三种动物的速度叠加在一起。

噢，那只恶贯满盈的怪兽干的坏事真是太多，太多，太多了！它喷出的火焰能烧毁一座森林，能烧光一片良田，还能把村庄连同栅栏和房屋统统烧得一干二净。它把周围的整片村庄都变成废墟，还把人和牲畜活活吞下肚去，再用它胃里的大火炉把他们烤熟。天哪，孩子们，但愿咱们千万别碰到喀迈拉！

正在那只无恶不作的野兽（如果我们能管它叫野兽的话）行凶作恶的时候，碰巧柏勒洛丰到那个国家去拜见国王。国王的名字叫伊俄巴忒斯（Iobates），他统治的国家叫吕喀亚（Lycia）。柏勒洛丰是世界上最勇敢的小伙子之一，他最大的心愿就是见义勇为，为民除害，从而受到全世界的爱戴。那时候年轻人出人头地的唯一途径就是战斗，不是同自己国家的敌人作战，就是跟邪恶的巨人、可恶的巨龙或野兽搏斗。伊俄巴忒斯国王发现年轻的来访者是个勇士，就建议他去降伏人人害怕的喀迈拉。如果不赶紧除掉这只怪兽，吕喀亚就要变成一片废墟了。柏勒洛丰一口答应了，他向国王保证，不杀死那个作恶多端的喀迈拉，他就不活着回来。

可是，那个怪兽迅猛异常，要是徒步作战，势必无法取胜。因此，最明智的办法就是去弄一匹世界上最快最好的战马。世界上哪匹马的速度能比得上神马珀伽索斯的一半？珀伽索斯有腿又有翅膀，在空中比在地上还灵活。固然有很多人都不相信有这种长着翅膀的神马，还说关于它的故事都是凭空捏造，异想天开。但是不管这些传说多么离奇，柏勒洛丰都坚信珀伽索斯是一匹真实存在的骏马，并且希望自己交上好运，把它找到。只要能跨上珀伽索斯的背，他就能在与喀迈拉战斗时取得优势。

这就是他带着装饰华丽的辔头，不远万里从吕喀亚来到希腊的目的。那副辔头被施过魔法。只要柏勒洛丰能把那只黄金马嚼子塞进珀伽索斯的嘴里，珀伽索斯就会乖乖听他的话，认他做主人，他往哪儿拽缰绳，飞马就会带他飞到哪儿。

柏勒洛丰焦急地等着珀伽索斯到庇瑞涅泪泉来喝水，他等啊等，等得又疲惫又焦虑。他担心伊俄巴忒斯国王以为他临阵脱逃了。而且，一想到那个怪兽正在四处作恶，而他非但没有跟它搏斗，反而坐在这里干等着，眼巴巴地看着庇瑞涅清凌凌的泉水从亮晶晶的沙子里喷涌出来，他就心急如焚。再说了，近年来珀伽索斯很少现身，有人一辈子难得见到它降落一次，柏勒洛丰担心飞马还没现身，自己就老了，胳膊没了力气，心里也没了底气。啊，当一个血气方刚的年轻人渴望大有作为，等待摘取荣誉果实的时候，时间的脚步是多么沉重而缓慢啊！等待是多么令人煎熬的课程啊！人生短暂，我们又有多少时间耗费在这门课程上！

好在那个乖巧的孩子越来越喜欢他，而且不知疲倦地陪伴着他。每天早晨，随着昨天的希望枯萎死去，那孩子又把新的希望种在他的心田。

"亲爱的柏勒洛丰，"他满怀希望地望着柏勒洛丰的脸，大声说，"我觉得我们今天会看到珀伽索斯的！"

要不是这个孩子坚定不移的信念鼓舞着他，柏勒洛丰恐怕早就放弃一切希望，回到吕喀亚去，在没有飞马从旁协助的情况下，使出浑身解数跟喀迈拉厮杀。要是那样，可怜的柏勒洛丰就算不被那只怪兽吞下肚去，也会被它喷出的烈焰烧得遍体鳞伤。除非能跨到一匹天马的背上，否则任何人都不应该尝试和凡间的三头怪喀迈拉厮杀。

一天早晨，那个孩子跟柏勒洛丰说话的语气比以往都热切。

"最最亲爱的柏勒洛丰，"他大声说，"我也说不出为什么，但是我总觉得我们今天一定能看到珀伽索斯！"

整整一天，他都没有离开柏勒洛丰身边一步。中午，他们一起吃了块干面包，喝了点儿泉水。下午，他们依旧坐在泉边。柏勒洛丰用胳膊搂着那孩子，那孩子也把自己的小手塞进柏勒洛丰的手中。柏勒洛丰陷入沉思，出神地望着泉水上方的树干和攀缘在树枝上的葡萄藤。那个乖巧的孩子垂头凝望着泉水，他在为柏勒洛丰感到难过，因为今天的希望看来又要落空了。他无声地落泪了，两三滴泪水落到泉水里，和传说中庇瑞涅儿子被杀害的时候她所落下的滚滚泪水混合在了一起。

就在柏勒洛丰最想不到的时候，他感觉孩子的小手轻轻捏了他一下，还听到他屏住呼吸，低声细语在他耳边说话。

"快瞧，亲爱的柏勒洛丰！水里有个倒影！"

年轻人低下头朝波光粼粼的泉水里望去，只见镜子般清澈的水面上有一个倒影。他以为那是一只在高空翱翔的鸟儿，银白色的翅膀在阳光下闪闪发光。

"多漂亮的鸟儿啊！"他说，"别看它飞得比云彩还高，看上去还那么大！"

"我看到它直打哆嗦！"孩子低声说，"都不敢抬头往天上看了！它真是漂亮，可是我只敢看着它在水里的倒影。亲爱的柏勒洛丰，你还没看出来吗？那不是一只鸟，是飞马珀伽索斯！"

柏勒洛丰的心狂跳起来！他抬起头极目凝望，却看不到长翅膀的生灵，既没有看到鸟也没有看到马；因为它钻进夏日那软绵绵的白云生处去了。可是一眨眼，它又出现了，从云朵里轻快地往下降落，只是距离地面还很遥远。柏勒洛丰一把抓住孩子的手臂往后退，两个人一起缩进泉边浓密的灌木丛里藏起来。他倒不是害怕飞马伤害他们，而是担心珀伽索斯看到他们后远远地飞走，降落在某个高不可攀的山顶上。它可是一匹飞马。他们等了这么久，它总算要来饮庇瑞涅泪泉的水解渴了。

神奇的天马越来越近，它在绕着大圈盘旋，就像鸽子降落的时候那样。珀伽索斯兜着大圈滑翔，随着它渐渐接近地面，圈子越兜越小。离得越近，就越发觉得它美丽，越发觉得它那双银色翼翅的滑翔了不起。终于，它轻轻落在地面上，轻巧得没有压弯泉边的青草，也没有在沙地上留下蹄印。它垂下桀骜不驯的脑袋，开始饮水。它喝了口泉水，发出一声快乐的长啸，而后美美地咂摸了一会儿，又喝了一口，接着一口一口地喝了起来。珀伽索斯喜欢庇瑞涅泪泉的水胜过世上和天上的一切水源。喝足水之后，它啃了几朵甜蜜的苜蓿花，慢条斯理地咀嚼着。它无意大快朵颐，因为生长在高耸入云的赫利孔山山麓上的牧草比这些凡草更合它的口味。

　　就这样，飞马喝够了泉水，又屈尊啃了几口嫩草，便嬉闹起来，它跳来跳去，像在跳舞。再没有比珀伽索斯更喜欢嬉闹的动物了。它在泉边又蹦又跳，欢快的样子我想着就忍俊不禁，它像红雀那样轻巧地拍着那双硕大的翅膀，不时小跑一阵，马蹄一半着地，一半腾空，我都不知道该说它是在飞还是在跑。一只会飞的动物偶尔跑几步只是为了消遣，珀伽索斯就是这样，尽管要让马蹄贴近地面对它来说还有点儿小麻烦。再说柏勒洛丰，他正抓着那孩子的手，从灌木丛往外偷看。他心想，从来没见过这么美妙的情景，也没有见过哪匹马的眼睛有珀伽索斯的眼睛那么桀骜不驯，那么神采奕奕。企图给它套上辔头，跨上它的背，似乎是一种罪过。

有一两回，珀伽索斯停下来，吸吸鼻子，竖起耳朵，仰起脑袋转来转去，似乎觉得有点儿不对劲。可是没看到什么异常，也没听到什么动静，它很快又戏耍起来。

最后，珀伽索斯收起翅膀，在柔软的青草地上卧下，倒不是因为累了，而是闲极无聊，贪图享受。不过，它在空中生活得太久，一下子安静不下来，很快便四条长腿朝天打起滚来。这个独来独往的灵兽真是美丽非凡，上天没有给它创造伴侣，不过它也不需要伴侣，千百年来，它过着逍遥自在的生活。它越是做那些普通的凡马做的事情，就越显得超尘脱俗。柏勒洛丰和那孩子大气都不敢出，一来是因为他们既兴奋又敬畏，不过最主要的还是因为他们担心发出一点儿动静就会惊到它，那它就会像离弦之箭一样，飞向蓝天的深处。

最后，珀伽索斯打够了滚，翻过身来，和其他马一样，懒洋洋地伸出两条前腿趴在地上，准备站起身来。柏勒洛丰猜想它马上就要站起来了，便一个箭步从灌木丛里冲出来，一跃跨上马背。

是的，他骑到飞马背上了！

可是，珀伽索斯激烈地蹦跶起来！它有生以来第一次感到一个凡人的重量压在它的背上，便腾空一跃！的确是腾空一跃！柏勒洛丰还没喘过气来，就发现自己飞上了五百英尺的高空，而且还在扶摇直上。飞马又害怕又气恼，一边喷着鼻息，一边打着哆嗦。它还在往上冲，不断往上冲，一直冲进冷冰冰、雾蒙蒙的云团里。

刚才柏勒洛丰还在凝视那片云团，以为那是个十分宜人的去处呢。随后，珀伽索斯就像一道霹雳似的，冲出云团，直插下来，仿佛要连人带马一头撞到岩石上去。接着，它原地蹦跶了上千次，那种桀骜不驯的劲儿不论是鸟还是马都做不出来。

它的翻滚腾跃我连一半都描述不上来。它横冲直撞，忽前忽后，忽然又斜刺里冲出去，还把两条前腿搭在一团云雾上，后腿悬空，整个身子直立起来。它两只后蹄乱蹬，把头夹在两条前腿中间，翅膀垂直指着天空。就在离地面两英里高的时候，它突然翻了个跟头，柏勒洛丰头上脚下，仿佛在俯视而不是仰望天空。珀伽索斯扭过头来盯着柏勒洛丰的脸，两眼直冒火光，想要恶狠狠地咬他两口。它拼命拍打着翅膀，把一根羽毛都拍掉了。银白色的羽毛飘飘荡荡落下来，被那孩子捡了去。为了纪念珀伽索斯和柏勒洛丰，那孩子终生珍藏着那根羽毛。

不过，柏勒洛丰（你们肯定想得到，他是最优秀的骑手）一直在寻找机会，最后他"啪"的一声，把施过魔法的黄金嚼子塞进飞马的牙关里。把辔头一套上，珀伽索斯立马变得温顺了，就仿佛它这一生都是柏勒洛丰喂养的一样。说心里话，看到这么狂野的动物突然间变得那么驯服，真叫人心里不是滋味儿。珀伽索斯心里也很难受。它回头望着柏勒洛丰，美丽的大眼睛泪汪汪的，刚才的怒火已经消失得无影无踪了。可是，柏勒洛丰拍了拍它的脑袋，威严而和蔼地安慰了它几句之后，它的眼神变了，因为孤独了千百年后，它总算找到了一个同伴、一位主人，所以打心眼里高兴。

飞马这种桀骜不驯、独来独往的生灵都是这样，想赢得它们的爱戴，你得抓得住它们，能驯服它们。

珀伽索斯使尽全身解数想要把柏勒洛丰颠下马背的当儿，已经飞出了很远；柏勒洛丰把马嚼子塞进它嘴里的时候，他们已经来到一座巍峨大山的附近。柏勒洛丰以前见过这座山，知道这就是赫利孔山，飞马就住在这座山的山巅。珀伽索斯飞到那里（它温顺地望着骑手的脸，仿佛向他请假似的），降落在山顶，耐心地等待柏勒洛丰下马。柏勒洛丰果然跳下马背，但是仍然紧紧抓着辔头。然而，当柏勒洛丰看到珀伽索斯的目光，顿时就被它的温顺感动了，一想到珀伽索斯在这之前过的那种逍遥自在的生活，他不由动了恻隐之心。如果它真的那么向往自由，他实在不忍心把它抓来当俘虏。

他一冲动，便慷慨地从珀伽索斯头上脱下施过魔法的辔头，从它嘴里取出马嚼子。

"你走吧，珀伽索斯！"他说，"要么离开我，要么爱上我。"

飞马登时从赫利孔山顶飞蹿了出去，瞬息间几乎就不见了踪影。此时早已日落西山，山顶上暮霭已经降临，而周围的乡野已是暮色四合。不过珀伽索斯飞得非常高，追上了消逝的白昼，沐浴在上空的阳光里。它越飞越高，像个明亮的光点，最后终于消失在空旷的苍穹。柏勒洛丰担心自己再也见不到它了。不过，就在他为自己的愚蠢而懊恼的时候，那个明亮的光点又出现了，而且越来越近，最后降落在阳光照不到的低处。瞧，珀伽索斯又回来了！经过这次考验，他再也不用担心飞马逃走了。飞马和柏勒洛丰成了好朋友，他们彼此爱护，相互信任。

那天夜里，他们躺在一起睡觉，柏勒洛丰用胳膊搂着珀伽索斯的脖子，倒不是为了提防它，而是对它亲昵。天刚蒙蒙亮，他们就醒了，用各自的语言互道了早安。

就这样，柏勒洛丰和那匹神奇的骏马共度了几天时光。他们越来越熟悉，也越来越亲昵了。他们在天上长途旅行，有时候飞得特别高，地球看上去和月亮一般大小了。他们去过很多遥远的国家，当地的住民以为骑着飞马的那个英俊小伙子是天外来客。一天飞一千英里对神速的珀伽索斯来说易如反掌。

柏勒洛丰很喜欢这样的生活，如果能永远像这样在天朗气清的高空生活下去就好了，因为就算下面阴雨绵绵，这里也永远阳光明媚。可是他忘不了那个可怕的喀迈拉，他答应伊俄巴忒斯国王要把它除掉。所以，等他最终熟悉了空中骑术，能用最轻微的动作驾驭珀伽索斯，并教会它听懂指令后，就决定去尝试完成那一危险的壮举了。

第二天拂晓时分，他一睁开眼睛，就轻轻捏了捏飞马的耳朵，把它唤醒。珀伽索斯立即从地上一跃而起，纵身腾空四分之一英里高，绕着山顶兜了一大圈，表明自己已经清醒得很，随时可以上路了。它一边兜圈子，还一边发出一声洪亮、欢快、悦耳的嘶鸣，最后落到柏勒洛丰身旁，轻巧得就像一只麻雀跳上枝头似的。

"干得好，亲爱的珀伽索斯！干得好，我的天马！"柏勒洛丰亲昵地抚摸着马脖子说，"我又神速又美丽的朋友，咱们得吃早饭了。今天咱们要大战可怕的喀迈拉！"

他们吃过早饭，又在一眼叫作希波克里尼[1]（Hippocrene）的泉水里喝了几口亮晶晶的泉水。珀伽索斯主动伸长脖子，让主人给套上辔头。柏勒洛丰佩上宝剑，把盾牌套在脖子上，做着战前准备，珀伽索斯不断地欢腾跳跃，表示自己已经迫不及待地要出发了。一切准备停当后，骑手飞身上马，垂直往上飞了五英里，好看清楚前进的方向（这已经成了他远行前的习惯）。他让珀伽索斯掉头向东，朝吕喀亚出发了。途中他们追上一只苍鹰，那只鹰躲避不及，柏勒洛丰只要一伸手就能抓住它的腿。他们就以这样的速度向前疾飞，不到中午就看见吕喀亚那巍峨的高山和杂草丛生的深谷。有人告诉过柏勒洛丰，凶恶的喀迈拉就住在其中一条阴森森的山谷里。

很快就要到达目的地了，飞马便载着骑手慢慢往下飞，他们利用山顶上的浮云做掩护。柏勒洛丰在云层上方盘旋，从云端俯瞰，吕喀亚连绵起伏的群山尽收眼底，幽谷里的情景也一览无余。

1.希波克里尼：古希腊神话中赫利孔山的灵泉，诗的灵感之泉。

乍一看好像没有什么异常的地方。那是一片险峻峥嵘的荒山野岭。而地势较为平坦的地带,大量的房屋被烧成了废墟,牧场上到处都是牛羊的尸体。

"肯定是喀迈拉干的好事!"柏勒洛丰心想,"可是那头怪物能在哪里呢?"

我刚才说了,乍一看,重峦叠嶂之间的千沟万壑里并没有什么异常的地方。什么都没有;只有三股缭绕的黑烟从一个貌似洞口的地方冒出来,缓缓升到空中。还没有升到山顶,三股缭绕的黑烟就合为一股。那座山洞差不多就在飞马和骑手的正下方大约一千英尺的地方。那股黑烟迂缓地向上攀缘,散发出呛鼻的硫黄气味,令人窒息,呛得珀伽索斯直喷鼻息,柏勒洛丰直打喷嚏。神马可受不了这股气味儿(它呼吸惯了最纯净的空气),它赶紧挥动翅膀,冲到距离这股臭气足有半英里远的地方。

柏勒洛丰回头一望,看见了什么东西,赶紧拉住缰绳,让珀伽索斯掉转头。他做了个手势,飞马知道他的意思,慢慢从空中下降,一直降到距离岩石丛生的谷底一人多高的地方。前方,只要扔一块石头,就能滚到那座山洞的洞口,三股黑色的烟圈就是从那里冒出来的。此外,柏勒洛丰还看见什么了?

山洞里,一堆又奇怪又可怕的动物蜷成一团。它们的身体纠缠在一起,柏勒洛丰分辨不出都是些什么动物。不过,从它们的脑袋判断,第一个是一条巨蛇,第二个是一头凶猛的狮子,第三个是一只丑陋的山羊。狮子和山羊正在睡觉，巨蛇醒着，一对火红的巨眼正在东张西望。最不可思议的是，三股黑烟是从三颗脑袋的鼻孔里冒出来的！这幅景象太离奇，以至于柏勒洛丰一下子没转过弯来，尽管他一直在寻找喀迈拉，却没想到这就是那只可怕的三头怪兽。他找到喀迈拉的老窝了。正如他想象的那样，蛇、狮子和山羊并不是三只动物，而是一只怪兽！

恶毒可憎的坏蛋！别看它其中两个头都在睡觉，那罪恶的利爪仍然抓着一只倒霉的羊羔的残骸——也可能是个可爱的小男孩的残骸（我真是不愿意这么想）。看来是那两个头睡着之前，三张嘴一起啃剩下的！

突然，柏勒洛丰如梦初醒，意识到这就是喀迈拉。与此同时，珀伽索斯似乎也认出了它，马上发出一声嘶鸣，仿佛吹响了战斗的号角。这声嘶鸣惊醒了怪兽，它的三颗头顿时竖起来，喷出一团团烈焰。柏勒洛丰还没来得及考虑下一步该怎么做，怪兽就从山洞里冲出来，伸着巨爪径直朝他扑来，蛇尾在身后恶狠狠地扭动。要不是珀伽索斯敏捷得像只鸟儿，它和背上的骑手早就被喀迈拉掀翻在地，这场战斗还不等开始就结束了。不过飞马可不是那么轻易能战胜的。一眨眼工夫，它已经蹿上了高空，直冲云霄，愤怒地喷着鼻息。它打了个寒战，倒不是因为害怕，而是因为对那只令人作呕的三头毒物厌恶到了极点。

再说喀迈拉，它尾巴点着地，直挺挺地竖立起来，魔爪在空中疯狂地挥舞着，三个头都向珀伽索斯和它背上的骑手喷着火。我的天哪，它咆哮着，嘶鸣着，怒吼着！柏勒洛丰把盾牌套在手臂上，抽出宝剑。

"我亲爱的珀伽索斯，"他在飞马的耳畔低声说，"现在你必须帮我杀死这个十恶不赦的怪兽，否则，你就丢下你的朋友柏勒洛丰，独自飞回你那孤零零的山顶去。因为今天我和喀迈拉要斗个你死我活，要么把它杀死，要么就让它那三张大嘴把我曾经偎偎在你脖子上的这颗头给咬掉！"

珀伽索斯轻轻嘶鸣一声，回过头来用鼻子轻轻蹭着骑手的脸。它在用这种方式告诉骑手，尽管它是一匹长生不老的飞马，但是它宁肯死去，也不会丢下柏勒洛丰。

"谢谢你，珀伽索斯，"柏勒洛丰说，"那咱们就向那头怪兽发起冲锋吧！"

说着，他一抖缰绳，珀伽索斯便从斜刺里俯冲下去，像一支离了弦的箭，径直朝喀迈拉的三个头飞去。此时喀迈拉正使劲向上探着身子。等到距离那怪兽只有一臂之遥的时候，柏勒洛丰一剑砍去。不过他还没来得及看清楚这一击是否得了手，坐骑就载着他从那怪兽身旁飞走了，飞到跟刚才差不多远的时候迅速掉转头。柏勒洛丰这才看见他差点儿把那怪兽的羊头整个儿砍掉，现在那颗头连在皮上，耷拉下来，似乎已经没命了。

可是，为了弥补损失，蛇头和狮子头把死去的羊头的残暴劲儿全部吸收了过去，它们喷着烈火，嘶嘶叫着，咆哮着，比刚才凶猛得多。

"没关系，勇敢的珀伽索斯！"柏勒洛丰大声说，"再来这么一下，咱们就能把它的蛇头或者狮子头给砍掉。"

于是，他又轻轻一抖缰绳。飞马像刚才那样，斜刺里冲过去，疾飞如箭，扑向喀迈拉。俯冲交错的那一瞬间，柏勒洛丰对准其中一颗头挥剑砍去。不过这次他和珀伽索斯都没有第一次躲闪得好。喀迈拉的一只爪子重重地抓伤了年轻人的肩膀，另一只爪子挠伤了飞马左边的翅膀。再说柏勒洛丰，他重创了怪兽的狮头，把它砍得耷拉下来，嘴里的火焰几乎熄灭了，只有气无力地吐着浓烈的黑烟。可是蛇头（现在只剩下这一颗头了）比刚才凶猛、狠毒两倍。它喷射的火舌有五百码长，发出的嘶嘶声无比尖利刺耳，就连五十英里外的伊俄巴忒斯国王都听到了，他吓得浑身打哆嗦，连屁股底下的宝座都跟着抖起来。

"天啊！"可怜的国王心想，"喀迈拉要来吃我了！"

此时，珀伽索斯再次停在空中，发出愤怒的嘶鸣，它的眼睛喷射出水晶般纯净的火焰，跟喀迈拉那血红的火焰截然不同！天马的斗志彻底被激发出来了，柏勒洛丰也一样。

"你流血了吗，我不朽的骏马？"年轻人大叫起来，他对这匹骏马伤痛的关心远胜过对自己伤口的关心，这匹骏马本不应尝到伤痛的滋味，"我要让恶贯满盈的喀迈拉用它最后一颗头为此偿罪！"

说罢，他抖动缰绳，一声怒吼，指引珀伽索斯，对着那只可怕的怪兽迎面冲去，这次他们没有像刚才那样从斜刺里往下冲。这次攻击迅猛异常，眼前一闪，柏勒洛丰就到了敌人跟前。

　　失去第二颗头的喀迈拉疼痛难当，怒不可遏。它疯狂地蹦跶着，一半在地上，一半在空中，很难说清楚它到底是在地上还是在空中。它张开血盆大口，嘴巴大得可怕，我要说，张开翅膀的珀伽索斯差点儿连人带马飞进它的喉咙里！他们飞近时，那怪兽喷出熊熊烈焰，将柏勒洛丰和他的坐骑围困在烈火中，烧焦了珀伽索斯的翅膀，烤焦了年轻人垂在一侧的金黄色鬈发。他们从头到脚都被烤得火辣辣的。

　　可是跟接下来发生的事情相比，这简直微不足道。

　　飞马冲到距离喀迈拉一百码远的时候，喀迈拉一跃而起，将它那巨大、笨拙、凶恶、令人憎恶到极点的躯体奋力扑向可怜的珀伽索斯，拼命缠绕在它身上，还将蛇尾打了个结！天马直冲天际，越飞越高，飞过山巅，飞上云霄，几乎都要看不见坚实的地面了。可是那凡间的妖怪还是死死缠着来自天空代表光明的灵兽，一同飞上高空。此时，柏勒洛丰扭过头，发现自己跟凶恶狰狞的喀迈拉打了个照面，他赶紧举起盾牌抵抗，才没有被烧死或咬成两半。他的目光越过盾牌，严峻地直视着怪兽凶残的双眼。

　　此时，喀迈拉痛得发疯，所以防护不够严密。或许战胜喀迈拉的最好办法就是尽量逼近它。它企图把凶狠的铁爪插进敌人的身体，反而将自己的胸膛暴露在外面。柏勒洛丰看到后，用力把利剑刺进它那冷酷的心脏。它的蛇尾立刻松了。怪兽放开了珀伽索斯，从高空跌落下去。它胸中的烈火不但没有喷发出来，反而在体内熊熊燃烧起来，不一会儿就吞没了它的尸骨。它就这样从天上掉下去，火光熊熊，（它落地前夜幕已经降临）人们还以为是流星或彗星从天际滑落。第二天一大早，几个村民下地干活，他们惊讶地看到几亩地里撒满了黑色的灰烬。还有一块地中间有一大堆白骨，堆得比草垛还高出很多。除此之外，可怕的喀迈拉没有留下任何踪迹！

柏勒洛丰大获全胜，他激动得热泪盈眶，弯下腰亲了亲珀伽索斯。

"回去吧，我亲爱的骏马！"他说，"回庇瑞涅泪泉去！"

珀伽索斯从空中掠过，飞得比以往任何时候都快，不一会儿就来到了泪泉。它看到那个老人拄着拐杖，乡下人正在饮牛，漂亮的姑娘正在汲水。

"我现在想起来了，"老人说，"我以前见过这匹飞马，那时候我还小。不过它那时候比现在漂亮十倍。"

"我有一匹拉车的马，一个抵它三个！"乡下人说，"要是这匹小马归我，我第一件事儿就是把它的翅膀给剪掉！"

那个可怜的姑娘什么都没说，因为她总是在不该害怕的时候害怕，所以她跑走了，水罐都滚到地上摔破了。

"那个乖巧的孩子到哪儿去了？"柏勒洛丰问道，"那时候他总是陪着我，从来不曾丧失信心，每天不知疲倦地盯着泉水。"

"我在这儿，亲爱的柏勒洛丰！"孩子轻轻说。

原来，那孩子日复一日在庇瑞涅泪泉边等着他的朋友回来，可是看到柏勒洛丰骑着飞马从云端降落的时候，他却躲进了灌木丛。他是个情感细腻、温柔善感的孩子，害怕老头儿和乡下人看到他眼里涌出的泪水。

"你凯旋了！"他一面说，一面开心地向柏勒洛丰的膝头扑过去，柏勒洛丰还骑在珀伽索斯的背上，"我就知道你会成功的。"

"是的，亲爱的孩子！"柏勒洛丰说着，从马背上跳下来，"不过，如果不是你坚定的信念帮助了我，我不可能等到珀伽索斯，不可能飞上云霄，也就不可能战胜可怕的喀迈拉。是你，我亲爱的小朋友，这一切都应当归功于你。来，咱们现在把珀伽索斯放归自由吧。"

说罢，他把施过魔法的辔头从神奇的骏马头上摘下来。

"你自由了，永远自由了，我的珀伽索斯！"他大声说道，语气里带着一丝忧伤，"无拘无束地飞翔，自由自在地生活吧！"

可是珀伽索斯把头偎在柏勒洛丰的肩膀上，不肯飞走。

"那好吧，"柏勒洛丰轻轻抚摸着天马说，"你就跟着我吧，愿意跟多久都成；咱们现在去告诉伊俄巴忒斯国王，喀迈拉已经被消灭了。"

柏勒洛丰抱了抱那个乖巧的孩子，答应以后再来看他，然后就离开了。不过，后来，那孩子骑着飞马遨游天际，比柏勒洛丰飞得还高，他所取得的成就比他的朋友战胜喀迈拉的功绩还要高尚。因为，温柔善感的他成了一位杰出的大诗人！

第二部

THE MINOTAUR

弥诺陶洛斯

很久很久以前，一座高山脚下的特洛曾古城里住着一个小男孩，叫忒修斯（Theseus）。他的外祖父庇透斯王（King Pittheus）是那个国家的君主，人们认为他是个非常英明的人。忒修斯从小在皇宫长大，生性又聪明伶俐，所以从老国王的教导中获益匪浅。忒修斯的母亲叫埃特拉（Aethra），至于父亲，这孩子从来没见过。不过，从小忒修斯记事起，埃特拉就带他走进一座丛林，在一块深陷在土里、长满青苔的岩石上坐下来，给他讲述父亲的故事。妈妈告诉他，他的父亲叫埃勾斯（Aegeus），是个伟大的国王，统治着阿提卡，住在世界名城雅典。忒修斯非常喜欢听埃勾斯王的故事，总是缠着他的好妈妈埃特拉问，为什么父亲不来跟他们一起住在特洛曾。

"唉，我的宝贝儿子，"埃特拉叹了口气说，"君主有自己的子民要照顾。他所统治的百姓就是他的孩子；他很少能像别的父母那样陪伴自己的孩子。你的父亲永远不能为了要见自己的小宝贝而离开王国。"

"好吧，可是，亲爱的妈妈，"男孩问，"我为什么不能去雅典名城，告诉埃勾斯王我是他的儿子？"

"等你长大了兴许可以。"埃特拉说，"别着急，到时候就知道了。路途险恶，现在你还没长大，不够强壮，还不能去。"

"那我什么时候才算够强壮呢？"忒修斯一个劲儿追问。

"你还是个小不点儿呢。"妈妈回答说，"你试试看能不能搬起来咱们坐的这块大石头？"

小家伙觉得自己很有力气。于是，他抓住石头粗糙的凸起部分，猛地一用力，又掀又拽，累得上气不接下气，石头却纹丝不动，仿佛在土里扎了根似的。也难怪他搬不动，就算是大力士想把它举起来，也得使尽浑身力气才行。

母亲站在一旁，看着自己充满热情却人小力微的孩子，嘴角和眼睛里流露出一丝苦笑。他已经这么迫不及待地想开始在世间的探险了，她不由得伤心起来。

"你看到了吧，我亲爱的忒修斯，"她说，"等你的力气比现在大得多了，我才能放心地让你去雅典，告诉埃勾斯王你是他的儿子。到时候，你要把这块石头举起来，给我看看底下藏的东西，我才会答应你离开。"

从那以后，忒修斯总是一遍又一遍地问母亲，他是不是可以启程去雅典了。母亲总是指指那块大石头，告诉他，再过好几年，他都搬不动。那个红脸蛋、鬈头发的小男孩一而再再而三地使出浑身力气，对着那块大石头又拉又拽。就算是巨人，也得用两只手才能把石头搬起来。他还是个孩子呢，就已经在尝试这么艰巨的任务了。在此期间，那块石头似乎越陷越深，上面的青苔也越来越厚，到最后都快变成一个绿色的软座椅了，只有几个灰色的石头疙瘩裸露出来。每当秋天来临，上面的树木还会把枯叶撒在石头上。石头底下长出了蕨类植物和野花，有些都爬到石头上面去了。整个看过去，那块石头已经跟大地融为一体，被紧紧地固定在地面上了。

不过，尽管这件事看上去很难，但是忒修斯正在一天天长成一个强健有力的小伙子。在他看来，要不了多久，他就能征服这块笨重的大石头。

"妈妈，我确定石头动了！"有一次他试着搬过以后，大声喊起来，"周围的地面都裂开一点儿缝了。"

"没有，没有，儿子！"母亲急忙对他说，"你不可能搬得动它，你还是个孩子呢！"

忒修斯指给她看，刚才石头摇动的时候，一株花都快被连根拔起来了，可她还是不肯相信。不过埃特拉叹了口气，神情焦虑不安。毫无疑问，她开始意识到，儿子已经不再是个小孩子了，过不了多久，她就得放他去闯荡危机四伏的世界。

时隔不到一年，他们又坐在那块青苔覆盖的岩石上。埃特拉再次跟忒修斯讲起了他父亲的故事，说他将会怎样高兴地在雄伟的王宫里接待忒修斯，怎样把忒修斯介绍给自己的侍臣和子民，并告诉大家，这是他的王位继承人。忒修斯的眼睛闪耀着热切的光芒，他已经没有心思安安稳稳地坐着听母亲说下去了。

"亲爱的妈妈埃特拉！"他大声叫道，"我从来没有感觉自己这么强壮！我不是小孩子了，也不是毛头小子！我觉得自己已经是个大人了！是时候认认真真地试一下能不能搬动石头了！"

"啊，我最亲爱的忒修斯，"母亲回答，"还不到时候！还不到时候！"

"到了，母亲，"他心斩钉截铁地说，"到时候了！"

忒修斯心意已决，他郑重其事地弯下腰，绷紧每块肌肉，使出浑身力气，投入全副身心。他要跟那块笨重的巨石拼个你死我活，就好像它是个有生命的敌人似的。他又是拖，又是抬，发誓要一举成功，否则他宁愿葬身于此，让那块大石头永远成为他的墓碑！埃特拉绞着两只手，站在一旁目不转睛地望着他。身为母亲，她既感到自豪，也感到悲伤。大石头动了！是的，它被忒修斯慢慢地从青苔和泥土里抬了出来，周围的灌木和花草都被连根拔了起来。石头翻了个个儿。忒修斯成功了！

他一边喘气，一边高兴地望向母亲。母亲热泪盈眶地冲他微笑着。

"是的，忒修斯，"她说，"时候到了。你不能再留在我身边了！瞧瞧你的父王埃勾斯在石头下面给你留了什么东西。那时候，他用健壮的双臂举起这块石头，把它放在这里，现在你已经把它挪开了。"

忒修斯低头一看，发现石头原本是放在一块石板上的。石板上有个洞，所以看上去就像一个粗糙的大箱子或者保险柜，上面那块大石头就权当盖子。石窟里放着一把金柄宝剑和一双系带鞋。

"这是你父亲的宝剑。"埃特拉说，"这是他的系带鞋。他去雅典做国王的时候，让我好好抚养你，直到你能把这块大石头抬起来，证明自己已经长大成人。既然你已经做到了，就穿上你父王的系带鞋，追随他的足迹，佩上他的宝剑，像他年轻时那样和巨人、恶龙搏斗去吧。"

"我今天就动身去雅典！"忒修斯嚷道。

母亲劝他再等一两天，好让她为他打点行装。他的外祖父，也就是英明的庇透斯王，听说忒修斯要去他父王的宫殿，便恳切地劝他乘船从海路走，因为这样既不会太累，也不会遇到危险，下船后离雅典就只剩十五英里的路了。

"陆路坎坷难行，"年高德劭的国王说，"而且经常有强盗和怪兽出没。忒修斯还是个孩子，孤身一人去涉险叫人不放心啊。

不行，不行，必须让他坐船走！"

可是，忒修斯听到陆路有强盗和怪兽出没，早就竖起了耳朵，反而打定了主意要走陆路，好去对付它们。于是，第三天，他便恭恭敬敬地辞别了外祖父，并感谢了他的仁厚相待，而后深情地拥抱了自己的母亲，就上路了。母亲的眼泪打湿了他的面颊，如果非要说实话，其中有些泪水确实是从他自己的眼角涌出的。他任由眼泪在太阳下风干，手里抚摸着宝剑的金柄，脚上穿着父亲的系带鞋，迈着坚定的步伐，一路大步向前。

我无法停下来告诉你们忒修斯在去雅典的途中都遇到了哪些险情，只简单讲述下面几件事就够了：特洛曾国有个地方强盗猖獗，庇透斯王非常害怕他们，但是忒修斯基本上把他们肃清了。其中有个坏蛋叫普罗克拉斯提斯（Procrustes），是个非常可怕的强盗，会用恶毒的手段捉弄不幸落入他魔掌的路人。他的山洞里有一张床，他假装殷勤好客，邀请客人躺到床上。要是客人比床短，那个恶棍就会强行把他们拉长；要是客人比床长，他就剁掉他们的头或脚。他拿这个来打哈哈，觉得自己的恶作剧很了不起。因此，人们再累都不想躺到普罗克拉斯提斯的床上去。还有个强盗叫辛尼斯（Scinis），也是个大坏蛋。他喜欢把受害者从高高的悬崖上丢进大海去。为了以其人之道还治其人之身，忒修斯也把他从同样的地方丢下去。可是我说了你们也不信：大海不肯让他落下来玷污自己，而好不容易摆脱了他的大地也不肯让他落在地面上；

就这样，辛尼斯被牢牢定格在悬崖和大海之间的半空中，这个祸害硬是被转嫁给了空气。

创立了这些重大的业绩后，忒修斯听说有只大母猪在到处撒野，周围的农民都怕得要命。忒修斯认为，既然遇上了，就理应为民除害。于是，他杀死了那头野兽，把尸体送给穷人去做熏肉。大母猪在丛林和田野里横行霸道的时候，还是一头可怕的野兽，但在被剁成块、熏制好放在千家万户的餐桌上之后，就变成让人流口水的美味佳肴了。

因此，旅程结束的时候，忒修斯已经用父亲的金柄宝剑建立了很多丰功伟绩，并获得了勇士的美名。他的名声迅速地传到了雅典，比他本人走得还快。他一进城，就听到人们在街头巷尾议论纷纷，说赫拉克勒斯（Hercules）英勇过人，伊阿宋[1]（Jason）、卡斯托耳（Castor）和波吕克斯[2]（Pollux）也不逊色，但是他们国王的儿子忒修斯一定会成为名列他们之首的大英雄。忒修斯听到人们的议论，把步子迈得更大了。他想着在父王的宫殿里肯定会受到隆重的欢迎，因为有名誉之神为他鸣锣开道，而且大声向埃勾斯王叫道："瞧您的儿子！"

1.伊阿宋：古希腊神话中夺取金羊毛的主要英雄，见《金羊毛》。
2.卡斯托耳和波吕克斯：宙斯与公主勒达的孪生子。他们勇武刚强，师从肯陶洛斯人喀戎，分别精于骑术和拳术。后卡斯托耳战死，波吕克斯愿以自己的生命为代价使波吕克斯复活。宙斯大为感动，安排两人轮流在地上与冥间生活，每日一轮换。即十二星座中的双子座。

忒修斯是个天真单纯的年轻人，他万万想不到，就在父亲管辖下的雅典城，一个更大的阴谋在等着他，这件事比他沿途遇到的那些都要凶险。事实确实如此。你们要知道，忒修斯的父亲虽然年龄还不算很老，但是他日理万机，操劳过度，已经未老先衰了。他的侄子们估计他活不了多长时间了，就想把王国所有的权力都抓到他们手里。当他们听说忒修斯已经到了雅典城，并且是一个勇敢无畏的年轻人，就知道他不是那种坐视父亲王冠和权杖被他们窃取而不管的人，因为那些理应由他来继承。因此，埃勾斯王那些坏心眼的侄子，也就是忒修斯的堂兄弟们，立刻变成了他的对头。除了他们，还有一个更危险的敌人，那就是邪恶的女巫美狄亚（Medea）。美狄亚现在是国王的妻子，她希望埃勾斯把王国交给自己的儿子墨杜斯（Medus），而不是让埃特拉的儿子继承。她憎恨埃特拉。

忒修斯走到王宫门口，碰巧遇到了国王的侄子们。他们发现来者是忒修斯，立马假装成这位堂弟最好的朋友，嘴里说着幸会，心里打着坏主意。他们建议忒修斯装成陌生人去见埃勾斯王，看看国王能不能发现他长得像自己或埃特拉，从而认出他是自己的儿子。忒修斯同意了，因为他也想知道父亲能不能凭着他的一腔孺慕之情，一见面就认出他来。于是他站在门口等着通报，那几个侄子却飞奔进去，告诉埃勾斯王，有个年轻人到了雅典，据他们了解，此人想刺杀国王，篡权夺位。

"现在他正等着陛下召见呢。"他们说。

"啊哈！"老国王一听就叫了起来，"哼，他准是个非常恶毒的年轻人！你们说，我应该怎么对付他？"

听了国王的话，邪恶的美狄亚开口了。我刚才跟你们说了，她是个臭名昭著的女巫。有些故事里说，她喜欢把老年人放进大锅里煮，美其名曰要让他们返老还童。估计埃勾斯王不喜欢通过这种难受的办法返老还童，或者他甘愿衰老，也不愿意让人"砰"的一声丢进那口大锅去。故事还得接着往下讲，否则我倒乐意给你们讲一讲美狄亚的烈火飞车。那个女巫经常乘坐那辆飞龙拉的火焰车到云彩上去兜风。当初正是那辆飞车把她送到了雅典，她来了以后净干坏事。不过那些事这里只能略去不提，说说下面这件也就够了：作恶多端的美狄亚会配制一种毒药，不管是谁，只要嘴唇一挨，立马一命呜呼。

所以，国王问应该怎么对付忒修斯的时候，那个恶毒的女人脱口而出。

"陛下，这事儿就交给我吧。"她说，"您只管接见那个存心不良的年轻人，并对他以礼相待，请他喝上一杯酒。陛下也知道，有时候我会提取一些烈性毒药来解闷，其中有一种就装在这只小药瓶里。至于它的配方我不多说了，那是我的秘密。只要让我在酒杯里滴上一滴，给那个年轻人尝一尝，我保证他立马就会把到这里来的图谋抛在脑后。"

美狄亚说着，脸上露出笑容；但是，别看她脸上笑眯眯的，心里却想着把无辜的忒修斯毒死在他父亲面前。埃勾斯王跟大多数国王一样，认为凡是想谋害他的人都罪该万死，用什么手段惩罚都不为过。因此，他并没有怎么反对美狄亚的计谋。毒酒一配好，他就下令召见那个年轻的陌生人。酒杯就放在王座旁边的桌子上。一只苍蝇飞过来，从杯沿上吸了一小口，立马一头栽进杯子，死了。美狄亚看到后，扫了那些侄子一眼，又笑了。

　　忒修斯被引进宫殿的时候，眼睛只看得见那位白胡子的老国王。只见他坐在华丽的宝座上，头戴耀眼的王冠，手拿一根权杖。他气宇不凡，高贵而威严，只是他的年岁和病痛成了沉重的负担，似乎每一年都是一块铅，每一种病痛都是一块巨石，全部捆在一起，压在他疲惫的肩膀上。看到亲爱的父亲如此衰老多病，年轻的忒修斯心里多么难过啊！他将会用青春的活力扶持父亲，用孺慕之情取悦父亲，这是多么美好的事情啊！想到这里，他悲喜交加的泪水不由夺眶而出。儿子把父亲放在自己温暖的心上，可以让老人家重焕青春，这比美狄亚那口魔锅的热量强多了。这也正是忒修斯决心要做的。他不想等着埃勾斯王认出自己了，只想一头扑进他的怀里。

　　忒修斯向王座脚下走去，竭力想说几句话，刚才他上台阶的时候，心里反复琢磨过。然而，万千柔情涌上心头，千言万语都堵在胸口，他一句话都说不出来了。为此，除非可怜的忒修斯能把自己那颗盛满柔情的赤子之心放在国王手上，否则他已经不知道该怎么做，怎么说了。狡猾的美狄亚发现了年轻人心中汹涌澎湃的情感。她此时的所作所为比以往任何时候都恶毒，因为（我简直不忍心告诉你们）她费尽心机，要把忒修斯这种难以言表的爱变成毁灭他的武器。

"陛下看见他神色慌张了吗？"她在国王耳边悄悄说，"他心里有鬼，所以直打哆嗦，话都说不出来了。这个坏蛋活腻了！快！把酒递给他！"

这时候，埃勾斯王眼巴巴地看着那个年轻的陌生人朝自己的王座走来。不知道为什么，他隐约觉得以前见过这个年轻人，或许是因为他那洁白的额头，或许是因为他嘴巴的优美轮廓，或许是因为他美丽而温柔的眼睛，让埃勾斯王觉得似曾相识，就好像他小时候曾把他放在自己的膝头骑马；就好像自己渐渐老去的时候曾亲眼看着他长成强壮的男子汉。可是，美狄亚猜出了国王的感受，她不会容忍国王屈从于自然迸发的情感；那些情感是发自他内心深处的声音，会明明白白地告诉他，这就是他亲爱的儿子，是他和埃特拉的儿子，到这儿来认父亲了。女巫又在国王耳边絮叨起来，并施起了魔法，迫使他只能看到虚假的表象。

于是，国王下定决心，要让忒修斯喝掉那杯毒酒。

"年轻人，"他说，"欢迎你！能款待你这样的英雄，我深感自豪。请荣幸地把这杯酒干了吧。你瞧，这杯子斟满了美酒，只有当之无愧者，我才会赐给他！没有人比你更有资格将它一饮而尽了！"

说着，埃勾斯王从桌上端起金杯，就要递给忒修斯。可是他的手抖得太厉害，洒了不少酒出来：一来因为他体弱多病，两手发抖；二来不管这个年轻人多邪恶，他都不忍心就这样要了对方的命；毫无疑问，除此之外还有一个原因，就是他的心比大脑更聪明，一想到他即将做的事就忍不住颤抖。为了让他坚定决心，也为了避免宝贵的毒酒被浪费掉，一个侄子在他耳边悄悄说——

"难道陛下对这个陌生人的罪行还有什么怀疑吗？您瞧那把宝剑，那是他准备用来刺杀您的。多么锋利，多么耀眼，多么可怕啊！快！把酒给他喝下去，否则搞不好他就要动手了。"

听了这番话，埃勾斯王驱散心中的所有疑虑和情感，一心想着那个小伙子罪该万死。他在宝座上正襟危坐，稳稳地端着那杯酒，伸出手去。他皱着眉头，威严地俯视着忒修斯。埃勾斯王毕竟是个高尚的人，就算要谋害一个奸诈的敌人，也装不出假惺惺的笑脸。

"喝吧！"他用非常严厉的口气说道，就像宣判将罪犯斩首时那样，"你理应喝我这样一杯酒！"

忒修斯伸出手去接酒。可是，还不等他碰到酒杯，埃勾斯王又发起抖来。他的目光落在年轻人腰间佩戴的金柄宝剑上。拿着酒杯的那只手突然缩了回来。

"宝剑！"他大叫起来，"怎么会在你手上？"

"这是我父亲的宝剑。"忒修斯声音发颤，"还有这双系带鞋。

小时候，我亲爱的母亲埃特拉就给我讲过父亲的故事。可是直到一个月前，我才有力气把那块巨石搬开，取出下面的宝剑和系带鞋，来雅典寻找我的父亲。"

"我的儿子！我的儿子！"埃勾斯王哭喊着把那杯致命的毒酒扔掉，颤颤巍巍地走下宝座，扑进忒修斯的怀抱，"是的，你的眼睛长得跟埃特拉一模一样。真的是我的儿子。"

我不大记得清国王的侄子们后来怎么样了，只记得邪恶的美狄亚看到事情有变，急忙走出宫殿，回到自己的卧室，抓紧时间施起了巫术。不一会儿，她就听到窗外传来群蛇的嘶嘶声。瞧啊！那就是她的烈火飞车，四条长着翅膀的巨蛇在空中盘绕蠕动，尾巴挥舞得比宫殿的屋顶还高，一切就绪，随时准备动身飞上天空。美狄亚立即领上儿子，偷走王冠上的宝石和最昂贵的王袍，还有顺手抓到的各种宝贝，爬上飞车，挥动鞭子，驱策四条巨蛇，飞上了城市的上空。

国王听到巨蛇的嘶嘶声，立即奔到窗前，大声痛斥那个毒辣的女巫，叫她永远都别再回来。雅典全城的人都跑出来观看那幅奇景。终于要摆脱那个女巫，大家高兴地欢呼起来。美狄亚简直要气炸了，她像自己的巨蛇一样，发出可怕的嘶嘶声，但是比毒蛇还要恶毒十倍。她在飞车的烈焰中怒目瞪视，冲着下方的民众挥舞着双手，似乎在把成百万的诅咒洒向人间。可是，就在她挥手的时候，无意间把五百颗最完美的钻石，连同一千颗硕大的珍珠和两千颗绿宝石、红宝石、蓝宝石、蛋白石和黄宝石撒了下去。那可都是她从国王的保险柜里偷来的宝贝。现在，那些宝石就像五颜六色的冰雹似的，乒乒乓乓落下来，掉在大人和孩子们的周围。大家立刻捡起来，送回王宫。可是，埃勾斯王却说，这些东西全部赏给大家了——可惜没有更多了，否则还可以增加一倍，因为他找到了儿子，摆脱了恶毒的美狄亚，心里太高兴了。确实，如果那辆烈火飞车飞上天空的时候，你看到美狄亚最后的表情有多么可憎，就不会奇怪国王和百姓看到她的离开为什么那么高兴了。

现在，忒修斯王子深受父王的宠爱。老国王喜欢让儿子跟自己并排坐在宝座上（宝座很大，足可坐两个人），不厌其烦地听他讲述亲爱的妈妈，讲述他的童年，讲述他孩提时不自量力想要举起那块巨石的往事。忒修斯是个勇敢无畏、血气方刚的年轻人，他可不愿意整天坐着讲述那些往事。他胸怀大志，一门心思建功立业，名垂青史。到雅典城不久，他就擒获了一头可怕的疯牛，并把它捆起来示众。埃勾斯王和臣民们啧啧称奇，对他十分钦佩。可是，没多久，他便承担了一项异常凶险的任务，这项任务让他之前所有的历险看上去都形同儿戏。事情是这样的——

一天早上，忒修斯王子醒来后，感觉自己做了一个非常悲伤的梦，就算现在睁开眼睛，那个梦似乎还在他的心头萦绕，因为空中似乎弥漫着悲切的哭泣声。他凝神细听，王宫里、大街上、庙宇里、城里的各家各户都传来抽泣声、呜咽声和哀号声，中间还夹杂着深沉平静的悲叹声。这些悲痛的声音发自成千上万颗心灵，汇聚成巨大的哀叹声，把睡梦中的忒修斯惊醒。忒修斯赶紧穿上衣服（没有忘记穿上系带鞋，佩上金柄宝剑），跑去见国王，询问到底是怎么回事。

"唉，我的儿啊！"埃勾斯王长叹一声说，"眼下有一件特别叫人难过的事！这是一年一度最悲惨的日子。我们每年都要在这一天抽签，选出将要被可怕的弥诺陶洛斯(Minotaur)吃掉的少男少女。"

"弥诺陶洛斯！"忒修斯王子惊叫起来，接着，他跟所有勇敢的年轻王子一样，伸手握住剑柄，"那是个什么样的怪物？难道冒着生命危险都不能把它给宰了吗？"

可是，埃勾斯王摇了摇苍老的头。为了让忒修斯相信这事儿毫无希望，他把事情的前因后果全都告诉了儿子。克里特岛有一个可怕的怪兽，叫作弥诺陶洛斯。那怪兽长得一半像人，一半像牛，狰狞可怕，叫人想起来就厌憎。就算容许它活在这个世上，也应该让它住到某个荒岛上或幽深的洞穴里，不让它可怕的样子吓倒人们。可是，克里特岛的统治者米诺斯国王却耗费巨资，为它修建了一个住处，还精心照料它的生活和健康。他这么做仅仅为了恶作剧。几年前，雅典城和克里特岛人打了一仗，结果雅典人被打败了，被迫向对方求和。可是，对方不肯讲和，除非雅典人答应每年送七个少男、七个少女给米诺斯王，供他饲养自己的宠兽弥诺陶洛斯。三年过去了，雅典人每年都要承受这种悲惨的灾祸。

此刻，人们悲痛欲绝，所以整座城市都弥漫着抽泣声、呜咽声和哀号声，因为大难临头的日子又到了，人们要抓阄选出十四名少男少女。年老的人担心儿女被抽中，姑娘和小伙子担心自己被选中，去填饱那个可恨的半人半兽无底洞似的肚子。

忒修斯听了这个故事，挺直了腰杆，看上去比平时更高大了。他百感交集，脸上的神色有愤怒也有厌憎，有勇敢也有和善悲悯。

"今年叫雅典城的人选六个少男好了，不必选七个了。"他说，"我就算是第七个。要是弥诺陶洛斯有这个本事，就让它把我吃掉！"

"噢，我亲爱的儿子！"埃勾斯王大叫起来，"你为什么要亲自去涉险送命？你是王子，有权凌驾于普通人的命运之上。"

"正因为我是个王子，是您的儿子，是这个王国的合法继承人，才自愿承受臣民的灾难。"忒修斯回答说，"而您，我的父亲，作为这些人的国王，理应造福大众，无愧苍天，为此，您必须牺牲自己最珍爱的东西，而不是把劳苦百姓的子女送入虎口。"

国王听了老泪纵横，哀求忒修斯不要让他晚景凄凉，特别是在他刚尝到有个英勇儿子的幸福滋味时，不要让他老来孤单。然而，忒修斯认为自己的决定是正确的，因此不肯放弃。不过，他告诉父亲，他绝不会像只绵羊似的乖乖被吃掉，弥诺陶洛斯想把他当午餐可没那么容易。埃勾斯王实在拗不过他，只好答应了。就这样，他们备好了船，挂上黑色的帆。忒修斯率领六个少男和七个温柔美丽的少女来到港口，准备起航。伤心的人们陪着他们来到岸边。可怜的老国王也来了，他靠在儿子的臂膀上，心里似乎盛满了整座雅典城的悲伤。

忒修斯王子刚要上船，父亲想到还有几句话要嘱咐。

"我的宝贝儿子啊，"他抓着王子的手说，"你看到了，这艘船的帆布是黑色的，也理应是黑色的，因为此行是悲伤和绝望之旅。我现在年老多病，不知道能不能活到这艘船返航的时候。不过，只要还有一口气，我就会每天都爬到这座悬崖的顶上，看海上是否有帆船出现。最最亲爱的忒修斯，如果你侥幸逃脱弥诺陶洛斯的血盆大口，记得把这些晦气的黑帆扯下来，挂上灿如云霞的船帆。看到美丽的船帆出现在地平线上，我和大家就知道你们凯旋了，我们会用雅典史上最喜庆的欢呼声迎接你的归来。"

忒修斯答应父亲一定照办，就上了船。水手们随风扯起黑帆，船被有气无力地推离了海岸。那股似有若无的风倒像是大家在这种凄凉的送别场景中不断叹出的气形成的。不久以后，他们就驶出了港口，这时，西北方向吹来一阵劲风，欢快地把他们推上翻滚的白浪，仿佛他们是去完成人们心目中最快乐的使命。此行尽管是伤心之旅，但是没有长者的约束，这十四个年轻人怎么可能整个旅途中都显得凄凄惶惶，我对此有点儿怀疑。我猜，在看到远方高耸入云的克里特群山之前，那些年轻的受难者在起伏的甲板上跳过几场舞，开怀大笑过几次，还举行过其他不合时宜的娱乐活动。墨绿色的山峦逐渐显现出来，这让他们的心情又跌回了谷底。

忒修斯站在水手们中间，急切地向陆地望去。陆地像白云一样缥缈，群山在云雾缭绕中若隐若现。有一两次，他仿佛看到有个亮闪闪的东西一闪而过，隔着很远的距离把一束光照在浪头上。

"你看见那道光了吗？"忒修斯问船长。

"没有，王子。不过我以前见过。"船长回答说，"估计是从塔罗斯那儿发来的。"

这时，一阵轻风吹来，船长忙着看风扯帆，顾不上再回答王子的问题。船越来越快，迅速向克里特岛驶去。随着船越来越近，忒修斯吃惊地看到一个巨大的人影，似乎在用机械的动作沿着克里特岛的边缘大步走着。它从一道悬崖跨到另一道悬崖，又从一个海岬迈到另一个海岬。大海在下面的岸边翻腾咆哮，把一簇簇浪花抛上巨人的脚背。更令人叹为观止的是，每当阳光照在那个巨大的身影上，它就会闪闪发光。还有它那巨大的面庞，也有一种金属般的光泽，在空中射出一道道夺目的亮光。此外，它的衣褶在风中纹丝不动，沉甸甸地挂在四肢上，仿佛是某种金属织成的。

随着船越来越近，忒修斯越来越纳闷，他心想，那个巨人到底是什么东西，是不是真的有生命？尽管它在走动，也会做出某些动作，可是它的步伐那么僵直，再加上那副黄铜般的外貌，年轻的王子总觉得它不是真正的巨人，而是一台神奇的机器。那个身影还扛着一根巨大的铜棒，所以看上去更加可怕了。

"这是个什么东西？"忒修斯问船长，船长现在有空回答他的问题了。

"是铜人塔罗斯。"船长说。

"它到底是个巨人，还是一尊铜像？"忒修斯问。

"这也正是让我一直迷惑不解的地方。"船长说，"有人说，这个塔罗斯是技艺最高超的金属铸造工匠赫菲斯托斯[1]为米诺斯王铸造的。说它是一尊铜像吧，它每天都绕着克里特岛走上三圈，还会质问所有靠近海岸的船只，有谁见过一尊铜像有这样的意识？说它有生命吧，它二十四小时不休不眠，走上八百英里也不累，哪个活人能像它这么不知疲倦？除非它的筋肉是黄铜铸就的。它是个谜团。随您怎么想都行。"

船继续向前驶去。忒修斯听见巨人的脚步发出黄铜相撞的铿锵声。他重重地踩在被海浪冲刷的岩石上。有些岩石被他压得粉碎，卷入泡沫飞溅的波涛里。他们来到海港的入口处，巨人叉开两腿把住港口，两只脚稳稳地踩在两边的海岬上，高高举起大棒，棒头都插进云层了。他用那种可怕的姿势站在港口，太阳照着他金属般的身躯，仿佛下一秒他的大棒就会落下来，"砰"的一声，把船砸个稀巴烂。他才不在乎有多少无辜的人会丧生在他的棒下呢，因为巨

1.赫菲斯托斯：宙斯与赫拉之子，火神与铁匠之神，是十二主神之一。

人就像铜钟一样，很少会心生怜悯。不过，就在忒修斯和同伴以为大棒就要落下来的时候，巨人突然张开黄铜嘴唇说话了。

"你们从何而来，陌生人？"

那洪亮的声音停下来的时候，就像教堂里的大钟敲响后的余音，在你耳畔嗡嗡作响，经久不息。

"从雅典而来！"船长喊道。

"为何而来？"铜人怒喝。

他把巨棒向上一挥，样子更吓人了，似乎就要对着船砸下去，像一道霹雳似的，把他们全部劈死。因为就在前几年，雅典人跟克里特人打过一仗。

"我们带来了七个少男和七个少女。"船长回答说，"要供奉给弥诺陶洛斯。"

"过！"铜人大喝一声。

随着这声大喝滚过天际，那个巨人的胸膛里又发出了嗡嗡的回响声。船从港口两边的海岬中间滑过去，巨人继续他的巡逻。不一会儿，那个神奇的哨兵就走远了，在远处的阳光下熠熠闪光。他大步围着克里特岛巡逻，似乎这就是他永无休止的使命。

他们一进港口，米诺斯王的卫兵们就来到海边，接管了这十四个年轻人。这些全副武装的军人把忒修斯王子和同伴簇拥在中间，押往王宫，拜见国王。米诺斯是个冷酷无情的国王。如果说守卫克里特岛的哨兵是黄铜铸就的，那么统治克里特岛的君王的心肠就是用比黄铜更硬的金属铸造的，或许应该叫他铁石心肠之人。他蹙起两道浓密的扫帚眉，看着可怜的雅典受难者。任何凡人，只要看到他们清丽的容貌、纯洁的神情，都会希望他们个个开心，像夏天的风一样自由自在，否则就会如坐针毡。可是那个铁石心肠的米诺斯只管查看他们够不够胖，能不能满足弥诺陶洛斯的胃口。就我而言，我倒希望把他本人送去给那头怪兽吃，说不定怪兽还嫌弃他皮糙肉厚呢。

米诺斯王把这些脸色苍白、惊恐万分的小伙子和呜咽啜泣的姑娘一个接一个叫到脚凳跟前，用权杖戳戳他们的肋骨（看看他们的肉好不好），然后冲卫兵们点点头，让卫兵把他们一个个带走。可是，当他目光落在忒修斯脸上时，不禁仔细打量了一番，因为忒修斯泰然自若，毫无惧色。

"年轻人！"他非常严厉地说，"你就要被可怕的弥诺陶洛斯吃掉了，心里不害怕吗？"

"我把自己的生命奉献给了美好的事业，"忒修斯说，"所以，我心甘情愿地把它献出来。可是你呢，米诺斯王，你年复一年，让一头怪兽吞掉十四个无辜的少男少女，犯下这种滔天大罪，你心里就不害怕吗？邪恶的国王啊，你检视自己的内心时，就不颤抖吗？我不妨当面告诉你，别看你坐在黄金宝座上，穿着威严的王袍，其实是一头比弥诺陶洛斯还要恶毒的怪兽！"

"啊哈！你居然这么认为？"国王残忍地大笑起来，"明天早餐时分，你就有机会判断哪个怪兽更厉害了，是弥诺陶洛斯，还是我这个国王！卫兵，把他们带走，明天让这个大放厥词的年轻人成为弥诺陶洛斯的第一道开胃小点！"

他的女儿阿里阿德涅（Ariadne）就站在宝座旁边（我刚才没顾上告诉你们），她是个美丽而善良的姑娘，对这些悲惨的俘虏心生怜悯，这完全不同于铁石心肠的米诺斯王。想到这么多豆蔻年华的姑娘和小伙子就要被一头怪兽吃掉，人间多少幸福白白为此葬送，她的泪水夺眶而出。其实那家伙可能更喜欢吃一头肥牛甚至肥猪，也不喜欢吃一个最肥的年轻人。当她看到勇敢的忒修斯王子那临危不惧的气概，更是动了百倍的恻隐之心。卫兵把王子带走以后，阿里阿德涅扑到国王脚下，恳求他放走这些俘虏，特别是那个年轻人。

"住口，傻姑娘！"米诺斯王回答说，"这种事情跟你有什么关系？这是国家大事，你一个姑娘家懂什么？浇你的花去，别替雅典那些胆小鬼操心。明天早餐时弥诺陶洛斯就会把他们吃掉，就像我晚餐时会把粥喝掉一样。"

国王说话时那副残忍的样子，仿佛没有弥诺陶洛斯代劳，他也会亲口把忒修斯他们吃掉似的。他不允许任何人替他们求情。囚徒们被带走，关进了地牢。狱卒劝他们尽早睡觉，因为弥诺陶洛斯很早就会要早餐吃。七个姑娘和六个小伙子哭着哭着就睡着了！忒修斯不像他们。他觉得自己比伙伴们更聪明、更勇敢、更强壮，因此有责任保护他们的性命，得想想看有没有办法能救得了他们，即便在最后关头，他也没有放弃。于是，他一直没有去睡，而是在阴森森的地牢里踱来踱去。

快到半夜的时候，牢门轻轻地打开了，温柔的阿里阿德涅手里举着火把走过来。

"还没睡吗，忒修斯王子？"她轻声说道。

"没有。"忒修斯回答说，"生命只剩下这么一点儿时间，我不想在睡眠中浪费掉。"

"那就跟我来吧。"阿里阿德涅说，"脚步放轻一点儿。"

狱卒和那些卫兵到哪儿去了？忒修斯不得而知。阿里阿德涅打开所有的门，领着他走出黑漆漆的地牢，来到皎洁的月光下。

"忒修斯，"姑娘说，"你可以上船走了，赶紧起航回雅典去吧。"

"不行，"年轻的王子回答说，"除非我能杀掉弥诺陶洛斯，救出我可怜的同伴，再免去雅典这项残忍的供奉，否则我永远都不离开克里特。"

"我就知道你会这么想。"阿里阿德涅说，"那就跟我来吧，勇敢的忒修斯。这是卫兵从你身上解下的宝剑，还给你。你会用得着的。求上天保佑你运用自如。"

随后，她牵着忒修斯的手，穿过一片幽暗的树林。月光被树梢遮得严严实实，下面的小路几乎看不到一丝亮光。摸黑走了好长一段路之后，他们来到一堵高耸的大理石墙壁跟前。墙上爬满了郁郁葱葱的藤蔓，看上去十分杂乱。这堵墙既没有门也没有窗，就那样拔地而起，巍峨耸立，显得神秘莫测。在忒修斯看来，他们既爬不上去，也钻不过去。阿里阿德涅用柔软纤细的手指在一块大理石上按了一下，别看那块大理石看上去和别处一样坚硬结实，她一按就缩了回去，露出一个洞口，刚好可以让他们两人钻过去。他们一爬过去，那块大理石就回到原位去了。

阿里阿德涅说："现在我们在代达罗斯[1]（Daedalus）建造的迷宫里。这座著名的迷宫建成后，他给自己做了双翅膀，像鸟儿一样飞走了。代达罗斯是个心思灵巧的能工巧匠，但是在他所发明的奇巧物件中，这座迷宫是最叫人称奇的。弥诺陶洛斯就住在迷宫正中央。忒修斯，你必须到那里去找它。"

"可是我怎么才能找到它呢？"忒修斯问，"就像你说的，迷宫那么复杂，我会迷路的。"

他话音还未落，就听到一声粗野刺耳的咆哮声。那声音既像凶猛的公牛发出的哞哞叫声，又有点儿像人的嘶叫声。忒修斯甚至觉得这声音里隐含着一种原始发音，仿佛发出这种声音的动物试图把自己粗哑的呼吸变成语言似的。不过，距离太远了，他无

1.代达罗斯：古希腊最有名的建造大师，善于各种工艺技巧。他设计建造了克里特迷宫以关押弥诺陶洛斯，而自己也被困其中。为了逃走，代达罗斯用鸟的羽毛和蜡做翅膀，和儿子伊卡洛斯一起飞上天空。但伊卡洛斯因飞得太高太靠近太阳，蜡被融化，坠入海洋。

法断定那声音到底是像公牛的咆哮，还是像人类粗哑的叫声。

"这就是弥诺陶洛斯的叫声。"阿里阿德涅低声说。她一只手紧紧握着忒修斯的手，另一只捂着心口，因为她的心在发抖，"你要顺着那个声音绕进迷宫去，用不了多久就会找到它。等等！你抓住这根丝线的这头，我会抓住另一头，如果你取胜了，就可以顺着丝线回到这里。再见，勇敢的忒修斯。"

就这样，忒修斯左手抓着丝线的头儿，右手握着随时准备出鞘的宝剑，头也不回地走进神秘莫测的迷宫。那座迷宫是怎么建成的，我也说不清。不过它精巧的设计举世罕见，堪称空前绝后。任何东西都比不上它的错综复杂——除了像其设计者代达罗斯那样的头脑，除了人心。人心比最复杂的克里特迷宫还要复杂十倍。忒修斯还没走出五步，就看不见阿里阿德涅的身影了；又走了五步，就晕头转向了。叫他还是继续往前走，时而钻过一道低矮的拱门，时而爬上一段台阶，时而走进一条弯曲的通道，时而又走进另一条。走到这里，面前一扇门；走到那里，身后的门又重重地关上了。到最后，那些墙壁似乎开始旋转起来，他只好跟着旋转。在此期间，弥诺陶洛斯的叫声一直都在空荡荡的通道上回荡，时远时近。那声音如此凶狠残暴，如此叫人讨厌，既像公牛的咆哮，又像人类的嘶吼，却又两者都不像。忒修斯越往前走越坚定，越往前走越愤怒：这样一个怪物竟然有脸活在世上，这是对月亮、苍天及我们深爱的淳朴的大地母亲的侮辱。

他走着走着，乌云遮住了月亮，迷宫里一片漆黑，忒修斯已经无法辨认路径。如果不是每隔一会儿，那根丝线就轻轻牵动一下，他早就一筹莫展了，觉得完全没有希望再找到一条笔直的道路了。他知道善良的阿里阿德涅还抓着丝线的另一头，她在为他担惊受怕，替他踌躇满志，给他莫大的支持，就仿佛此刻她就站在他身旁一样。噢，我郑重地告诉你们，那条细细的丝线承载着人类巨大的情感。忒修斯继续循着弥诺陶洛斯的咆哮声往前走。那声音越来越大，越来越大了，到最后每拐一个弯忒修斯都满以为会碰上它。终于，在一块宽阔的空地，也就是迷宫的正中央，他看到了那头丑陋的怪兽。

　　果然名不虚传，那是一头多么丑陋的怪兽啊！虽然只有那颗长着角的头是牛头，可是不知怎么的，它全身上下都像一头牛，却又奇怪地用两条后腿站着走路；如果碰巧从另一个角度去看，它又十足像个人类。正因为如此，就感觉更加怪异了。那个卑贱的东西独自在这里，没有伙伴，没有伴侣，没有群体交往，活着就是为了作恶，不知道爱为何物。它让忒修斯憎恨，让他发抖，却也让他心生怜悯；它越丑陋、越可憎，忒修斯就越百感交集。此时，那怪兽怒不可遏，独自在迷宫中央走来走去，不断地发出嘶哑的吼叫声，奇怪的是，它的吼声里还夹杂着含混不清的字眼。忒修斯听了一会儿，渐渐明白它在抱怨自己多么可怜，多么饥饿，多么仇恨每个人，多么想把人类全部吃掉。

啊，这个牛头恶棍！噢，我善良的小朋友们，或许有朝一日，你们会像我一样意识到，一个人如果容忍任何邪恶的东西进入自己的本性，或者心存恶念，就成了弥诺陶洛斯——成了自己同类的死敌，就像这头可怜的怪兽一样，跟所有美好的情感决裂。

忒修斯怕不怕？我亲爱的小听众们，一点儿都不怕。怎么！像忒修斯这样的英雄怎么可能害怕呢！就算弥诺陶洛斯长着二十颗牛头他都不怕，更何况它只有一颗。不过，尽管忒修斯义无反顾，我却认为，在这紧要关头，他一直抓在左手的那根丝线上传来的抖动也让他勇气倍增。阿里阿德涅仿佛把自己所有的力量和勇气都传给了他。尽管他力大无穷、英勇无畏，而阿里阿德涅给他的力量和勇气微乎其微，但是却让他的力量和勇气都翻了倍。说老实话，忒修斯也需要全部的勇气和力量，因为这时弥诺陶洛斯突然扭过头来看到了他，顿时低下那异常尖利的牛角，就像疯牛准备对敌人发起进攻时那样。与此同时，它发出一声巨大的怒吼，中间仿佛夹杂着人类的语言，可是那些话从一个气急败坏的畜生咽喉里冲出来后，全都变得支离破碎了。

忒修斯听不懂它的话，只能从它的样子去猜测它想说什么，因为它的牛角远比它的智慧灵敏，也比它的舌头灵活。不过，它要说的意思多半也就是——

"啊，你这人类的可怜虫！我要用角把你刺穿，再扔到五十英尺的高空，等你落下来的时候，一口把你吃掉！"

"那就来试试看吧！"忒修斯屈尊俯就回答道。他坦荡磊落，不屑于用粗俗的语言辱骂敌人。

接着，忒修斯和弥诺陶洛斯二话不说，展开了一场举世无双的生死搏斗。要是那头怪兽第一次朝忒修斯冲来时毫厘不差，我简直无法想象会出现怎样的后果。可是它的准头刚好偏了一根头发那么多，结果一头撞在石墙上，把一只角折断了。遭此不幸，它顿时发出一声凄厉的惨叫，差点儿把迷宫给震塌，而克里特岛上的岛民们都以为那是罕见的惊雷声。这怪物疼得火烧火燎，忍不住在空地上兜着圈子乱跑，看上去十分古怪。很久以后，忒修斯想起它那副样子还会哈哈大笑，只不过当时没顾上。接着，两个对手一个使剑，一个用角，展开了一番鏖战。最后，弥诺陶洛斯扑向忒修斯，用角擦到了忒修斯左边的肋骨，把他撞翻在地。这下它以为自己刺进了敌人的胸膛，于是跳到半空中，牛嘴咧到了耳朵根，准备一口把对方的头咬掉。可是此时忒修斯已经一跃而起，趁它毫无防备，高举宝剑，用尽力气砍下去，正好砍在牛脖子上，牛头立刻和人身分家了，滚到了六码外的地面上。

战斗就此结束，月亮随即冲出云层，顿时光华四射，仿佛世上所有的磨难、人间所有的邪恶全都过去了，而且永远不再复返。忒修斯喘着气倚剑而立，这时，丝线又牵动了一下。在这场恶战中，忒修斯始终把线头紧紧握在手里。他迫不及待地想把自己获胜的消息告诉阿里阿德涅，于是顺着丝线往回走，很快就回到了迷宫的入口处。

"你把那头怪兽杀了！"阿里阿德涅绞着激动的双手叫起来。

"谢谢你，亲爱的阿里阿德涅。"忒修斯回答说，"我胜利归来了。"

阿里阿德涅说："我们赶紧去把你的朋友们叫来，天亮之前，你要带着他们上船离开。否则明天早晨被我父亲看到就不妙了，他肯定会为弥诺陶洛斯复仇。"

我长话短说，那些可怜的俘虏被叫醒了，他们听说了忒修斯的所作所为，听说天亮前要启程赶往雅典城，简直不知道是不是在做一场美梦。大家急忙赶到海边，一个个上了船，只有忒修斯王子落在后面。他站在海边，双手紧握着阿里阿德涅的手。

"亲爱的姑娘，"他说，"你一定要跟我们走。你是个善良可爱的姑娘，而米诺斯王却是个铁石心肠的父亲。他并不关心你，就像花岗岩不关心开在它缝隙中的小花一样。可是我的父亲埃勾斯王和我亲爱的母亲埃特拉，还有雅典城所有的父母、所有的儿女都会把你当成他们的大恩人，爱你，尊敬你。跟我们走吧，否则米诺斯王知道了你所做的事，肯定会大发雷霆。"

现在，有些卑鄙的家伙假装会讲忒修斯和阿里阿德涅的故事。他们恬不知耻地说，那位高贵的公主趁着夜色跟她搭救的陌生人一起私奔了。他们还说，（宁死也不肯虐待世界上最卑微动物的）忒修斯王子忘恩负义，在回雅典的途中，把阿里阿德涅抛弃在一座荒岛上了。如果高尚的忒修斯听到这些无耻谰言，肯定会像对付弥诺陶洛斯那样对付那些恶意诽谤的造谣者！当时，勇敢的雅典王子恳求阿里阿德涅跟他一起走的时候，阿里阿德涅是这样回答的——

"不行，忒修斯！"姑娘握了握他的手，往后退了两步，"我不能跟你走。父亲已经老了，除了我没有人爱他。尽管你认为他铁石心肠，但是如果失去我，那颗心也会碎的。刚开始，米诺斯王肯定会勃然大怒，但是他很快就会宽恕自己的独生女。我知道，要不了多久，他就会庆幸再也不用雅典人进贡少男少女供弥诺陶洛斯吞食了。我救你既是为你，也是为了我的父亲。再见！上天保佑你！"

她的这番话说得如此真切，如此柔和，说话的时候又是如此美丽而高贵，如果再怂恿她跟自己一起走，忒修斯自己也会脸红的。他只好恋恋不舍地告别了阿里阿德涅，登船返航了。

身后清风徐徐，船头白浪滔滔，只一会儿工夫，忒修斯王子和他的同伴就驶出了港口。铜人塔罗斯正在不休不止地巡逻，这会儿刚好朝这边海岸线走来。月光照在他锃亮的脸膛儿上，大家老远就看到了他。只见那个巨人动作十分机械，既无法加快步伐，也不能放慢脚步，等他跨着大步走到港口的时候，船已经驶出很远，他的大棒刚好够不着。不过，他还是照例叉开双腿，站在港口两侧的海岬上，企图用大棒砸向那艘船，结果用力过猛，一头栽进了海里。海水溅起高高的浪花，将他巨大的身躯淹没了，就像一座冰山翻到了水面下。现在他还在那儿躺着呢，谁想靠黄铜发财致富，最好带上潜水钟，去把塔罗斯打捞上来。

归途中，十四个少男少女兴高采烈，这你们很容易猜到。他们大多数时候都在跳舞，除非侧风把甲板吹得太倾斜。后来，他们终于看到了阿提卡海岸，这里可是他们的祖国。不过，我非常痛心地告诉你们，就在这里发生了一幕惨剧。

你们肯定还记得，可惜忒修斯给忘了，他的父亲埃勾斯王曾谆谆叮嘱：如果真的降伏了弥诺陶洛斯胜利归来，一定要记得扯下黑帆，换上色彩明丽的船帆。那些年轻人沉浸在胜利的喜悦中，回来的路上只顾着嬉戏、跳舞、作乐，压根没去想船帆是黑色、白色还是五彩缤纷的颜色，管它什么船帆，全都交给水手去管了。因此，船回来的时候像一只大乌鸦，张开乌黑的翅膀随风驶来。别看可怜的埃勾斯王那么体弱多病，还是日复一日爬上俯瞰大海的崖顶，望眼欲穿地等着忒修斯王子归来。一看见要命的黑帆，他就断定自己亲爱的儿子——让他视若珍宝、无比自豪的儿子，已经被弥诺陶洛斯吃掉了。他无法承受这种打击，不想再独活下去，于是，他把王冠和权杖丢进大海（现在对他而言，那些都成了毫无用处的玩意儿），从悬崖顶一头栽了下去。可怜的老人家，就这样淹没在了崖下汹涌的波涛里！

不管愿不愿意，忒修斯王子一踏上陆地，就发现自己成了国家的君王，这真是个令人忧伤的消息。命运的突变让这个年轻人郁郁寡欢。不过，他派人把母亲接到了雅典，处理国家大事的时候听从母亲的建议，逐渐成了一位非常贤明的君主，深受百姓的爱戴。

THE PYGMIES

俾格米人

很久以前，世界上充满了神奇的事物，有一个诞生于大地的巨人名叫安泰俄斯，还有上百万个诞生于大地的小得出奇的人，被称为俾格米人。巨人和俾格米人是同一个母亲（也就是我们的大地老祖母）的孩子，因此是同胞兄弟。他们相亲相爱，生活在一起，住在炎热的非洲中部，离我们非常遥远。俾格米人十分矮小，又有数不尽的沙漠和高山把他们与人类隔开，所以一百年也难得看见他们一次。而那个巨人个子很高，看见他倒容易，不过为了安全起见，最好还是别让他看见你。

我想，俾格米人当中，如果有人长到六七英寸，就会被当成大高个儿了。他们的小城市看着非常好玩：两三英尺宽的街道，铺着最小的鹅卵石，两边的住宅跟松鼠笼子一般大。国王的宫殿倒有长春花的娃娃屋那么大，耸立在广场的中央，十分雄伟。而那个广场呢，用我们壁炉前的地毯差不多就能把它盖住。他们的主神庙或者大教堂有那边的书桌那么高，被看作极其雄伟壮丽的建筑奇观。那些房屋既不是石头垒成的，也不是木材建成的，而是俾格米工匠用零零碎碎的东西粘制而成的。他们把稻草、羽毛、蛋壳等东西用硬黏土而不是灰泥整整齐齐地粘在一起，很像鸟巢。炎炎烈日把房屋晒干，俾格米人认为这些房屋再舒适不过了。

周围的田野被随意规划成一块块田地，最大的地块差不多有香蕨木的花坛那么大。俾格米人就在地里种植小麦等庄稼。庄稼长大后，可以为这些小小的人遮阳蔽日，就像我们走进一片片林地时，橡树、核桃树和板栗树为你我遮阳一样。到了收获的季节，他们只能拿上小斧子，去把庄稼砍倒，就像伐木工在森林里清出一块空地那样。要是一株小麦因为麦穗太重倒下来，碰巧砸到哪个倒霉的俾格米人，那可就惨了，我敢肯定，就算不把他压得稀巴烂，也够那个可怜的小家伙头痛的。噢，我的天！如果父母都那么小，孩子和小宝宝又该如何呢？一家老小可以把床安在一只鞋子里，也可以爬进一只旧手套中，在指套里面捉迷藏。你还可以把一个一岁大的孩子藏在顶针下面。

我刚才告诉你们，这些好玩的俾格米人跟一个巨人是邻居也是兄弟。那个巨人的大比他们的小还要出奇。他太高了，干脆拿一根头尾八英尺长的松树当手杖。我敢说，俾格米人不用望远镜都看不到他的头顶，除非是个远视眼。有时候，天气雾蒙蒙的，他们就看不到他的上半身了，只看到两条大长腿仿佛自己迈着大步走来走去。不过，天气晴朗的中午时分，灿烂的阳光照在巨人安泰俄斯身上，那真是壮观极了。他站在那里，俨然成了一座大山，一张大脸对着他的小兄弟们露出笑容，那只巨眼（像车轮那么大，正好长在前额的正中央）友好地冲他们眨巴一下，全国都看得到。

俾格米人喜欢跟安泰俄斯说话。每天都有俾格米人仰着头，把两只手卷成喇叭状大声喊："喂，安泰俄斯大哥！你好吗，我的老兄？"一天足有五十次。要是那个细小的声音能从老远的地方传到巨人的耳朵里，巨人就会回答："我很好，俾格米小弟弟，谢谢你！"那打雷般的吼声要不是从那么高那么远的地方传来，肯定会把他们最坚固的庙墙给震塌。

安泰俄斯是俾格米人的朋友，这实在是件好事，因为他一根小手指比几千万俾格米人加起来的力气还要大。要是他对他们像对别人那样暴躁，一脚就可以把他们最大的城市踢翻，而且都不知道自己干了什么。他呼一口气，就像一场龙卷风，能掀掉一百座房子的屋顶，把成千上万的居民吹到空中。对着人群一脚踩下去，再抬起脚的时候，底下就会变得惨不忍睹。不过，同为大地母亲的儿子，巨人对俾格米人情同手足，对他们的爱大到连那么小的小人儿都能感觉到；而俾格米人也对安泰俄斯情深意浓，用他们小小的心所能盛得下的所有深情去爱那个巨人。巨人心甘情愿为他们做任何力所能及的好事。比方说，当他们需要一阵轻风转动风车时，巨人就会用肺部自然呼出的气息吹动风车的翼板。烈日当空时，他就会坐下来，用自己的影子为全国的俾格米人遮挡阳光。不过通常情况下，他不会随意插手干涉他们，而是让他们自己处理事务——这大概是大人物能为小人物做的最好的事了。

简而言之，就像我刚才说的那样，安泰俄斯爱俾格米人，俾格米人也爱安泰俄斯。巨人身材高大，寿命跟身高成正比，俾格米人的寿命却非常短暂，这种友好交往世代相传。这事儿载入了俾格米人的史册，也进入了他们古老的传说。就连最德高望重的白胡子老俾格米人也从来没听说过什么时候巨人不是他们的朋友，就算是在曾曾曾祖父时代也没有过这样的事。当然，有这么一次（这事儿记录在一块三英尺高的方尖碑上，就竖立在灾难发生的地点），安泰俄斯一屁股坐在了五千名参加阅兵大典的俾格米人身上。不过这只是一次不幸的意外事故，怨不得谁。因此那些小人儿也从来没把这件事放在心上，只是要求巨人以后千万当心，坐下去之前一定要仔细看看。

想象一下安泰俄斯站在俾格米人中间的情景，那肯定是一幅特别有意思的画面。安泰俄斯就像古往今来最高的教堂的尖塔，而俾格米人就像在他脚下跑来跑去的蚂蚁；再想想看，尽管他们体形差异巨大，却那么相亲相爱，意气相投！确实，我总认为巨人对小人的需要超过了小人对巨人的需要。若不是有俾格米人做他的邻居和知己，或者也可以说做他的玩伴，安泰俄斯在这个世界上一个朋友都没有。上天从来没有创造过第二个像他这样的人，也从来没有跟他体形相当的人或动物面对面用惊雷般的声音跟他说过话。他站起来头就伸入了云霄，数百年来孑然一身，而且还会永远孤单下去。就算再碰到一个巨人，安泰俄斯也觉得这个世界不够大，容不下两个这么大的人，别说做朋友了，反而要拼个你死我活。不过，和俾格米人在一起，他就是最爱玩闹、最幽默、最快乐、最和善的用雨云洗面的老巨人。

他的小朋友们跟所有的小人儿一样自命不凡，经常摆出一副高人一等的神气，对巨人以恩人自居。

"可怜的家伙，"他们聊天的时候说，"他一天到晚独自一人，我们应该抽出一点儿宝贵的时间逗他开心。当然，他连我们一半聪明都比不上，所以需要我们的照顾，我们要让他过得舒适幸福。咱们要善待那位老兄。嗨，要不是大地母亲对咱们大发善心，兴许咱们也都成了巨人呢。"

一到假日，俾格米人就会跟安泰俄斯玩个痛快。安泰俄斯常常伸展手脚躺在地上，看上去就像一道长长的山梁。毫无疑问，如果哪个短腿俾格米人想从他的头走到他的脚，得走好长时间。他会把大手平放在草地上，让最高的俾格米人爬上去，两腿叉开分别站在两根手指上。他们一点儿都不害怕，在他的衣褶中间钻来钻去闹着玩。他的头侧躺在地上的时候，他们就会大模大样地走上去，向巨洞般的大嘴里张望。这时，安泰俄斯上下牙突然一碰，仿佛要一口吞掉五十个俾格米人似的，他们也全当作开玩笑（安泰俄斯的确是在开玩笑）。你们如果看到孩子们在他的头发里钻进钻去，抓着他的胡子荡来荡去，肯定会哈哈大笑起来。他们跟巨人那些有趣的玩闹，我连一半都讲不上来，不过其中最好玩的，还要数一群孩子在他前额上赛跑，他们绕着他那只巨眼兜圈子，看谁最先跑完一圈。他们还有个最喜欢的表演项目，就是爬上他的鼻梁往下跳，跳到他的上嘴唇上。

说实话，有时候他们确实像一群蚂蚁或者蚊子似的，搞得巨人不得安生，特别是他们胡闹的时候，喜欢用自己的小剑小矛去刺他的皮肤，想看看这皮肤有多厚实，多粗糙。安泰俄斯总是非常和善，只是偶尔犯困的时候，会嘀嘀咕咕发两句牢骚，像喷了一阵暴风雪似的，让他们规矩点儿，别烦他。更多的时候，他会瞅着他们嬉戏笑闹，直到他那巨大、沉重、笨拙的头脑整个儿被他们搅动起来，发出震耳欲聋的笑声，全国上下的俾格米人都要捂住耳朵，否则真的会被震聋。

"哈！哈！哈！"巨人抖动着山峦般的两肋，"当个小人儿真好玩！如果我不是安泰俄斯，倒愿意做一个俾格米人，就为了好玩嘛。"

世界上只有一件事让俾格米人烦恼。那就是他们跟鹤之间时常爆发战争，从活了很久的巨人记事起，他们就总是打仗。而且战斗非常激烈，有时候小人儿打败鹤，有时候鹤打败小人儿。有些史学家说，俾格米人去作战的时候骑着山羊。不过那些动物对俾格米人来说太大了，所以我倒觉得他们多半骑的是松鼠、兔子、老鼠，或许还有刺猬，刺猬的尖刺对敌人来说非常可怕。不管怎么样，也不管那些俾格米人骑的是什么动物，他们作战的时候都非常勇猛，这点我毫不怀疑。他们拿着刀剑、枪矛和弓箭，吹着小小的号角，发出细小的喊杀声，互相敦促要奋勇作战，彼此提醒说全世界的人都在看着他们，其实，唯一的观战者就是巨人安泰俄斯，他睁着额头上那只巨大而愚拙的眼睛瞅着他们。

两军对阵的时候，鹤会拍着翅膀，伸着脖子冲下来，把几个俾格米人啄在嘴里。每遇到这种时候，那些小人儿就会拳打脚踢，拼命挣扎，直到消失在鹤弯曲的长脖子里，被活活吞下去，这实在是一种可怕的奇特场面。你们要知道，作为英雄，必须时刻准备迎接任何一种命运，毫无疑问，壮烈牺牲的光荣会让他受到安慰，哪怕是在鹤的砂囊里。通常情况下，安泰俄斯会笑呵呵地看着他们打仗，但是一旦发现形势对自己的小盟友不利，他就会迈开大步，跑去支援。他高高举起大棒，对着鹤大声吆喝，鹤群就会嘎嘎叫着，急忙撤退。于是，俾格米大军获胜而归，他们把胜利完全归功于自己的勇猛，归功于统帅的战略战术。接下去就是冗长的庆祝仪式，无非就是盛大游行、举国盛宴、张灯结彩及那些杰出军官的真人蜡像展览。

在上述战斗中，如果哪个俾格米人碰巧从鹤尾巴上拔掉一根毛，肯定会插在帽子上大肆炫耀。我说了你们可能不相信，有那么一两次，一个小人儿被推举为国家首领，并不是因为有什么了不得的功绩，只是因为把这样一根尾翎带回了家。

不过，现在我说得够多了，你们也知道这些小人儿有多么勇敢，他们祖祖辈辈跟安泰俄斯巨人相处得有多么愉快了。接下来，我要跟你们讲述一场特别惊心动魄的战斗，俾格米人和鹤之间任何一场激战与那场恶斗相比，都是小巫见大巫。

一天，巨人安泰俄斯懒洋洋地平躺在小朋友们的中间，松树手杖就放在身旁的地上。他的头在王国的这边，脚从那边伸出了王国的领土，舒舒服服地横亘整个王国。俾格米人爬上他的身体，往他洞穴般的嘴里张望，在他的头发中间钻来钻去。有时候巨人迷迷糊糊打个盹，睡上一两分钟，鼻息就会像旋风似的喷出来。就在他睡着的当儿，一个俾格米人爬上他的肩膀，向天际眺望，就像站在山顶上远眺似的。远处好像有个什么东西，他揉了揉眼睛，仔细看去。起初，他以为是一座大山，还觉得挺纳闷：怎么会有一座山突然拔地而起呢？不过，他很快就发现那座山在移动。山越来越近，越来越近，竟然是一个人的轮廓，来者和俾格米人比起来也算是巨人了，只不过没有安泰俄斯那么大，但是比我们现在看到的人高大得多。

让俾格米人非常欣慰的是，他的眼睛没有欺骗自己。于是，他赶紧撒开两条腿，跑到巨人的耳朵边，弯腰冲着他的耳蜗大喊——"喂，安泰俄斯大哥！快起来，拿起你的松树手杖。有个巨人来跟你决斗了！"

"呸！呸！"安泰俄斯半梦半醒地咕哝着，"别胡扯，小兄弟！你没看见我正瞌睡呢。世界上哪有什么巨人犯得上让我站起来。"

可是那个俾格米人抬眼一瞧，发现那个陌生人正径直朝平卧的安泰俄斯走来。来者每往前走一步，看上去都更像一个大得出奇的巨人，而不像一座青山。那人很快就要到眼前了，这事儿不可能搞错。在阳光的照耀下，他的黄金头盔光芒四射，明亮的铠甲闪闪发光。只见他佩着宝剑，披着狮子皮，右肩扛着一根大棒，不过相比之下安泰俄斯的松树手杖更大更重。

这时，全国的俾格米人都看见了那个奇怪的来者，一百万人齐声呼喊起来，的确发出了清晰可闻的尖叫声。

"快起来，安泰俄斯！站起来，你这个懒惰的老巨人！又来了个巨人，跟你一样强壮，要跟你决斗呢！"

"胡扯！胡扯！"睡眼惺忪的巨人嘀嘀咕咕地抱怨，"我还没睡够呢。"

陌生人越走越近，俾格米人清清楚楚地看到，来者尽管没有安泰俄斯那么高，肩膀却比安泰俄斯还要宽。事实上，那是怎样一副肩膀啊！就像我以前跟你们讲过的，那对肩膀可擎过天呢。

俾格米人比他们的傻大哥伶俐十倍，所以无法忍受他慢吞吞的做法。他们下定决心要让他站起身来，于是一个劲儿地叫他，甚至用剑戳他。

"起来！起来！快起来！"他们大叫着，"站起来，你这个懒骨头！那个巨人的大棒比你的还大，肩膀比你还宽，我们觉得他比你还有劲。"

就算听说哪个凡人的力气有他一半大，安泰俄斯都受不了，何况俾格米人说有人比他力气还大？这句话比俾格米人的利剑更能刺激他。他面带愠色坐起身来，张开嘴打了个哈欠，那张大嘴足有几码宽；又揉了揉眼睛，才把那颗愚钝的脑袋转向他的小朋友们急吼吼指给他看的方向。

他一看见那个陌生人就跳起身来，抓过手杖，跨出一两英里迎上前去，同时挥舞着那棵结实的松树，把它挥得在半空中直打呼哨。

"你是谁？"巨人声如惊雷，"来我的地盘上做什么？"

关于安泰俄斯，还有一件怪事我还没跟你们讲呢，因为我担心你们一下子听到那么多稀奇古怪的事连一半都不相信了。你们要知道，那个威猛的巨人每接触一次地面——不管是用手、脚还是身体的其他部位，都会变得比以前更强壮有力。你们还记得，大地是他的母亲，对他格外疼爱，因为他是她所有子女中最高大的一个，所以她就用这种办法来保证他永远充满活力。有人说，他每碰一次地面力量就增加九倍，有人说只增加一倍。不过，想想看你就知道了！安泰俄斯每步迈出一百码，走上十英里之后坐下来，你可以算一下他比散步之前强壮多少倍。他每次躺在地上小憩一会儿，即便马上就起来，也会拥有比之前多十倍的力量。好在安泰俄斯生性懒惰，喜欢歇着不喜欢运动；如果他像那些俾格米人那么活跃，整天跳来跳去，经常碰触地面，那他早就有力气把天扯下来，拽到人们耳朵上了。不过，这些巨大而笨拙的家伙都像大山似的，不仅块头像，就是不爱动的脾气也像。

换了任何一个凡人，看到安泰俄斯这副凶恶的样子，再听到他可怕的声音，都会被吓得半死，可是他面前这个陌生人似乎一点儿都不怕。只见他漫不经心地举起大棒，一面用手掂量着，一面上下打量着安泰俄斯，似乎对他高大的身躯并不怎么感到惊奇，仿佛他以前见过很多巨人，而安泰俄斯远远算不上最高大的。事实上，就算安泰俄斯只有俾格米人（他们站在那里竖起耳朵，时刻关注着事态的发展）那么大，陌生人对他也不过是这副神态。

"喂，你是谁？"安泰俄斯又咆哮起来，"你叫什么名字？来这里干什么？说话，你这个无赖！否则我就用手杖试试你的脑壳有多硬。"

"你是个很粗鲁的巨人。"陌生人心平气和地说，"或许我走之前应该教你学点儿礼貌。你问我叫什么，我叫赫拉克勒斯。我之所以到这儿来，是因为这条是通往赫斯珀里得斯姐妹的果园最近的便路，我要去那里摘三个金苹果给欧律斯透斯王 [1]。"

"卑鄙的小人，不许你再往前走！"安泰俄斯咆哮道，他的神色比之前更阴沉了，他听说过这位赫拉克勒斯，据说他力大无穷，所以非常憎恨他，"也不准你回去！"

"我想去哪儿就去哪儿，"赫拉克勒斯说，"你挡得住我吗？"

"我要用这棵松树把你揍一顿，看你还走不走得了！"安泰俄斯吼道，他瞪着眼睛，怒不可遏，成了全非洲最丑恶的怪物，"我比你强壮五十倍，现在我两脚站在地面上，就比你强壮五百倍！弄死你这样一个小矮人丢我的人。我要你给我当奴隶，也给我的兄弟俾格米人当奴隶。快把你的棒子和武器扔到地上束手就擒！我要用那张狮子皮做一副手套。"

"那就来试试看吧！"赫拉克勒斯说着，举起了大棒。

安泰俄斯气得龇牙咧嘴，像座巨塔似的向陌生人大步走过去（每走一步力量就增强九倍），然后举起松树朝赫拉克勒斯狠狠打过去，赫拉克勒斯挥起大棒挡住了他的进攻。赫拉克勒斯比巨人功夫高强，反而在他头上回敬了一下，把那个笨重的家伙打得扑倒在地，像一座大山。可怜的小俾格米人（做梦也没想到世界上还有谁能有他们安泰俄斯大哥一半的力量）见此情景，十分沮

---

1. 欧律斯透斯：珀耳修斯的孙子，迈肯尼的国王。

丧。不过，巨人刚一倒下就跳了起来，而且拥有了十倍的力量，那张七窍生烟的脸看上去着实吓人。他又对着赫拉克勒斯狠狠打去，可是由于气急败坏，一下子打偏了，砸中了他那无辜的大地母亲。大地母亲挨了他一棒，嗡嗡地颤抖起来。他的松树手杖也牢牢卡在了地里，还没等他拔出来，赫拉克勒斯就照着他的肩头狠狠给了一下，打得他痛苦地号叫一声，直叫得声嘶力竭，仿佛所有难以忍受的声音都尖叫着从他的肺部冲了出来。号叫声远远传出去，越过千山万壑，或许连地球另一头都听到了。

至于俾格米人，他们的都城被空气的剧烈震荡毁掉了。尽管没有他们的助威，吼声已经惊天动地，可他们还是三百万人一起从小喉咙里发出尖叫声，以为他们的呐喊足以让安泰俄斯的怒吼增加十倍的威力。这时，安泰俄斯又爬了起来，还把松树也拔了出来。他火冒三丈，更加凶狠地扑向赫拉克勒斯，对着他又来了一击。

"这一下你休想躲开！"他高声叫道。

可是，赫拉克勒斯再次挥起大棒，挡住了他的进攻。巨人的松树碎成上千块木片，向俾格米人中间飞去，给他们造成的灾祸我简直都不愿去想。安泰俄斯还没来得及闪开，赫拉克勒斯又一棒打来，把他打了个四脚朝天。这反倒让他增添了强大无比的力量。此时，安泰俄斯怒火中烧，都快变成一座熊熊的火炉了。他的独眼冒着火红的烈焰。现在他没了武器，只剩下一对拳头，于是握紧双拳（每只拳头都比猪头还大），对打起来。他气得发疯，上蹿下跳，挥舞着两条巨大的手臂，仿佛不仅要杀死赫拉克勒斯，还要把全世界打个落花流水。

"过来！"巨人咆哮着，像滚滚怒雷，"让我给你一耳光，你就永远都不会头痛了！"

现在，赫拉克勒斯（你们已经知道了，他力气大得能擎起天空）渐渐意识到，如果他不断把安泰俄斯打倒，就永远无法取得胜利，因为巨人在他大地母亲的帮助下，力量会越来越大，到最后会变得比他还有力气。于是，这位英雄干脆把帮他打过许多恶仗的大棒扔掉，稳稳地站在那里，准备跟对手徒手格斗。

"你过来，"他高声说，"既然我把你的松树给打断了，咱们就摔跤好了，看看谁更厉害。"

"啊哈！我很乐意奉陪！"巨人喊道，他对自己的摔跤本领格外自信，"恶棍，我要把你扔到你永远都爬不起来的地方！"

安泰俄斯连蹦带跳地过来了，他每跳一次，就会得到新的活力。可是，你们要知道，赫拉克勒斯比那个巨人聪明得多，他已经想好怎么对付敌人了，尽管对手是大地生的怪物，尽管有他大地母亲的协助，赫拉克勒斯还是有克敌制胜的办法。发疯的巨人猛扑过来，赫拉克勒斯瞄准机会，双手卡住他的腰，把他举到半空中，然后高举过头顶。

想想看，我亲爱的小朋友们！那个巨大的家伙脸朝下悬在半空，两条长腿不停地乱踢，巨大的身躯扭来扭去，就像被父亲高高举向天花板的婴孩，这番场面是何等壮观啊！

最神奇的是，安泰俄斯一离开大地，他通过接触大地获得的力量就开始流失。赫拉克勒斯很快就感觉到那个令人头疼的对手越来越虚弱了，不光是他的挣扎和踢腾没那么有力了，他惊雷般的声音也越来越小了。事实上，除非巨人每隔五分钟就接触一次地面，否则不但是他迅速增长的力量，就连他的生命气息都会离他而去。赫拉克勒斯猜到了这个秘密。我们大家也不妨记住，以免跟安泰俄斯这样的家伙较量的时候不能克敌制胜。那些诞生于大地的东西在自己的地面上很难制服，但是如果我们设法把他们举到更高、更纯净的地方，事情就容易多了。那个可怜的巨人就是这样被制服的，尽管他对前来拜访的陌生人粗鲁无礼，我还是替他感到难过。

安泰俄斯的力量和呼吸都消失了，赫拉克勒斯把他巨大的身躯一甩，丢到了一英里外的地方。他沉重地落在地上，像个沙袋似的，一动也不动了。现在大地母亲想帮助他为时已晚，如果他那具笨重的遗骨至今还在，会被人误当作一头大得出奇的大象，我也不觉得奇怪。

可是，天哪！可怜的小俾格米人看到自己的巨人大哥遭到这种惨祸，哭得多么伤心啊！就算赫拉克勒斯听到了他们尖锐的哭喊声，也未加注意，多半以为是被他和安泰俄斯的恶战惊出巢的小鸟在凄厉、哀伤地啼叫呢。其实，他全副心思都放在巨人身上了，连瞧都没瞧俾格米人一眼，甚至都不知道世界上还有这么一个滑稽的小国家。战斗结束后，他累坏了，再加上长途跋涉，感觉十分疲倦，就把狮子皮铺在地上，倒头大睡起来。

俾格米人看见赫拉克勒斯准备打个盹，立马彼此点点小脑袋，眨眨小眼睛，互相使眼色。他那深沉而均匀的呼吸声说明他已经进入了梦乡。俾格米人聚集在一片二十七平方英寸的空地上，其中最能言善辩的演讲家之一（也是个英勇的战士，只不过舞枪弄棒的本领远比不上唇枪舌剑的本领）爬上一株伞菌，站在高处向人群发表演讲。他的观点大致如下，或者说，下面大致就是他演讲的要点：

"高大的俾格米人，伟大的小人们！我们大家都已经看到发生了多么可怕的全国性灾难，看到对我们的民族尊严造成了多么大的侮辱。我们伟大的朋友，我们的兄弟，安泰俄斯就躺在那里，在我们的领土上被歹徒杀害了。凶手乘人之危，用一种迄今为止不管是普通人类，是巨人，还是俾格米人做梦都想不到的伎俩跟他决斗（如果这也能叫作决斗的话）。那个歹徒已经对我们犯下了滔天大罪，可是还更进一步侮辱我们，居然若无其事地倒头大睡，似乎对我们的义愤填膺根本不以为意！同胞们，请你们想一想，如果我们容忍这种暴行，不去复仇，有何颜面面对世人，公正的历史又将如何评判我们？

"安泰俄斯是我们一母同胞的兄弟，亲爱的母亲给了我们血肉，也给了我们勇敢的心灵，因此，安泰俄斯为我们之间的关系感到自豪。他是我们忠实的盟友，他的阵亡既是为了维护他本人的权利和自由，也是为了维护我们民族的权利和自由。我们与祖先世世代代和他相亲相爱，和睦相处。你们还记得我们全国百姓怎样在他的巨荫下歇息，我们的孩子怎样在他的头发里捉迷藏，他那巨大的脚步怎样在我们中间熟悉地来来去去，却从来没有踩过我们一根脚趾。现在，我们那位亲爱的兄弟，那位善良和蔼的朋友，那位勇敢而忠诚的盟友，那位品德高尚的巨人，那位无辜而杰出的安泰俄斯死了！死了！永远沉默了！永远失去活力了！变成了一座土山！对不起，我忍不住流泪了！啊，我看到你们也流泪了！如果我们用眼泪淹没这个世界，世界又怎能为此责怪我们？

"不过，我还要继续讲下去：同胞们，我们能让这个恶毒的陌生人逍遥法外，因取得奸诈的胜利而得意扬扬地到世界各地去招摇吗？难道我们不应该迫使他把尸骨埋在我们的黄土里，为我们被害的兄弟陪葬吗？把他的骸骨埋在我们兄弟的骸骨旁，两具骸骨中一具将成为供我们缅怀的丰碑，永垂不朽；一具将成为向全体人类展示俾格米人复仇的可怕警诫，永世长存。我提出这些问题，满怀信心地希望得到无愧于我们民族个性的答案。列祖列宗世代遗传的荣光，我们自己在对鹤的战斗中取得的荣耀，应当发扬光大，而不应该受到贬损。"

演讲家说到这里，人群情绪高涨，爆发出的激情将他的话打断了。每个俾格米人都振臂高呼，说要不惜一切代价维护民族荣誉。他鞠了一躬，并举手示意大家安静，然后以下面令人钦佩的说辞完美地结束了他的高谈阔论：

"现在，我们只需决定，我们是要倾全国之力——万众一心，同仇敌忾，发起一场大战，还是挑选一位在以往战斗中表现突出的勇士，向杀害我们安泰俄斯大哥的凶手单独发起挑战。如果采取后一种做法，尽管我知道你们当中有比我更高大的人，但我还是要自告奋勇，承担这项光荣使命。相信我，亲爱的同胞们，不管我是死是活，这个伟大国家的荣耀，我们英雄先祖们世代相传的名誉，绝不会在我手里受到半分贬损！我决不屈服，现在我已扔掉剑鞘，只要能挥起这柄利剑，即使杀死伟大的安泰俄斯的血腥双手把我打倒在我誓死保卫的大地上，我也决不屈服，决不屈服！决不屈服！"

说着，那个勇敢的俾格米人抽出武器（足有铅笔刀的刀刃那么长，看上去挺吓人的），把剑鞘向众人头顶上丢去。他的讲话赢得了雷鸣般的掌声，他的爱国主义和自我献身的精神理应获得这样的赞赏。要不是睡梦中的赫拉克勒斯发出一声低沉的呼吸声，通俗地说就是鼾声，把他们的喝彩声统统压了下去，掌声和欢呼声还会经久不息地响下去。

最后，俾格米人决定发起举国战争，消灭赫拉克勒斯。倒不是他们怀疑单打独斗的勇士不能其将制服于刀剑之下，而是因为他是全国人民的公敌，人人都希望分享击败他的荣光。接着，大家又开始辩论：为了民族荣誉，是否应该先派一名传令官拿着号角，站在赫拉克勒斯耳畔，对着他的耳朵吹响号角，正式向他宣战。不过，有两三位德高望重、精明练达的俾格米人通晓国事，他们认为战争已经打响，因此对敌人发起突袭是理所应当的权利。何况，一旦让赫拉克勒斯醒来站起身来，或许在被打倒之前，他还会给人们造成灾难。正如这几位睿智的顾问说的那样，那个陌生人的大棒太大了，打在安泰俄斯的脑壳上像一道霹雳。于是，俾格米人决定不拘小节，立即对他们的敌人发起袭击。

于是，全国上下的战士纷纷拿起武器，准备向赫拉克勒斯发起进攻。赫拉克勒斯此刻还在酣睡，做梦也想不到俾格米人打算谋害他。两万名弓箭手列队前行，他们弓在手，箭上弦。两万名战士受命爬到赫拉克勒斯的脸上，有的拿铁锹准备挖他的眼睛，有的抱着草捆和各种垃圾，准备塞住他的嘴巴和鼻孔，把他活活憋死。可是，后面这种战术根本行不通，因为敌人一出气，就狂风大作，俾格米人一靠近就会立即被吹走。因此，大家认为有必要另外想办法进行这场战争。

将领们举行了一场军事会议，会后，下令部队收集枯枝、稻草、干草及所有的易燃物，围着赫拉克勒斯的脑袋高高堆起来。由于千千万万的俾格米人参与了这项任务，所以很快就捡来了大量的可燃物堆放起来。柴堆垛得很高，俾格米人爬到顶上，都和敌人的脸齐平了。此时，弓箭手安扎在射程之内，上级下令，只要赫拉克勒斯一有动静，就立刻放箭。万事俱备后，他们用火把点燃柴堆，很快燃起了熊熊火焰，敌人如果继续躺在地上，不一会儿就会被烤熟。你们要知道，俾格米人虽然个头儿小，放起火来却跟巨人一样简单有效，所以这是他们对付敌人的法宝，只要大火燃烧的时候他们能让敌人躺在地上不动，就能克敌制胜。

可是，赫拉克勒斯被烤得马上跳了起来，头发都烧着了，冒着红色的火焰。

"怎么回事？"他迷迷糊糊地喊道，然后瞪起眼看了看四周，以为又来了个巨人。

就在这时，两万名弓箭手一齐拉动弓弦，一时间万箭齐发，像无数蚊子，冲着赫拉克勒斯的脸飞来。不过我估计也就只有五六支箭插进了他的皮肤，你们也知道，英雄的皮肤都是很粗糙的。

"坏蛋！"所有的俾格米人齐声喊道，"你杀死了我们的大哥，我国的盟友，巨人安泰俄斯，我们要跟你决一死战，将你就地正法！"

赫拉克勒斯听到这么多细小的尖叫声，十分惊讶。他扑灭头发上的火苗，四处张望，却什么都没看到。最后，他仔细往地上一看，才发现多得数不清的俾格米人聚集在他的脚下。他弯下腰，把离他最近的俾格米人捏起来，放在左掌上，捧到眼前。这个俾格米人正好就是站在伞菌顶上高谈阔论的演讲家，也就是自告奋勇要向赫拉克勒斯挑战的斗士。

"小家伙，你们到底是什么人？"赫拉克勒斯惊奇地叫道。

"是你的敌人！"勇敢的俾格米人扯着嗓子尖叫，"你杀死了巨人安泰俄斯，他是我们同母异父的大哥，是我们杰出民族世代相交的忠实盟友。我们决定把你处死，就我而言，我要向你提出挑战，按照平等的条件跟你决斗。"

赫拉克勒斯被那个俾格米人的豪言壮语和好战的样子逗乐了，他不由得放声大笑起来，直笑得前仰后合，差点儿把那个可怜的小家伙掉下去。

"不瞒你说，"赫拉克勒斯说，"在此之前，我以为我见过不少神奇的事物：九头蛇、金角鹿、六腿人、三头狗、肚子里有火炉的巨人，还有谁也说不上名堂的东西。可是跟我手掌上这个小家伙相比，他们全都相形见绌了！我的小朋友，你的身体只有普通人的手指那么大，你的气魄有多大？"

"跟你一样大！"俾格米人大声说。

赫拉克勒斯被这个小人儿无所畏惧的勇气打动了，一种英雄相惜的情谊油然而生。

"我亲爱的小人们，"他向那个伟大的民族深深鞠了一躬，说，"我绝非有意伤害你们！你们如此勇敢，你们的心灵如此伟大，我凭自己的荣誉起誓，我对你们小小的身体如何盛放得下这样的豪情感到万分惊奇。我向你们求和，作为讲和的条件，我愿意后退五步，第六步就走出你们的王国。再见。我会小心自己的步子，免得一脚踩到你们五六十个人自己还不知道。哈！哈！哈！呼！呼！呼！赫拉克勒斯可是头一回认输呢。"

有些作家说，赫拉克勒斯用狮子皮把俾格米人全都包起来，带回了希腊，送给欧律斯透斯王的孩子们玩。但是这种说法不对。据我所知，他把他们全都留在了自己的王国里，他们的子孙后代至今还活着，建造他们的小房子，种植他们的小田地，教育他们的小婴孩，跟鹤打打小仗，干干他们各种各样的小营生，读读他们小小的古代史。或许，那些史册还记载着：很久很久以前，勇敢的俾格米人为了给巨人安泰俄斯报仇，赶走了力大无穷的赫拉克勒斯。

THE DRAGON'S TEETH

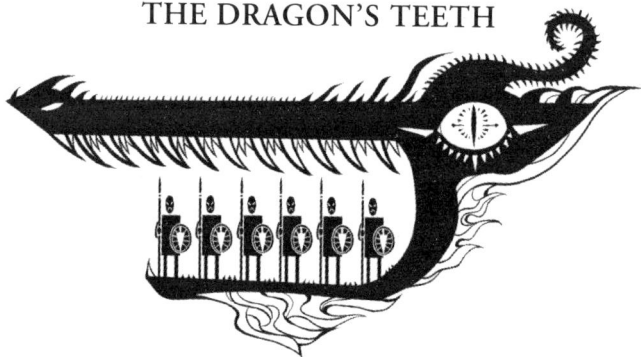

·龙牙·

　　腓尼基国王阿革诺耳[1]的三个儿子卡德摩斯、福尼克斯、喀利克斯和他们的小妹妹欧罗巴[2]（她是个非常漂亮的孩子）一起在王国的海边坑耍。他们信步走着，离父母住的王宫越来越远，来到一片绿莹莹的草地上。草地旁边是大海，海水在阳光的照耀下波光粼粼，微风漾起层层涟漪，浪涛轻轻地拍打着海岸。三个男孩玩得很开心，他们摘了很多鲜花，编织成花环，打扮小欧罗巴。欧罗巴坐在草地上，几乎全身都藏进了花丛里，只露出那张粉嫩

---

1. 阿革诺耳：利比亚与波塞冬之子。他的双胞胎兄柏罗斯成为埃及国王之后，他另开地盘到叙利亚定居，后来成了腓尼基国王。

2. 欧罗巴：古希腊神话中的腓尼基公主，被爱慕她的宙斯带往另一个大陆，后来这个大陆被命名为欧罗巴，也就是现今的欧洲。她跟宙斯生了三个强大而睿智的儿子：米诺斯、拉达曼提斯和萨耳珀冬。

的脸蛋开心地向外张望。卡德摩斯说，那是最漂亮的鲜花。

这个时候，飞来了一只美丽的蝴蝶，它在草地上翩翩起舞。卡德摩斯、福尼克斯和喀利克斯跑去追蝴蝶，还说它是一朵会飞的鲜花。欧罗巴玩了一整天，有点儿累了，没有跟哥哥们一起去追蝴蝶，而是坐在原地，闭上了眼睛，聆听着大海的叨叨絮语声，那个声音仿佛在说："嘘！快睡吧。"可是那个漂亮的孩子很少睡觉，就算睡着了，也只睡一会儿。这时，她听到不远处的草地上传来脚步声，于是隔着花丛往外瞅，结果看见一头雪白的公牛。

这头公牛是从哪里来的呢？欧罗巴和哥哥们在草地上玩了那么久，不管是在草地上还是附近的小山上，都没看到牛的影子，也没有看到其他任何动物。

"卡德摩斯哥哥！"欧罗巴从长满玫瑰花和百合花的花丛里跳起来大喊，"福尼克斯！喀利克斯！你们在哪儿？救命！救命！快把这头牛赶走！"

可是哥哥们跑得太远，听不见她的求救声。而且，欧罗巴太害怕了，磕磕巴巴有点儿喊不出声音。于是，她站在那里，美丽的嘴巴张得大大的，脸色苍白得像编在花环上的百合花。

其实，欧罗巴吓了一跳，倒不是因为公牛长得可怕，而是因为它出现得太突然。欧罗巴仔细瞧了瞧，发现它是一只非常美丽的动物，甚至觉得它脸上有一种特别亲切的神情。而它呼出的气息甜丝丝的（你们也知道，牛呼出的气息都是甜丝丝的），仿佛除了玫瑰花蕾，从来不吃别的，最多只吃最鲜嫩的苜蓿花。从来没见过哪头公牛的眼睛那么明亮温柔，牛角那么光滑洁白，仿佛象牙似的。公牛小跑了一阵，快乐地绕着小姑娘蹦蹦跳跳。这么一来，欧罗巴就忘记它有多大多强壮了，只觉得它的动作很温柔、很好玩，所以不一会儿就把它当成小羊羔那样单纯可爱的动物了。

就这样，尽管欧罗巴刚开始很害怕，但是过了不多久，你们就看到她用白嫩的小手抚摸着公牛的前额，还摘下自己头上的花环，戴在公牛的脖子和牛角上。接着，她扯下几根青草，公牛就乖乖地把草吃掉了，看样子倒不是因为饿，而是因为想跟那孩子交朋友，很乐意吃她碰过的东西。噢，我的天！竟然有像这头公牛这么温柔、这么可爱、这么美丽、这么亲善的动物？竟然有这么好的玩伴？

公牛看到（这头牛这么聪明，想想看可真神奇）欧罗巴不再害怕它后高兴极了，简直无法掩饰自己内心的喜悦。它在草地上撒起了欢儿，一会儿跑到这儿，一会儿跑到那儿，连蹦带跳，十分轻松，就像小鸟从这根树枝跳到那根树枝。事实上，它动作轻盈得就像在空中飞翔似的，四只蹄子几乎不曾在草地上留下蹄印。由于它皮毛的颜色一尘不染，看上去就像一堆被风徐徐吹动的白雪。有一回，它跑出了很远，欧罗巴担心再也见不到它了，扯着稚嫩的嗓子喊它回来。

"快回来，可爱的动物！"她高声叫道，"这里有一朵好吃的苜蓿花。"

看到这头亲切友好的公牛充满感激之情，看到它因为满怀欢喜和谢意跳得更高了，当真是一件赏心悦事。它跑过来，在欧罗巴面前低下头，仿佛知道她是国王的女儿似的，不然，就是意识到这样一个重要的真理：一个可爱的小姑娘在任何人面前都是皇后。公牛弯下脖子，最后干脆跪倒在她面前，非常聪明地点着头，还做出一些邀请的姿势，让欧罗巴清楚地明白它的用意，就好像它把自己的意思都说出来了似的。

"来吧，亲爱的孩子，让我驮着你兜兜风。"

刚开始，欧罗巴有点儿害怕。不过她聪明的小脑瓜转念一想，骑在这样一头温顺友好的动物身上跑一阵子也没什么关系，而且，只要她想下来，它肯定会立刻放她下来的。哥哥们看到她骑着牛在绿莹莹的草地上驰骋，该有多惊讶啊！他们可以轮流骑在牛背上奔驰，也可以四个人一起爬到牛背上，让这个温柔的动物驮着他们飞奔，他们笑着、喊着，声音传到很远的地方，就连阿革诺耳王的宫殿里都能听到。

"我想我可以试试。"那孩子自言自语道。

是呀，为什么不呢？她朝四周望了望，看到卡德摩斯、福尼克斯和喀利克斯他们还在追那只蝴蝶，都快跑到草地那头了。要想追上他们，骑上白牛是最快的办法了。她往前走了一步，擅长讨人喜欢的白牛感觉到她对自己的信赖，顿时心花怒放。看到白牛兴高采烈的样子，小姑娘打消了心中最后一丝顾虑。她再不迟疑，一跃跳上牛背（这个小公主就像松鼠一样活泼），一手抓住一只象牙似的牛角，以防摔下牛背。

"慢点儿，可爱的牛，慢点儿！"她对自己的所作所为似乎有点儿害怕，"别跑得太快了。"

小姑娘刚跨上牛背，白牛就跳到了半空中，然后像一片羽毛似的，轻巧地落下来，欧罗巴都感觉不到它四只蹄子是什么时候落地的。然后，它驮着小姑娘朝三个哥哥那里跑去。就在那片鲜花盛开的草地上，他们刚刚抓住了那只色彩绚丽的蝴蝶。欧罗巴兴奋地尖叫着。看到妹妹骑在一头白牛的背上，福尼克斯、喀利克斯和卡德摩斯目瞪口呆，不知是担心，还是希望这样的好运也能落在自己头上。那温顺单纯的动物（谁又会怀疑它不温顺、不单纯呢），在孩子们中间神气十足地跳了几下，就像小猫一样顽皮。欧罗巴坐在牛背上，低头望着哥哥们，点着头笑着，粉嫩的小脸上有几份威风凛凛的神气。白牛转身朝草地另一边跑去，小姑娘挥挥手，说："再见！"顽皮地做出一副准备远行的模样，似乎不知道多久以后才会和哥哥们见面了。

"再见！"卡德摩斯、福尼克斯和喀利克斯异口同声地喊道。

可是，尽管玩得很尽兴，小姑娘心里还是有点儿害怕，所以她最后望向三个哥哥的时候，眼神里有一丝不安，这让三个男孩觉得亲爱的妹妹似乎真的要永远离他们而去了。你们猜那头白牛接下来干了什么？它像一阵风似的，飞快地冲下海岸，连蹦带跳地穿过沙滩，然后向空中一跃，纵身跳入汹涌的巨浪中。雪白的浪花飞溅起来，像阵雨似的打在它和欧罗巴身上，又哗啦啦地落进海水里。

可怜的小姑娘吓得尖叫起来，她的叫声多么凄厉啊！三个哥哥见状，也吓得尖叫起来。他们撒腿就往海边追去，卡德摩斯冲在最前面。可是为时已晚。他们跑到沙滩边上的时候，那头奸诈的公牛已经远远冲入了浩瀚碧蓝的大海，只露出它那雪白的牛头和牛尾。可怜的小欧罗巴坐在它的头尾中间，一只手伸向亲爱的哥哥，一只手紧紧抓着象牙般的牛角。卡德摩斯、福尼克斯和喀利克斯难过地站在那里，泪眼模糊地望着妹妹消失在远处，直到最后再也分不清哪是雪白的牛头，哪是从海洋深处翻腾的白浪了。再也看不见那头白牛的踪影，再也看不见那个美丽的小姑娘了。

你们可以想象，三个男孩带回家的消息将会让父母多么悲痛啊。他们的父亲阿革诺耳王是全国的统治者，可是他爱小女儿欧罗巴胜过自己的王国，胜过所有的孩子，胜过世界上所有的一切。因此，当卡德摩斯带着两个弟弟哭着回到家，告诉父亲一头白牛如何掳走了他们的妹妹，如何驮着她从大海中游走了的时候，国王悲痛难当，怒不可遏，失去了理智。尽管已经临近黄昏时分，暮色四合，他还是下令让他们马上出发，去寻找欧罗巴。

他喊道："如果你们不把我的小欧罗巴找回来，让我再看到她可爱的笑脸，就永远都不要再来见我！快滚！别再让我看到你们，去把她给我找回来，牵着她的手把她领回来。"

阿革诺耳王说着，两眼直冒火（因为他是个非常容易动怒的国王）。看到他怒火冲天的样子，可怜的孩子们连晚餐都没敢吃，就蹑手蹑脚溜出了宫殿。他们在台阶上站了片刻，商量先往哪边走。正当他们垂头丧气地站在那里的时候，忒勒法萨王后（他们把那个消息告诉国王的时候她刚好没在宫殿里）也匆匆赶来，说要跟他们一起去寻找自己的女儿。

"噢，不行，妈妈！"孩子们喊道，"天黑了，不知道我们会遇到什么麻烦和危险。"

"哎呀！我亲爱的孩子们，"可怜的忒勒法萨王后难过地哭着说，"这是我要跟你们一起去的另一个原因。我的小欧罗巴已经丢了，万一再失去你们，让我可怎么活下去！"

"我也跟你们去！"他们的小伙伴塔索斯跑过来说。

塔索斯是附近一个航海家的儿子，从小和王子们一起长大，几个人亲密无间，而且他也非常喜欢欧罗巴。因此，大家同意让他一起去。于是，一行人就这样动身了，卡德摩斯、福尼克斯、喀利克斯和塔索斯把忒勒法萨王后簇拥在中间，抓着她的裙子，恳求她累了的时候靠在他们肩上歇息。就这样，他们走下王宫的台阶，开始了漫长的旅程。他们做梦都想不到这次的旅程会那么漫长，临走前，他们最后看了一眼阿革诺耳王。阿革诺耳王走到门口，有个侍从在他身后举着火把，他在暮色中朝他们喊道——

"记住！找不到那孩子你们就再也不要踏上这台阶！"

"是！"忒勒法萨王后啜泣着说。兄弟三人和塔索斯也异口同声地回答道："是！"

他们履行了诺言。时间过去了一年又一年，阿革诺耳王孤零零地坐在那美丽的宫殿里，徒然地侧耳倾听他们归来的脚步声，希望他们哪天随着王后熟悉的说话声、儿子们和他们的小伙伴塔索斯的笑闹声，其间还有小欧罗巴甜美稚嫩的口音，一起走进宫殿大门。可是，那么多年过去了，即便他们真的回来，国王也听不出忒勒法萨的说话声，听不出孩子们曾经在宫殿里嬉戏时发出的笑闹声了。现在，且让阿革诺耳王独自坐在他的宝座上好了，我们跟忒勒法萨王后和她那四个小旅伴一同上路吧。

他们走啊走，走了很长很长的路，跋山涉水，漂洋过海。每到一个地方，他们就不断地打听，看看有没有人能告诉他们欧罗巴的行踪。被打听的乡下人会停下手里的农活儿，脸上露出非常吃惊的神色。看到一个女人身穿王后的衣服（忒勒法萨走得太匆忙，忘记摘下王冠，脱下王袍了），在乡间到处流浪，还有四个小伙子簇拥着她，而且他们的使命又是这么奇怪，大家都觉得很不可思议。没有任何人能提供欧罗巴的消息，没有任何人见过一个穿得像个公主似的小姑娘骑着雪白的公牛像风一样疾驰。

忒勒法萨王后带着三个儿子卡德摩斯、福尼克斯、喀利克斯和他们的伙伴塔索斯就这样在大路、小路及没有道路的荒野上走了多久，我也说不上来。不过，在他们抵达可以歇脚的地方之前，身上穿的华服已经破烂不堪了。他们个个看上去风尘仆仆，足迹遍及很多国家，鞋子上沾满了各国的尘土，只不过在 过溪流时都被冲刷干净了。一年后，忒勒法萨丢掉了自己的王冠，因为王冠磨得她头疼。

"它磨得我头疼，"可怜的王后说，"又治不好我的心疼。"

华服磨破后，他们换上普通老百姓穿的粗布衣服。没过多久，他们就变成了无家可归的流浪汉模样。你们要是看见了，肯定会把他们当成一家吉普赛人，而不是曾经住在皇宫里仆从如云的王后、王子和年轻贵族。四个男孩已经长成高大的小伙子，脸膛儿晒得黝黑。为了防身，每个人腰间都佩着一把宝剑。盛情邀请他们留宿的农夫如果需要他们帮着收割庄稼，他们也乐意效劳。忒勒法萨王后（在王宫里十指不沾阳春水，只偶尔用丝线和金线编穗子）会跟在后面帮他们扎麦捆。如果人家要给工钱，他们就摇着头拒绝，只是打听打听欧罗巴的音讯。

"我牧场上的牛可多啦！"老农夫常常回答说，"可是我从来没听说过哪头牛像你们说的那么神奇。雪白的公牛驮着小公主！哈哈！请你们原谅，好心人，这一带从来没出现过这样的事儿。"

后来，福尼克斯的上嘴唇长出了细细的绒毛，他对漫无目的的四处奔波越来越厌倦。有一天，他们碰巧走到一片宜人、僻静的开阔地带时，他在一堆苔藓上坐了下来。

"我不能再走了，"福尼克斯说，"像我们这样四处流浪，天黑的时候永远无家可归，是对生命的浪费，是愚蠢透顶的做法。我们的妹妹已经丢了，再也找不回来了。搞不好她早就掉进大海了，要不就是那头白牛把她驮到哪里的海岸上去了。现在已经过了这么多年，就算我们再见面，也没有感情可言了，甚至都不熟悉了。既然父亲不让我们回他的宫殿，我就在这里用树枝搭个小屋住下好了。"

"好的，我的儿子福尼克斯。"忒勒法萨伤心地说，"你已经长大了，你认为怎么好就怎么做吧。至于我，我要继续去寻找我那可怜的孩子。"

"我们三个也跟您一起去。"卡德摩斯、喀利克斯和他们忠实的朋友塔索斯大声说。

动身之前，他们大家帮福尼克斯修建了一个住处。用大树枝搭建成拱顶，里面有两个舒适的房间，其中一间里面用柔软的苔藓搭了一张床，另一间里面摆着两个用树根做成的凳子，俨然成了一座精巧的农舍。房子看上去非常舒服、非常温馨，忒勒法萨和三个旅伴一想到自己还得继续到处流浪，不能留下来在这座亲手搭建的住所度过余生，不由叹息起来。可是，在他们启程时，和他们道别的福尼克斯流下了眼泪，或许他在为自己不再和他们一同上路感到悔恨。

然而，他已经在这个美丽的地方安了家。不久以后，又来了一些无家可归的路人。他们看到这个地方如此宜人，便在福尼克斯住所的附近为自己修建了小屋。就这样，没过几年，这里就变成了一座城市。城市的中央可以看到一座庄严的大理石宫殿，福尼克斯就住在宫殿里。他身穿紫袍，头戴黄金王冠。原来那座新城市的居民发现他的血管里流淌着王族的血，便拥戴他为王。福尼克斯王颁发的第一道圣旨就是：如果有个姑娘骑着雪白的公牛来到本国，并管自己叫欧罗巴，臣民们应当对她盛情款待，毕恭毕敬，并把她带到王宫来。通过这件事你们就可以知道，福尼克斯在母亲和旅伴继续寻找妹妹的时候，贪图安逸，决定放弃寻找，后来一直为此感到良心不安。

可是，忒勒法萨、卡德摩斯、喀利克斯和塔索斯辛苦跋涉一天之后，常常想起福尼克斯那个宜人的地方。他们每天早上动身，经过多少日出日落，也看不到这趟辛苦的旅程究竟什么时候才能到头，这让这些漂泊者感到前景十分暗淡。有时候，一想到这里，大家就倍感惆怅，不过喀利克斯似乎比其他人更难以忍受。一天早晨，他们拿起手杖准备动身的时候，他这样对大家说——

"亲爱的母亲、我的好哥哥卡德摩斯、我的朋友塔索斯，我觉得我们就像生活在梦里的人，过着一种毫无意义的生活。那头白牛把妹妹欧罗巴掳走之后，时间已经过去了那么久，我连她的音容笑貌都想不起来了。说实在的，我甚至怀疑有没有那样一个小姑娘来过这个世界。不管她来过没有，我都认为她已经不在人世了。再寻找她无非是浪费我们自己的生命和幸福，是非常愚蠢的行为。就算我们找到她，她已经变成大姑娘了，会把我们大家当陌生人看待。所以，老实告诉你们吧，我已经下定决心在这里安家了。妈妈、哥哥、好伙计，我恳求你们也像我一样留下来吧。"

"不，至少我不会！"忒勒法萨说道。别看可怜的王后话说得斩钉截铁，其实她累得站都站不起来了，"在我内心深处，小欧罗巴还是那个多年前跑着采花的小女孩，长着粉嫩的脸蛋。她没有长成大姑娘，也不会把我忘掉。不论白天还是黑夜，不论赶路还是休息，她稚嫩的声音总是在我耳畔回响，喊着'妈妈！妈妈！'谁愿意留下就留下吧，我不会留在这里。"

"我也不会！"卡德摩斯说，"只要我亲爱的妈妈还想往前走，我就一直陪着她。"

还有忠诚的塔索斯，他也决心陪着他们继续寻找。不过，大家花了几天时间，帮喀利克斯也修建了一座村舍，跟之前帮福尼克斯搭建的那座差不多。

他们向喀利克斯道别的时候，喀利克斯的眼泪夺眶而出。他对母亲说，一个人孤零零地留在这里，就像继续上路前行一样，都像一场令人伤心的梦。如果她真的相信他们会找到欧罗巴，他愿意继续跟大家一起去寻找，哪怕现在就动身也可以。可是忒勒法萨让他留在这里，并祝他幸福，让他听从自己内心的召唤。就这样，几个旅人告别了他，就继续上路了。还不等他们走远，就来了几个流浪者。

他们沿着大路走过来，看到喀利克斯的住所，感觉这个地方很不错。附近有的是空地，这些外乡人便为自己搭建了小屋。很快又来了很多人在这里定居，不久就形成了一座城市。城市的中心是用彩色大理石建造的雄伟皇宫，每天正午时分，喀利克斯就会站在阳台上，穿着紫袍，戴着嵌满宝石的王冠。原来，城市的居民们发现他是国王的儿子，认为尊他为王比拥立谁都合适。

喀利克斯王的第一个举措就是派出一支巡访团，由一位认真严肃的大使率领几个吃苦耐劳的勇士，受命寻访世界各国，打听是否有一位年轻姑娘骑着一头白牛从当地飞驰而过。因此，显而易见，喀利克斯暗暗为放弃寻找欧罗巴感到内疚，只要他还活着，就会一直自责下去。

忒勒法萨、卡德摩斯和善良的塔索斯还在继续那漫长的旅程，我真为他们感到难过。旅途中，两个年轻人竭尽全力帮助可怜的王后，扶着她走过坎坷的沟壑，背着她跨过小河，夜里就算自己睡在荒郊野外，也要替她找投宿的地方。可怜啊，白牛把欧罗巴掳走那么久了，他们还是逢人就打听她的音讯，听到他们打听真是叫人伤心。不过，纵使沉闷的岁月在流逝，小姑娘的音容笑貌逐渐在他们的记忆中淡去，真心实意寻觅的三个人却从来没想过放弃。

一天早上，可怜的塔索斯不小心扭伤了踝骨，一步都走不了了。

"当然，过几天我或许可以挂着拐杖一瘸一拐地继续往前走，"他哀伤地说，"可是那样只会拖累你们，或许还会妨碍你们寻找亲爱的小欧罗巴，你们历经了那么多艰难困苦，我不能耽搁你们。你们走吧，亲爱的伙伴们，等我好了再去追你们。"

"你是个忠诚的朋友，亲爱的塔索斯。"忒勒法萨亲了亲他的前额说，"你既不是我的儿子，也不是欧罗巴的哥哥，可是你对我、对她比福尼克斯和喀利克斯还要忠诚，他们早都已经留在后面了。没有你的真心帮助，没有我儿子卡德摩斯的扶持，我恐怕连现在一半的路都走不了。现在你就安心留下吧，好好歇息。因为我也开始怀疑，或许我们永远都找不到我亲爱的女儿了，这是我第一次产生这样的想法。"

可怜的王后说着，泪如雨下。身为母亲，承认找到孩子的希望越来越渺茫，这是多么严峻的考验啊。从那天起，忒勒法萨发现，她走起路来已经不像以前那样精神饱满了，支撑着她的希望不见了，卡德摩斯扶着她的臂膀也越来越觉得吃力了。

出发前，卡德摩斯帮助塔索斯搭了一座小屋。由于身体太虚弱，忒勒法萨已经帮不上什么忙了，只能在一旁建议他们如何搭建，如何布置，让那座用树枝搭建的小屋尽可能舒适温馨。然而，塔索斯并没有在这座绿色的农舍里终其一生。就像福尼克斯和喀利克斯一样，他也迎来很多无家可归的人，大家也爱上了这个地方，并在附近修建住所。所以，没过几年，这里也兴起了一座繁华的城市，城市中心有一座红砂岩修建的宫殿，塔索斯坐在宫殿里的王座上，身穿紫袍，头戴王冠，手拿权杖，为人们主持正义。

原来，城市的居民们也拥立他为王，倒不是因为他有什么王室血统，而是因为他是一个正直、真挚、勇敢的人，适合做一个统治者。

然而，塔索斯王把国事全部安顿好之后，便脱下紫袍，摘下王冠，放下权杖，嘱托他最信任的大臣替他为人们主持正义后，就拿起以前旅途中用的那根手杖出发了。他仍然希望能找到那头白牛的蹄印，找到那个小姑娘的踪迹。过了很久，塔索斯王才回到自己的国家，他疲惫不堪地坐在王座上。可是，弥留之际，塔索斯王依旧表现出对欧罗巴真挚的怀念，他下令在宫殿里准备一座火炉、一缸洗澡水，还有食物和一张铺着雪白被单的床，以备哪天那个姑娘来到这里，需要休息、进餐。虽然欧罗巴一直都没有来，很多可怜的行路人却因此而受益，享受到了国王为孩提时的伙伴准备的食宿，善良的塔索斯为此得到大家的祝福。

忒勒法萨和卡德摩斯还在疲惫地四处寻觅。两个人相依为命。王后无力地倚靠着儿子的臂膀，每天只能走几英里的路。可是，尽管又虚弱又疲惫，她还是不肯听人劝说，放弃寻找女儿。她逢人就问有没有自己女儿的音讯，语气那么忧伤，上了年纪的人听了无不潸然落泪。

"您有没有见过一个小姑娘——不，不，我是说一个大姑娘，骑着一头雪白的牛，像风一样疾驰而过？"

人们常常回答说："我们从来没见过这么神奇的事儿。"经常有人把卡德摩斯拉到一旁，悄悄跟他说："这位高贵而忧伤的妇人是你的母亲吗？想必脑子不太正常，你应该带她回家，别让她再胡思乱想。"

"这不是胡思乱想，"卡德摩斯说，"就算所有的一切都是胡思乱想，这件事也不是。"

可是，有一天，忒勒法萨似乎比以往更虚弱了，几乎整个人都靠在卡德摩斯的臂膀上，走得也比以前慢得多。他们走到一处僻静的地方，她告诉儿子，她需要躺下好好歇一歇。

"好好歇一歇！"她深情地望着卡德摩斯的脸庞，一遍又一遍地重复，"好好歇一歇，我最亲爱的孩子！"

"您想歇多久就歇多久，亲爱的妈妈。"卡德摩斯说。

忒勒法萨叫儿子坐到自己身旁的草地上，握起他的手。

"儿子啊，"她浑浊的眼睛无比温柔地望着他，"我所说的歇息很漫长！你切莫等待。亲爱的卡德摩斯，你没有听懂我的话。你得在这儿掘一座墓，把你母亲疲惫的身子放进去。我的旅程结束了。"

卡德摩斯的眼泪夺眶而出。他久久不能相信，亲爱的母亲就要离他而去了。可是，忒勒法萨不断开导他，亲吻他，终于让他明白，自从女儿失踪后，她一直在跋涉，疲惫、忧伤和失望压得她喘不过气来，对她而言，死亡是一种解脱。卡德摩斯听后，强忍着悲痛，聆听她最后的嘱咐。

"最亲爱的卡德摩斯，"她说，"你是世界上最孝顺的儿子，直到最后都对母亲不离不弃。谁能做到像你这样陪着体弱多病的母亲四处奔波！倘若不是你，我最温顺的孩子，母亲几年前就埋骨青山了，哪能走出这么远！你做得够多了。不要再继续这种无望的寻觅了，我的儿子，埋葬好你的母亲之后，就到德尔斐[1]去问问神谕，你接下来该怎么做。"

"噢，母亲，母亲！"卡德摩斯哭起来，"您难道不想再看见我的妹妹了吗！"

"这事儿不重要了。"忒勒法萨说着，脸上露出一丝微笑，"现在我要到一个更美好的世界去了，迟早有一天，我会在那里见到女儿的。"

我的小听众们，我不想跟你们讲忒勒法萨是怎么死去的，又是怎样被埋葬的，你们听了只会更难过。我只想说，临终前，她的笑容没有消失，反而越来越灿烂。为此，卡德摩斯深信不疑：母亲一踏进那个更美好的世界，就把欧罗巴拥进了怀抱。他在母亲坟头种上了花草，让它们在那里自由生长，等他离开之后，这里就会变成一个美丽的地方。

履行了身为子女的最后责任后，他满怀悲伤，一个人上路了，准备前往忒勒法萨临终前嘱咐他去的德尔斐。一路上，他还是不断地向人们打听有没有碰见过欧罗巴。说实话，卡德摩斯已经习

---

1. 德尔斐：太阳神阿波罗神殿所在地，是一处重要的"泛希腊圣地"，即所有古希腊城邦共同的圣地。著名的德尔斐神谕就在这里颁布，即"认识你自己"。

惯了，一张口就会这么问，就像人们谈论天气似的。他得到的答案形形色色，不一而同。有人这么说，也有人那么说。还有个水手说得有鼻子有眼的。他说，很多年前，在一个遥远的国家，他耳闻有一头白牛驮着一个小姑娘游过大海，小姑娘戴着很多鲜花，都被海水给打枯了，他也不知道那个小姑娘和那头牛最后怎么样了。那个水手说着，眼睛戏谑地眨了眨，卡德摩斯见了，怀疑他根本就没听说过这件事，只是拿自己寻开心罢了。

可怜的卡德摩斯发现，一个人独行比扶着亲爱的母亲一起走还累。你们要知道，他的心情是如此沉重，有时候压得他简直挪不开步子。不过他的腿脚却强壮、灵活，健步如飞。他一边飞快地往前走，一边想着父王阿革诺耳、母后忒勒法萨、他的两个弟弟和亲切的塔索斯，他先后把他们抛在了身后，再也不指望能见到他们。他回忆着种种往事，不知不觉来到一座大山附近。那一带的人们告诉他，这座山叫作帕尔纳索斯山 [1]。著名的德尔斐就在帕尔纳索斯山的山坡上。卡德摩斯抬脚朝山坡走去。

这个德尔斐被人们当作全世界的中心，赐神谕的地方就在山坡上的一个洞穴里。卡德摩斯走上山坡，看到一个用树枝搭建的小亭子。这让他想起曾经帮福尼克斯、喀利克斯及塔索斯搭建的

---

1. 帕尔纳索斯山：在古希腊神话中是祭祀阿波罗和科里西安女神之地。现在位于德尔斐以北，是希腊的国家公园，经常出现在西方的文艺作品中，人们将攀爬帕尔纳索斯山的过程比喻为攀登艺术高峰的历程。

那些屋子。后来，很多人不远万里跑到那里去求神谕时，那里已经修建起了宏伟的大理石神庙。可是，我刚才说了，在卡德摩斯那个时代，那里只有一座用树枝搭建的小亭子，绿叶如盖，灌木丛生，把山坡上那个神秘的洞口遮掩了起来。

卡德摩斯从纵横交错的树枝中间挤过去，挤进小亭。刚开始他并没有看到那个半隐半现的山洞。不过，他很快就感觉到一阵凉风从里面冲出来，疾风强劲，把他面颊上的鬈发都吹得飘了起来。他弯下腰，拨开洞口的灌木丛，开始发问，声音清晰而恭敬，仿佛在对山里某个看不见的大人物讲话。

"神圣的德尔斐神谕啊，"他说，"我应该到哪里去寻找我亲爱的妹妹欧罗巴呢？"

起初，洞里一阵深沉的静默，紧接着传来了一阵呼啸声，像从大地深处发出的一声长叹。你们要知道，那座山洞被人们看作真理的源泉，有时候会发出清晰的说话声，只不过大多数时候，那些话令人莫名其妙，谁也听不懂，倒不如藏在洞里的好。不过，卡德摩斯比很多前来德尔斐寻求真相的人都要幸运。过了一会儿，那个呼啸声渐渐变成了吐字清晰的话语。它一遍又一遍地重复着下面那句话，仿佛气流模糊不清的嗯哨声。卡德摩斯实在不确定那句话到底有没有意义——

"别再寻她了！别再寻她了！别再寻她了！"

"那我该做些什么？"卡德摩斯问。

你们要知道，从小时候起，他伟大的人生目标就是找到自己的妹妹。从他不再在父亲宫殿附近的草地上抓蝴蝶的那一刻起，就开始竭尽全力寻找欧罗巴，翻山越岭，漂洋过海。可是现在要他放弃寻找妹妹，他在这个世界上仿佛就无事可做了。

但是，那个叹息似的气流又变成了某种沙哑的声音。

"跟着那头奶牛！"它说，"跟着那头奶牛！跟着那头奶牛！"

几句话重复来重复去，卡德摩斯都听厌了（尤其是他想象不出来那是一头什么样的奶牛，为什么要跟着那头奶牛）。那个风声飕飕的洞里又传来一句话。

"迷路的奶牛在哪里卧倒，哪里就是你的家。"

这句话只说了一次，卡德摩斯还没弄明白什么意思，那个声音就渐渐消失了。他又问了几个问题，可是都没有得到答复。只有那股风不停地叹息着吹出山洞，刮得洞口前的枯叶飒飒起舞。

"真的有什么话从那个山洞里传出来吗？"卡德摩斯心想，"不会是我一直在做梦吧？"

他离开了神谕之地，觉得跟没有来过的时候一样糊涂。将来会怎样，他一点儿都不关心。他随意踏上第一条呈现在自己眼前的路，迈着懒洋洋的步子往前走。反正眼下他没有任何目标，也没有任何理由走这条路不走那条路，走哪条路对他来说都一样，也没什么好心急的。只不过每次在路上遇见人，他还是会脱口而出——

"您有没有见过一个美丽的姑娘，穿得像个公主，骑在一头白牛的背上，跑得像风一样快？"

可是，刚问了半句他就记起了神谕的话，剩下那半句就含含糊糊咕哝过去了。人们看见他那副怅然若失的样子，以为这个年轻英俊的小伙子一定是精神失常了。

谁也说不清卡德摩斯走了多远才看见一头花奶牛。奶牛躺在路边，安安静静地反刍着。直到年轻人走到近前，它才注意到他。于是，它悠然自得地站起身来，轻轻把头一甩，不紧不慢地往前走去，不时还停下脚步吃口草。卡德摩斯漫不经心地跟在后面，无聊地吹着口哨，几乎没去注意那头奶牛。走着走着，他突然想到，这该不会就是神谕要他跟随的那头奶牛吧？转念一想，又觉得很好笑，自己竟然会产生这种念头。他无法郑重其事地把它当作那头奶牛，因为它走起路来那么安静，行为神态跟其他的奶牛没什么两样。显而易见，它既不认识卡德摩斯，也不在意他。对它而言，卡德摩斯还不如一口干草重要。它只想着怎么在路边过活，因为那里的牧草青翠而鲜嫩。或许它要回家让主人挤奶了。

"奶牛，奶牛，奶牛！"卡德摩斯大声喊道，"嘿，花牛，嘿！等等，我的乖牛。"

卡德摩斯想赶上去仔细瞧一瞧，看看那头奶牛是不是认识他，或者看看它跟其他成千上万的普通奶牛有什么不同之处。普通奶牛都只管把奶桶挤满，有时候还会把桶一脚踢翻。可是，那头奶牛只管慢悠悠地往前走，还不时甩着尾巴赶走苍蝇，根本不理睬卡德摩斯。如果卡德摩斯走得慢，它也放慢脚步，趁机吃两口草；如果卡德摩斯加快步伐，它也跟着加快步伐；有一次，卡德摩斯想跑过去追上它，它也翘起尾巴，拔腿飞奔，姿势跟普通奶牛撒腿飞奔时一样怪异。

卡德摩斯知道不可能赶上它，于是又像之前那样，不紧不慢地走起来。奶牛也慢条斯理地往前走着，它头也不回。遇到牧草特别青翠的地方，它就啃上一两口；遇到水光闪烁的小溪穿过小路，它就喝上一口，舒一口气，再喝一口，然后继续往前走，速度不快不慢，对它和卡德摩斯来说刚刚好。

"现在我相信这就是神谕里说的那头奶牛了。"卡德摩斯说，"如果真的是它，它肯定会在这附近哪里卧倒的。"

不管这头奶牛是不是神谕里说的那头，似乎都没有道理走出很远。所以，每当他们走到一个格外宜人的地方，不管是微风习习的山坡，还是幽静的山谷，不管是鲜花盛开的草原，还是静谧的湖畔，或者是水流清澈的溪岸边，卡德摩斯总会迫不及待地环顾着四周，看看那地方是否适合安顿下来。可是，不管卡德摩斯喜不喜欢那地方，奶牛都没有要卧倒的意思。它只顾往前走，步态就像回家进圈那样安闲。卡德摩斯以为随时都会看见一个挤奶女工提着奶桶走过来，或者一个牧人跑来把它拦住，领回牧场。可是，既没有看到挤奶女工的影子，也没有牧人跑来把它赶回家。

卡德摩斯只好跟着那头奶牛走啊走，直到都快累趴下了。

"喂，奶牛！"他绝望地喊道，"你是不是永远都不打算停下了？"

现在，他一门心思跟着奶牛，根本就没想过要放弃。不管路途多遥远，不管他有多疲惫。的确，这头奶牛仿佛真的具有迷惑人的某种魅力。几个人碰巧看到它，又看到跟在后面的卡德摩斯，也慢悠悠地跟在后面。卡德摩斯巴不得有人跟他聊聊天，于是就天南海北地跟那些善良的人们攀谈起来。他把自己所有的经历都讲给大家听，讲他如何从王宫出发，离开了阿革诺耳王，如何在某个地方离开了福尼克斯，如何在另一个地方离开了喀利克斯，如何在第三个地方离开了塔索斯，又如何把他亲爱的母亲埋葬在开满鲜花的坟墓下。如今，他如何孤零零的一个人，没有朋友，也无家可归。他还提到，神谕要他跟一头奶牛走，问大家是否认为这头奶牛就是神谕里说的那头。

"哎呀，这事儿可真神奇。"其中一个新同伴说，"我对牛的习性了如指掌，从来没见过哪头牛自己会走这么远的路，而且连歇都不歇。要是我走得动，一定会紧追不舍，直到这头牲畜卧倒为止。"

"我也是！"第二个人说。

"我也是！"第三个人大声说，"就算它再走一百英里，我也决心跟去看个究竟。"

你们要知道，这件事的秘密在于：那头奶牛是一头会施魔法的奶牛，要是有人跟在它后面走上五六步，它就会施展魔法，让那人身不由己地跟在自己身后走下去。人们意识不到它施了魔法，还以为是自己主动跟在它身后的。奶牛不怎么擅长挑选路径，所以他们有时候得爬上崖石，有时候得路过泥潭，搞得满身泥水，狼狈不堪；而且，他们累得要死，饿得前胸贴后背。多么吃力不讨好的事儿！

可是，他们依然步伐坚定地向前走，一边走一边聊天。大家越来越喜欢卡德摩斯，决心再也不离开他了。他们要在奶牛卧倒的地方修建一座城池，在城池的中央建造一座华贵的宫殿，让卡德摩斯住在里面，当他们的王。宫殿里有宝座、王冠、权杖和紫袍，凡是王者应该有的东西他都要有。因为他身上流淌着王族的血液，有一颗王者的心，还有统治国家的头脑。

他们畅谈着未来的设想，用修建新城池的计划冲淡旅途的劳顿，这时，碰巧有人注意到那头奶牛的动静。

"喜事！喜事！"他拍着双手大声叫起来，"奶牛要卧倒了！"

大家全都抬眼望去，果然，那头奶牛已经站住脚步，悠闲地四处打量着——奶牛们卧倒之前都会这么做。只见它慢慢斜过身子，慢慢向柔软的草地上倒下去，先弯下两条前腿，接着蜷起两条后腿。卡德摩斯和同伴们赶上来，看到奶牛已经舒舒服服地卧在地上，慢条斯理地反刍着，而且神情淡定地望着他们，仿佛告诉他们这就是它选的地方，仿佛一切都是这么顺理成章。

卡德摩斯环顾了一下四周，说："这么说，这里就是我的家了。"

这是一片肥沃而美丽的草原，阳光透过参天大树在大地上洒下斑斑驳驳的影子，四面青山环绕，把酷暑严寒挡在外面。不远处，一条河流在阳光下闪闪流动。一种归属感在卡德摩斯心中油然而生。从此以后，他再也不必每天早晨一醒来就穿上沾满尘土的鞋子踏上旅程，想到这里他非常高兴。日复一日，年复一年，他将永远生活在这片美丽的土地上。历经了这么多的伤心失望，如果他的两个兄弟和他的朋友塔索斯能跟他生活在一起，如果他的母亲能住在他的屋檐下，那该多么幸福啊！说不定有朝一日，他的妹妹欧罗巴也会悄悄来到他的家门口，对着熟悉的面孔露出微笑。可是，再也没有希望找回幼时的同伴了，再也没有希望见到亲爱的妹妹了，卡德摩斯只有随遇而安，他决定跟他的新同伴一起快乐地生活。这些人在追随奶牛的途中已经深深爱上了他。

他对他们说："是的，朋友们，这里将成为我们的家。我们要在这里修建住所，那头把我们领到这里来的奶牛可以给我们供应牛奶。我们要在附近开垦耕地，过上无忧无虑的幸福生活。"

大家兴高采烈地同意了这个计划。不过，首先要解决吃饭问题，他们现在饥渴交加，要想办法去弄一顿可口的饭菜。不远的地方有一丛灌木，看样子下面应该有一口清泉。大家过去打水，留下卡德摩斯跟那头奶牛躺在地上歇息。卡德摩斯终于要安顿下来了，自从离开阿革诺耳王宫，他一直都在长途跋涉，现在仿佛所有的旅途劳顿都在这一瞬间向他袭来。可是，朋友们刚走没多久，卡德摩斯就被惊醒了。树丛那边传来呼喊声、惊叫声和凄厉的尖叫声，还有挣扎打斗的声音，其间夹杂着最可怕的嘶嘶声，那嘶嘶声像刺耳的锯子声，径直钻进他的耳朵里。

他赶紧朝灌木丛跑去，还没到跟前就看到一条巨蛇或恶龙高昂着头，两只眼睛冒着火，一张血盆大口比所有的恶龙都可怕，一排排牙齿锋利无比。不等卡德摩斯赶过去，那个丧心病狂的爬行动物已经杀死了他可怜的同伴，这会儿正忙着往肚子里吞呢，一口一个，囫囵吞下去。

看样子，那眼泉水被施了魔法，那条恶龙在那里守护着它，所以凡人不能到那里去喝水。附近的居民都小心翼翼地躲开那个地方，所以好久好久以来（起码不少于一百年了），那个怪物都没有开过斋。自然而然地，它的胃口已经大得出奇，刚刚吃掉那几个可怜人还不够它把肚子填个半饱呢。因此，它一看到卡德摩斯，立马发出可怕的嘶嘶声，并张开血盆大口，把嘴张得像个火红的洞穴，洞里还能看见它刚吞进去的受害者的两条腿，因为它还没顾上咽下去。

卡德摩斯看到自己的朋友葬身龙口，不禁义愤填膺，恨之入骨，他顾不得那条恶龙的血盆大口有多大，也顾不上那成百上千的利齿有多锋利，只顾抽出宝剑，冲向那头恶兽。他纵身一跃，径直扑进了那张洞穴似的大嘴。这种英勇无畏的进攻方式让恶龙大吃一惊，事实上，卡德摩斯已经钻进了它的喉咙，那一排排利齿根本咬不到他，也伤害不了他一根毫毛。这样一来，尽管恶龙猛烈地甩动尾巴，把周围的灌木丛扫得粉碎，也奈何不了卡德摩斯。卡德摩斯不停挥剑刺向它的要害，不一会儿，那个浑身鳞片的家伙就想溜之大吉了。但是，还没等它溜走，勇敢的卡德摩斯就给了它最后一剑，结束了这场战斗。卡德摩斯从恶龙嘴里爬出来，看到它还在扭动那巨大的身躯，只不过它已经奄奄一息，连个孩子都伤害不了。

然而，那几个可怜而友善的人追着奶牛跟随他来到这里，结果却落得如此悲惨的下场，卡德摩斯心里能不悲痛吗？他仿佛命中注定会失去自己所爱的每个人，眼睁睁地看着他们以这样那样的方式离开。历经千辛万苦，来到这个荒僻的地方，最后连个帮助他搭建木屋的人都没有。

"我该怎么办？"他大声疾呼，"还不如也像我那几个可怜的同伴一样被恶龙吃掉！"

"卡德摩斯！"有个声音说——可是这声音是来自天上，还是来自地下，还是来自自己的胸腔，年轻的卡德摩斯说不上来，"卡德摩斯，拔掉龙牙，种在地里。"

应该说，把那些根深蒂固的毒牙从死掉的恶龙嘴里一颗一颗拔出来，这事儿真是又奇怪又麻烦。可是卡德摩斯还是依言使劲拔着龙牙。他用一块巨石把龙头砸得粉碎，才搜集了一两蒲式耳的龙牙。接下来还要把它们种在地里。这同样是份苦差，尤其是卡德摩斯刚才屠恶龙、砸龙头后已经累得精疲力竭了。而且，据我所知，除了那把利剑，他没有任何可以用来掘地的工具。不过，他还是翻了一大片土地，把龙牙像种子似的种了下去，只不过还有一半龙牙留待以后哪天再种。

卡德摩斯累得上气不接下气，他倚剑而立，很好奇接下来会发生什么。没等多久，他就看到一种非常神奇的情景，跟我以前给你们讲过的最最神奇的事一样神奇。

太阳斜照着那片田地，所有湿润的黑土壤看上去跟刚刚耕种过的土地一样。突然间，卡德摩斯觉得好像看到什么东西在闪闪发光，起初只有一个地方，接着千百个地方同时闪耀起来。很快，他就发现那是钢铁矛头，它们像满地的庄稼秆儿似的，噌噌往上长。接着又冒出很多明晃晃的剑刃，也在拼命疯长。

不一会儿，整片地都被亮锃锃的黄铜盔甲给顶破了，像无数巨大的豆子。它们长得飞快，卡德摩斯都能看到头盔下面的人脸了。总而言之，他还没顾得上思考这件事多么神奇，就看到地里长出了大量的人类，他们披盔戴甲，手拿刀枪长矛，不等完全长出地面，已经挥舞着武器，打斗起来。他们仿佛认为，尽管自己刚刚出世，却已经浪费了不少光阴，必须抓紧时间战斗。每一颗龙牙都长成了一个仇恨之子。

此外，地里还长出许多号兵，他们刚呼吸第一口空气，就把铜号放在嘴唇上，吹出震耳欲聋的号角声。刚才还非常僻静的地方，现在回响起各种武器的铿锵声、嘟嘟的冲锋声和愤怒的呐喊声。那些武士一个个怒不可遏，势不可挡，卡德摩斯觉得他们简直要把整个世界砍个粉碎。要是哪个伟大的征服者弄到一袋龙牙去种，那该有多么幸运啊！

"卡德摩斯，"刚才那个声音又说话了，"往武士们中间扔一块石头。"

于是，卡德摩斯捡起一块大石头，朝那支生于泥土的军队中间扔去。他看见石头打在一个身材高大、面目狰狞的武士的盔甲上。那个武士被打了一下，便想当然地以为有人袭击他，于是举起武器，猛地砍向旁边的武士，把他的盔甲都砍裂了，还把他打倒在地。紧接着，那个倒下的武士周围的人们纷纷拿出刀剑长矛厮杀起来。这场混战范围越来越大。每个人都去进攻自己的兄弟，刚把别人打倒，还没来得及感受胜利的喜悦，自己又被另外的人打倒。号兵们把号角越吹越响，每个士兵都发出阵阵呐喊声，有的还没喊出声来，就已经倒下去了。

这真是最罕见的怪事：无缘无故的愤怒，没头没脑的残杀。其实，人间已经发生过的上千次的战争就跟这场混战一样邪恶，一样愚蠢。因为在战争中，人类像龙牙之子一样，无端地残杀自己的兄弟。值得思考的是，龙族生来就是为了相互残杀，而人类生来是为了相互爱护扶持。

这场令人难忘的战斗越来越激烈，直到最后满地都是被砍掉的戴着头盔的脑袋。开战时成千上万的武士，到最后只剩下五个。现在，那五个人挥舞着刀剑从不同的方向冲到田地中间，无比凶猛地朝对方的心脏刺去。

"卡德摩斯，"那个声音又说话了，"命令那五名武士刀剑入鞘，他们会帮助你修建城池。"

卡德摩斯毫不迟疑地走上前去，拿出国王和领袖的派头，抽出宝剑指着他们，用威严的命令口吻对武士们下令。

"刀剑入鞘！"他说。

那五名龙牙之子感觉自己应当服从此人的命令，于是一齐举起宝剑向他行了个军礼，而后刀剑入鞘，在卡德摩斯面前一字排开，就像士兵注视统帅似的望着他，等着他发号施令。

这五个人多半是最大的龙牙长成的，他们是全军最勇敢、最强壮的，几乎个个都是巨人，说真的，如果不是这样，他们早就在这场恶战中丧生了。他们看上去依旧凶相毕露，要是卡德摩斯不盯着他们，他们就会两眼冒火，你瞪我，我瞪你。他们刚刚从泥土中长出来，明晃晃的胸甲上沾满了泥土，甚至脸上都有，就像甜菜根和胡萝卜刚从地里拔出来的时候那样，看上去特别怪异。卡德摩斯简直不知道该把他们当人类，还是当作某种奇怪的蔬菜看待。不过，总的来说，他认为他们是有人性的，因为他们如此热爱号角和各种武器，如此热衷打斗流血。

他们热切地望着卡德摩斯的脸庞，等待他下一道指令。显然，他们最希望能跟着他四处征战，冲锋陷阵，打遍全世界。可是，卡德摩斯比那些从泥土中长出来的东西聪明多了，他们身上还有恶龙的凶猛习性。卡德摩斯知道该如何利用他们的力量和刚毅。

"听着！"他说，"你们都是硬汉，要发挥自己的作用！用你们手中的宝剑去开采巨石，帮我修建一座城池吧。"

五个武士嘀嘀咕咕地说，他们的天职是摧毁城池，而不是修建城池。不过，卡德摩斯严厉地看着他们，用非常威严的声音呵斥他们，让他们把他当主人，此后，他们再也没想过违背他的命令。于是，他们开始认真地投入工作，任劳任怨地干活儿。不久以后，一座城池就初具规模了。当然，起初那些工匠表现得十分争强好斗。要不是卡德摩斯时刻盯着，强行镇压潜伏在他们心里、流露在他们眼神里那种狠毒的蛇蝎习性，他们就会像野兽一样，相互伤害。

可是，随着时间的推移，他们渐渐适应了诚实的劳动，也有了足够的意识，觉得和平相处、与人为善比刀剑相见更叫人快乐。这么看来，如果希望人类过不了多久也能像这五个生于龙牙、长于泥土的武士一样充满智慧、爱好和平，也不算奢望。

城池建成了，每个工匠都有了自己的家。不过，卡德摩斯的宫殿尚未落成。他们把这项工程留到最后，是打算用上所有的新建筑技术，不仅要把它修建得雄伟壮丽，还要设计得舒适方便。别的活儿全都干完之后，他们就及时上床睡觉了，以便第二天一大早爬起来，赶在天黑前把宫殿的地基打好。第二天，卡德摩斯起床后，向修建宫殿的工地走去，五个健壮的工匠一字排开跟在他身后，你们猜，他看到什么了？

除了世界上最雄伟壮观的宫殿还能是什么？那座宫殿是用大理石和各种各样美丽的石材修建而成的，华美非常，高耸入云，有壮丽的拱顶和门廊，有雕刻精美的柱子，凡是与伟大国王的宅邸相称的东西，应有尽有。这座宫殿一夜之间从地里冒了出来，就像大批军队从龙牙里长出来一样，更神奇的是，谁也不曾为这座庄严的宫殿种下种子。

五名工匠仰望着宫殿的穹顶，只见初升的朝阳照得它金碧辉煌，他们大声欢呼起来。

"卡德摩斯王万岁！"他们喊道，"愿吾王在这座美丽的宫殿里万寿无疆！"

新国王登上宫殿的台阶，身后跟着五个忠实的侍从，他们肩上扛着锹，排着队（因为他们的举止天生具有士兵的气质）。他们站在宫殿门口，从大厅里高耸的一长排柱子中间望去。卡德摩斯看到，大厅另一端有个女人的身影缓步朝他走来。她美丽非凡，身着王袍，金色的鬈发上戴着钻石王冠，脖子上戴着全世界最华丽的项链。他欣喜若狂，以为是失踪已久的妹妹欧罗巴长大成人，跑来找他，准备用甜美的兄妹之情报答他，报答他为了寻找自己而离开阿革诺耳王宫，长途跋涉，历尽千辛万苦；报答他在和福尼克斯、喀利克斯和塔索斯分别时流下的泪水；报答他在亲爱的母亲坟头上万念俱灰时那颗破碎的心。

但是，卡德摩斯迎上前去的时候，发现自己根本不认识那位美丽的来客，不过，就在穿过大厅这短短几秒钟的时间里，他已经感觉到他们之间的默契。

"不，卡德摩斯，"曾经在田野上对他说话的那个声音说道，"这不是你踏遍世界各地寻找的妹妹欧罗巴。这是哈耳摩尼亚[1]，上天的女儿，是被派来代替你的妹妹、弟弟、朋友和母亲的。你会发现她将所有这些亲人都融于自己一身了。"

于是，卡德摩斯王和这位新朋友哈耳摩尼亚共同生活在这座宫殿里，他在这座雄伟的宅邸过得非常舒心，就算在路旁最简陋的房舍里，他也会过得这么舒心，甚至更舒心。几年后，宫殿里多了一群脸蛋粉嫩的小孩，他们在宫殿的大厅里和大理石台阶上愉快地玩耍。卡德摩斯王处理完国事，有空陪他们玩的时候，他们就会兴高采烈地迎上去。他们管国王叫父亲，管哈耳摩尼亚王后叫母亲。五个龙牙老兵很喜欢这些小不点儿，不厌其烦地教他

---

1. 哈耳摩尼亚：代表和谐与协调的女神，是战神阿瑞斯和爱与美的女神阿佛洛狄忒的女儿。宙斯将她许配给卡德摩斯做妻子。

们舞枪弄棒，操练队伍，吹响小号角或者咚咚地敲着小战鼓。

卡德摩斯王生怕孩子的性格受到龙牙的影响太深，经常在日理万机之余教他们识字拼读，还特地给他们发明了字母表。小朋友们本来应该为此感激他，不过依我看，很多小朋友并不怎么领情呢。

CIRCE'S PALACE

—·喀耳刻¹的宫殿·—

　　毫无疑问，你们当中有些人已经听说过英明的国王俄底修斯²，听说过他怎样围攻特洛伊，在那座名城被攻陷焚毁之后，怎样在设法回到自己的小王国伊塔刻的途中度过了十年的漫长岁月。在这次艰辛的航程中，他一度来到一个绿莹莹的小岛上，小岛的风景令人心旷神怡，但是他并不知道这座岛叫什么名字。因为，就在来到这里之前，他遭遇了一场飓风，或者说一下子遭遇了几场飓风，将他的舰队吹到一片陌生的海域。不管是他本人还是船上

---

1. 喀耳刻：古希腊神话中住在艾尤岛上的女巫。她是太阳神赫利俄斯和海神女儿珀耳塞所生的孩子，是国王埃厄忒斯的妹妹。在古希腊文学作品中，她善于用药，并经常以此使她的敌人及反对她的人变成怪物。
2. 俄底修斯：又译作尤利西斯，是古希腊史诗《伊利亚特》和《奥德赛》中的重要人物。他是古希腊西部的一个国家伊塔刻的国王，参加过特洛伊战争。

的水手，都没有谁到过那片海域。这场灾难完全归咎于同船水手那愚蠢的好奇心。他们趁着俄底修斯睡着的时候，解开了几个非常结实的皮袋子，原以为里面藏着金银财宝。其实那些袋子个个装的都是风暴，是风神埃俄罗斯（Aeolus）交给俄底修斯保管，确保他顺利返回伊塔刻的宝物。绳子一解开，狂风就呼啸着冲出来，就像气体从吹胀的气囊里冲出来那样。瞬时间，白浪滔天，把船队吹得七零八落。

刚刚逃过这场灾难，更大的灾难就接踵而至。他们被狂风吹到了莱斯特律戈涅斯（Laestrygonia），那里有许多凶恶的巨人，吃掉了他们不少同伴。那些巨人还从海边的悬崖上往下扔巨石，把所有的船都给砸沉了，唯有俄底修斯乘坐的那艘船幸免于难。经历了这么凶险的灾难后，能把那艘被暴风袭击的三桅帆船停泊在风平浪静的小海湾，你们不知道俄底修斯有多么高兴。那个海湾就在我开头跟你们讲的那座绿草如茵的小岛旁。不过，俄底修斯之前遭遇了巨人、独眼巨人库克勒普斯[1]（Cyclopes）及海上和陆地上的各种妖怪，历经重重危险，所以即便到了这个风景宜人、看似荒僻的小岛上，他依然心有余悸，生怕再遇到什么灾祸。两天来，那些可怜而沧桑的水手们非常安静，不是乖乖待在船上，

1.库克勒普斯：古希腊神话中的独眼巨人，只有一只眼睛长在前额正中，群居在库克勒普斯岛上。他们住在洞里，以岛上的野生动物和圈养的羊群为食。他们是神祇的仆人，为各神祇工作。

就是蹑手蹑脚地沿着岸边的悬崖走一走。为了活命，他们从沙子里挖一些贝类充饥，并寻找流入大海的淡水小溪解渴。

刚过了两天时间，他们就厌倦了这种生活。你们要记住，俄底修斯王这些随从都是饕餮之徒，不管是正餐还是非正餐，只要吃不到嘴里，就会抱怨个不停。他们储存的食物已经吃完了，就连贝类都越来越少了，所以，他们现在要么饿死，要么冒险到岛内去看看。可是，搞不好有巨大的三头龙之类的恶兽住在岛内。那时候，这种奇形怪状的妖怪很多，准备远行的人，不管是走海路还是走陆路，多多少少都得冒着被怪物吃掉的危险。

不过，俄底修斯王不仅英勇无畏，而且十分谨慎。第三天早上，他决心去看看这座岛到底是个什么样的地方，看看有没有可能给他那些同伴搞点儿吃的填肚子。于是，他拿上长矛，爬到悬崖顶上，抬眼四望。远处，在小岛的中央，有几座巍峨的高塔，看上去像一座白色大理石宫殿。宫殿耸立在一片参天大树的中央，大树浓密的枝叶伸出来遮住宫殿的正面，足有一大半都给遮住了。从能看到的部分判断，这座宫殿应该非常宏伟壮丽，金碧辉煌，兴许是大贵族或王子的宅邸。一缕青烟从烟囱里袅袅升起，这对俄底修斯来说堪称最赏心悦目的景象，因为从缭绕不绝的青烟来看，厨房里的火应该烧得很旺，到了午餐时分，肯定会有一顿盛宴，供住在宫殿里的人或碰巧来访的客人食用。

看到这番令人愉悦的情景，俄底修斯觉得应该直奔宫殿大门，去告诉宫殿的主人：有一队可怜的水手遇到了海难，两天来食不果腹，只能靠几只蛤蜊和牡蛎充饥，随便给点儿吃的，他们都会感激不尽。那个王子或贵族如果在宴会结束后连点儿残羹冷炙都不肯给他们吃，那也未免太吝啬了。

想到这里，俄底修斯很高兴，他抬脚朝宫殿的方向走去，刚走出几步，附近一棵树上的鸟儿就叽叽喳喳地叫起来。接着，一只小鸟朝他飞过来，在他身旁盘旋着，翅膀都快擦到他脸上了。那是一只非常漂亮的小鸟：紫色的翅膀和身体、黄色的腿、金色的颈羽，头上也长了一撮金色羽毛，看上去就像一顶袖珍王冠。俄底修斯想抓住它，可是小鸟灵活地避开了，依旧哀怨地叫着。看样子，要是会说话，它多半会告诉俄底修斯一个哀伤的故事。俄底修斯想把它赶走，它也只是飞上附近的树梢。俄底修斯刚想继续往前走，它就又飞到俄底修斯的上空，发出阵阵悲鸣。

"小鸟儿，你有什么话要跟我说吗？"俄底修斯问。

他一心准备听听那只小鸟要对他说什么，因为在特洛伊[1]战争中和其他地方，他都遇到过这种奇怪的事情。就算那只长着羽毛的小精灵能像他一样开口说话，他也不会觉得有什么好奇怪的。

---

1. 特洛伊：也称"伊利昂"，古希腊殖民城市，公元前十六世纪前后为古希腊人所建，位于小亚细亚半岛西端赫勒斯滂海峡（即达达尼尔海峡）东南。公元前十二世纪初，迈锡尼联合希腊各城邦组成联军，渡海远征特洛伊，战争延续十年之久，史称"特洛伊战争"，特洛伊也因此闻名。

"啾啾！"小鸟说，"啾啾，啾啾，啾——呜——啾！"它什么都没说，只是"啾啾，啾啾，啾啾"地叫着，一遍又一遍，叫声十分凄婉。只要俄底修斯一抬脚向前走，小鸟就显得十分惊惶，焦急地拍打着翅膀，似乎想竭尽全力地拦住他。这种无法解释的行为终于让俄底修斯认定，这只小鸟知道前方有危险在等着他，而且毫无疑问会非常可怕，因为就连一只小鸟都对人类动了恻隐之心。于是，他决定暂时回船上去，把自己看见的事情告诉同伴们。

小鸟见状，似乎十分满意。俄底修斯一转身往回走，它就飞回了树梢，用尖锐的长喙啄起了树皮里的昆虫。你们要知道，它是一种啄木鸟，得跟别的啄木鸟一样生存下去。不过，那只紫色的小鸟每啄一会儿树皮，就会哀怨地叫上几声："啾啾，啾啾，啾——呜——啾！"仿佛想起了什么令它十分哀伤的秘密。

在往海边走的路上，俄底修斯运气不错，他用长矛刺中了一只牡鹿。他把牡鹿扛在肩上（因为他是个大力士），一路拖了回去，然后把它扔到饥肠辘辘的同伴面前。我刚才已经跟你们说过了，俄底修斯王那些随从都是饕餮之徒。从和他们相关的内容判断，我估计他们最爱吃的当属猪肉。他们靠吃猪肉过活，所以身体的相当一部分都变成了猪肉，秉性脾气也和猪非常相似。不过，对他们来说，吃顿鹿肉倒也将就，特别是这几天都只能用牡蛎和蛤蜊充饥。因此，他们一看到那头死鹿，就老练地摸了摸它的肋骨，然后迫不及待地点燃火堆，把鹿烤熟。那天，那些贪吃的家伙就只顾着埋头大啃鹿肉了，直到日落时分，那头可怜的动物被啃得干干净净，骨头上连一丝肉都剔不下来了，他们才肯站起身来。

第二天早上，他们的胃口还是那么好。他们眼巴巴地望着俄底修斯，仿佛希望他再爬上悬崖，驮回一头肥美的死鹿。可是俄底修斯不但没有外出，反而把众人召集到一起，告诉他们，指望他每天出去杀一头牡鹿给他们当饭吃那是不现实的，要想填饱肚子，得想想别的法子。

"听着，"他说，"我昨天爬上悬崖，发现这座岛上有人居住。岛中央有一座大理石宫殿，离海岸挺远，不过看上去非常宏伟，昨天我还看到烟囱里冒着青烟。"

"啊哈！"有人咂着嘴唇，嘀嘀咕咕地说，"肯定是从厨房冒出来的炊烟。昨天那地方肯定在吃大餐呢，不用说，今天肯定也会有大餐吃。"

聪明的俄底修斯说："可是，我的好朋友们，你们一定还记得我们在那个库克勒普斯族的独眼巨人波吕斐摩斯[1]的山洞里的不幸遭遇！他不但没有给我们羊奶，反而把我们两个同伴当晚餐，第二天早餐吃掉两个，晚餐又吃掉两个，你们忘了吗？我想我现在还能看到那个凶神恶煞瞪着前额中央那只血红的眼睛，从我们

1.波吕斐摩斯：古希腊神话中吃人的独眼巨人，海神波塞冬和海仙女托俄萨之子。在荷马史诗《奥德赛》中，经历过特洛伊十年鏖战的英雄俄底修斯于回家途中登陆独眼巨人聚居的西西里岛。他为了寻找补给，带着十二个希腊人来到一个巨大的洞穴，那里正是波吕斐摩斯的巢穴。

中间挑选最肥的人。还有，几天前，我们落入莱斯特律戈涅斯王和他那些可怕的臣民手里，被吃掉的同伴比现在剩下的还多，你们都忘了吗？实话告诉你们吧，如果到那边的宫殿去，我们毫无疑问会出现在饭桌上，但是，作为客人入席，还是作为人家的食物入菜，这点必须考虑清楚。"

"随便都行。"几个饿得最厉害的水手说，"总比饿死强，再说了，上桌之前肯定会被养肥，还会精心烹制。"

"这就是个人嗜好问题了。"俄底修斯王说，"就我而言，不管是被人精心养肥还是精心烹制，都不能让我心甘情愿地被人吃掉。因此，我提议：我们分成人数相等的两队，抓阄决定哪一队人到宫殿去讨饭求援。能得到援助最好了，如果不能，如果岛民是像波吕斐摩斯或莱斯特律戈涅斯那样的妖怪，我们也只有一半人送命，剩下的人可以扬帆逃走。"

没有人对这一计划提出异议，俄底修斯便清点了人数，发现连他本人在内一共有四十六人。于是，他点出二十二个，交给欧律罗科斯（Eurylochus）率领（他是俄底修斯手下的主要统帅之一，聪敏程度仅次于俄底修斯），剩下那二十二人由俄底修斯本人率领。接着，俄底修斯取下头盔，往里面放了两枚贝壳，一枚上面写着"去"，另一枚上面写着"留"。然后由另外一个人托着头盔，他和欧律罗科斯分别从里面拿出一枚，欧律罗科斯抽到了写着"去"的贝壳。就这样定下来俄底修斯率领那二十二人留在海边，另外那支队伍前去神秘的宫殿探看虚实。欧律罗科斯无可奈何地率队出发了，队伍士气十分低沉，大家个个情绪低落，留下的同伴也同样惆怅。

他们爬上悬崖，一眼就看到了那座宫殿高耸的大理石塔顶，周围树木掩映，枝叶青葱，雪白的高塔从周围的树冠中突围而出。宫殿后面的烟囱里冒出袅袅青烟。那股青烟冉冉升起，微风轻拂，将它吹向海边。缭绕的青烟飘到了饥肠辘辘的水手上空。饥饿的时候，人们的嗅觉对风中飘来的食物香味儿总是很灵敏。

"是厨房的炊烟！"有个人高高仰起脸，使劲儿吸着鼻子，"我闻到了烤肉味儿，绝对错不了，就像我这个流浪汉饿得半死一样，都是千真万确的事儿。"

"猪，烤猪！"另一个说，"美味的小乳猪！我口水都要流下来了啦。"

"咱们快走！"其他人也纷纷叫起来，"不然就赶不上这顿大餐了！"

可是，他们刚从悬崖边走出五六步，一只小鸟就迎面飞来。还是那只美丽的小鸟，紫色的身体和翅膀、黄色的双腿、金色的颈羽，头顶上长着一撮金色的羽毛，它的行为曾让俄底修斯大为吃惊。小鸟在欧律罗科斯上方盘旋，翅膀差点儿擦到他的脸。

"啾啾，啾啾，啾——呜——啾！"小鸟叫着。

那声音听上去那么哀怨，仿佛那只小精灵的心里藏着极大的秘密却说不出来，只能用这种可怜的音调来表达。

"我美丽的小鸟啊！"欧律罗科斯说，他是个谨慎的人，不会放过任何凶兆，"我美丽的小鸟，是谁派你来的？你带来了什么消息？"

"啾啾，啾啾，啾——呜——啾！"小鸟凄婉地回答道。

然后，它飞上悬崖顶，回头看着他们，似乎很焦急地劝他们从哪儿来赶紧回哪儿去。欧律罗科斯和几个水手想折返，他们怀疑那只紫色的小鸟肯定觉察到他们在宫殿里会遇到什么凶险的事，动了恻隐之心，向他们示警。可是，其他的水手抬头闻着宫殿炊烟的香味儿，对回船的提议嗤之以鼻。其中有一个（比他的同伴更残酷，是他们当中最臭名昭著的贪吃鬼）竟然说出了如此冷酷、恶毒的话，我真不知道有这种想法的人为什么没有变成一头野兽，他骨子里明明已经是头野兽了。

他说："这个讨厌的小东西应该拿去做成宴席的开胃菜。不过只够塞牙缝罢了，一口就吞下去了。要是让我逮住它，我就把它拿给宫里的厨子，用串肉钎串住烤。"

他话音未落，那只紫色的小鸟就"啾啾，啾啾，啾——呜——啾"地叫着飞走了，叫声比刚才更凄婉了。

欧律罗科斯说："那只小鸟更清楚宫殿里等待我们的是什么。"

"走吧！"他的同伴纷纷叫起来，"我们很快就跟它一样清楚了。"

于是，一行人穿过青翠宜人的树林向前走去。越往前走，那座大理石宫殿就看得越清楚，而且显得越发富丽堂皇了。他们很快就走上一条宽阔的大路，大路好像经常打扫，非常整洁，它弯弯曲曲地向前延伸，一道道阳光洒在路上。高耸入云的大树投下的浓荫中，斑斑驳驳的光影在路上闪动。路边长满了馥郁芬芳的奇花异草，水手们从来没见过这么艳丽的鲜花。花丛如此鲜妍明媚，如果是野生的，本地土生土长，那这座岛就是地球上的天然花园；如果是从别的地方移植过来的，那一定来自金色夕阳那边的幸福群岛。

　　"辛辛苦苦浪费力气种花养草真是够傻的。"有人说道。我把他说的那些话告诉你们，无非是想让你们记住，这些人是怎样只顾贪图口腹之欲的饕餮之徒。"如果我是宫殿的主人，我就叫园丁什么都不要种，只种香草，烤猪肉或者炖肉的时候就可以用来当佐料了。"

　　"说得好！"其他人说，"不过我敢保证，宫殿后面肯定有座菜园。"

　　他们来到一眼清泉跟前，便停下脚步喝了几口泉水。要是有酒喝就更好了。他们向水中望去，看到自己的面孔影影绰绰地倒映在水中，却又被喷涌流动的泉水夸张地扭曲了，仿佛每个人都在嘲笑自己，也在嘲笑所有的同伴。的确，水里的倒影实在太滑稽了，他们不由得捧腹大笑起来，笑得前仰后合，收敛不住。喝完水，他们比刚才更高兴了。

"这泉水喝着有股酒味儿。"其中一个人咂着嘴巴说。

"赶紧！"同伴们叫道，"宫殿里有真正的美酒，那可胜过一百眼清泉呢。"

于是，他们加快步子朝前走去。一想到可以大吃一顿，他们就高兴得直跳起来。可是欧律罗科斯告诉他们，他感觉像在梦游似的。

"如果我不是在做梦，"他接着说，"那依我看，我们即将遇到非常离奇而危险的事，比在波吕斐摩斯的山洞里还凶险，比置身于食人族莱斯特律戈涅斯巨人中间还可怕，比待在铜墙海岛上的埃俄罗斯王[1]的风宫里还离奇。每次遇到怪事，我就会产生这种梦游般的感觉。我建议我们现在就折返。"

"不，不！"他的同伴们纷纷回答。他们吸着鼻子，使劲闻着从宫殿御膳房飘出来的香味儿，现在香味儿已经很浓了，"我们不想折返，就算我们知道大山一样的莱斯特律戈涅斯王坐在餐桌这头，独眼巨人波吕斐摩斯坐在餐桌那头，我们也不回去。"

他们终于看到整座宫殿的全貌了。宫殿雄伟高大，房顶上有

---

1. 埃俄罗斯王：赫楞与宁芙仙女俄耳塞斯之子，埃俄利亚（后被称作色萨利）的统治者，古希腊联邦中埃俄利亚族的祖先，通常被描述为令人敬畏的风神。俄底修斯归国途中到过埃俄罗斯居住的岛屿。这个岛屿整个浮在海面上，四周环绕着坚不可摧的铜墙，埃俄罗斯天天设宴款待俄底修斯，终日听俄底修斯讲述英雄们在特洛伊城下建立功绩的故事，并在俄底修斯临行前送给他几个风袋。

很多很多通风的小尖塔。尽管正值中午时分，太阳明亮地照耀着它的大理石宫墙，那雪白的颜色、奇特的建筑风格却让它看上去有点儿虚无缥缈，像窗玻璃上的霜花，像人们在月光照耀的云彩中看到的城堡。正在这时，一阵风把从厨房烟囱里冒出来的炊烟向他们吹来，每个人仿佛都闻到了自己最喜欢的那道菜的香味儿。一闻到这股香味儿，他们就觉得，除了这座宫殿，除了里面摆好的盛筵，别的一切都像月光，都是虚幻的。

于是，水手们加快步伐，穿过宽阔的草坪朝宫门走去。可是，还不等他们走到一半，一群狮子、老虎和狼就跳出来迎接他们。他们吓得魂飞魄散，以为自己会被撕成碎片吞下肚去。让他们惊喜交加的是，那些野兽只管围着他们蹦蹦跳跳，摇着尾巴向他们讨好，还伸出脑袋让他们抚摸，就像许多训练有素的家犬，表达着见到主人或主人朋友的喜悦。那只最大的狮子跑来舔欧律罗科斯的脚，那些狼和老虎也纷纷从二十二名随从中挑出一个来，百般爱抚示好，好像爱他们胜过爱牛骨头。

但是，尽管如此，欧律罗科斯却感觉自己在这些野兽的眼里看到了某种凶狠野蛮的东西，如果那头巨大的狮子突然对他亮出利爪，或者每头老虎都突然跳起来把人扑倒，或者每头狼都突然扑向它所爱抚的那个人的喉管，他也不会觉得意外。它们的温顺看上去很虚假，只是装出来骗人的，而它们的野性就像它们的利齿和利爪一样，都是真实存在的。

不管怎么样，尽管群兽在他们周围又蹦又跳，却没有做出任何其他的举动。他们安全地穿过草坪，爬上宫殿的台阶。其实，就在他们爬上台阶的时候，你们或许会听到一声低沉的号叫声，尤其是群狼，仿佛认为没有尝到这些外乡人的滋味，就这么白白放他们过去，真是太可惜了。

欧律罗科斯带着随从走到高耸的门廊下，从敞开的门口向宫殿里面张望。最先映入眼帘的是一间十分宽敞的大厅，大厅正中央有一座喷泉，喷泉从一个大理石水盆向天花板上喷着水，水喷上去又落下来，水花四溅，永不停歇。喷泉喷出的水花不断变幻着形状，虽然不是特别清晰，倒也依稀可辨，思维敏捷、想象力丰富的人完全可以辨认出水花的形状：一会儿是身着长袍的男人，水花形成的袍子像羊毛一样洁白；一会儿又变成了一头狮子，或一只老虎，或一头狼，或一头驴，或者一头在大理石水盆里打滚的猪，仿佛水盆就是它的猪圈似的，这些形象在喷泉里交替呈现。能让喷出的水花呈现出各种形态，这喷泉若不是有魔法，就是一种神奇的机器。可是，这些外乡人还来不及细瞧这幅奇景，就被一个甜美动听的歌声吸引了。有个女人在宫殿的另一个房间里唱着旋律优美的歌曲，歌声夹杂着织机的声音。或许她正坐在织机旁织一匹华丽的布料，把歌声里高高低低的韵律都织进了和谐华美的织物里。

没过多久，歌唱完了。突然，传来几个女人轻松愉快的说话声，不时还进发出一阵笑声。三四个年轻女郎坐在一起干活的时候，你们多半都会听到这种谈笑声。

"多美妙的歌声啊！"其中一个水手说。

"的确，有点儿太美妙了。"欧律罗科斯摇摇头说，"不过还是比不上塞壬[1]的歌声美妙，那些人首鸟身的妖怪想诱使我们撞在礁石上，让我们船毁人亡，把我们的白骨留在海滩上。"

"可是，听听那些姑娘悦耳的声音，听听梭子来回穿梭时织机发出的嗡嗡声，"另一个水手说，"多么温馨啊！就像回到了家里一样。在跑来围攻特洛伊之前，我经常在自己家中听到这嗡嗡的织机声和女人的谈笑声。难道我再也听不到它们了吗？难道我再也尝不到最亲爱的妻子给我做的香喷喷的饭菜了吗？"

"啐！我们在这儿会吃得更好的。"另一个说，"听，这些正在聊天的姑娘们多单纯啊！她们根本想不到咱们在偷听呢。注意那个最悦耳的声音，那么和善、亲切，却又很有威严，似乎是她们中间的女主人。咱们马上就去见她们。一个住在宫殿里的娇小姐和她的侍女怎么伤害得了我们这样的水手和武士？"

欧律罗科斯说："别忘了，当初就是一位年轻的姑娘把我们三个朋友诱进了莱斯特律戈涅斯王的宫殿里，眨眼工夫就被莱斯特律戈涅斯王给吃了。"

---

1. 塞壬：古希腊神话中的海妖。她们以甜美的歌声引诱过往的水手，使他们倾听失神、丧失心智、迷失方向，不知不觉中将船驶向暗礁密布的海岸，触礁沉没，而水手溺水身亡。

然而，警告和劝说对他的同伴都无济于事了，他们丝毫不为所动。他们向大厅那头的两扇折门走去，然后一把把门推开，走进了隔壁的房间。欧律罗科斯没有跟过去，而是躲在一根大柱子后面。就在折门打开又关闭的这一瞬间，他看到一个美丽绝伦的女人从织机旁边站起来，热情地走上前去迎接那些饱经沧桑的漂泊者，笑容可掬地向他们伸出手表示欢迎。还有四个年轻的女郎，手拉着手翩翩走上前来向客人致敬。她们的美貌仅次于那位小姐，看样子是她的侍女。然而，欧律罗科斯仿佛看到其中一个长着海绿色的头发，另一个穿着橡树皮一样的紧身胸衣，另外两个侍女的样子也有点儿古怪，不过他在那短短一瞬间里没顾上细看。

折门很快就弹了回来，留下欧律罗科斯一个人站在门厅的柱子后面。他在外面等啊等，等了好久。他侧耳倾听宫殿里传出的各种声音，可是什么都听不明白，无法揣测他的朋友们究竟怎么样了。的确，宫殿的其他地方传来了来来往往的脚步声，还有金银餐具相撞的叮当声，于是觉得华丽的宴会厅肯定正在大宴宾客。可是后来他又听到了巨大的呼噜声和号叫声。接着是一阵奔跑声，仿佛小小的硬蹄子踩在大理石地板上跑来跑去，中间伴随着女主人和四个侍女的尖叫声，仿佛在愤怒地呵斥什么。欧律罗科斯实在想不出来究竟发生了什么事，除非是一群猪闻到盛筵的香味儿，闯进了宫殿。他的目光碰巧落在喷泉上，发现水花不再改变形状，不再交替呈现出穿长袍的人、狮子、老虎、狼或者驴的形态，只有一头猪在大理石水盆里打着滚，搞得盆里水花四溅。

不过，我们先不说谨慎的欧律罗科斯在外面的接待厅如何等待，且跟着他的朋友们走进宫殿去看个究竟。我刚才已经告诉你们了，那个美丽的女人一看到他们，就从织机旁站起身来，笑盈盈地向他们伸出手。她握着走在最前面的那个来客的手，对他们的到来表示热情的欢迎。

"你们终于来了，我的好朋友们。"她说，"我和我的侍女们对你很熟悉，只不过你们好像不认识我们罢了。瞧瞧这块织锦，看看我们是不是对你们的面孔很熟悉了。"

水手们仔细去看那个美丽的女人刚才在织机上织的锦缎，结果十分惊诧地看到自己的样子用各种彩色丝线惟妙惟肖地呈现在锦缎上。他们最近的经历全都被活灵活现地织了出来：这边一幅图案是他们怎样在波吕斐摩斯的洞穴里挖掉他一只月亮似的巨眼；那边一幅是他们解开皮袋后被逆风吹得七零八落的样子；更远处的图案是他们从莱斯特律戈涅斯巨人国王手里仓皇逃走的情形，那个巨人手里还抓着他们一个同伴的腿；最后一幅图案描绘了他们坐在这座小岛荒僻的海滩上，饥肠辘辘，愁眉不展，懊恼地望着自己昨天吃掉牡鹿后只剩骸骨的情景。织锦上只织了这么多，不过，等那个美丽的女人重新在织机旁坐下的时候，她多半还要接着往下织，把这些外乡人的遭遇和即将发生的事情织在上面。

"瞧，"她说，"我非常了解诸位所经历的艰难困苦。只要你们跟我待在一起，我就要让你们感到快乐，这点你们不用担心。为了让诸位开心，我尊贵的客人们，我已经下令备办盛筵。鸡、鸭、鹅、鱼、肉，应有尽有，烤的、炖的、熏的，鲜美可口，我相信肯定合诸位的胃口。宴席已经备好，随时可以开始。如果大家觉得该吃饭了，就跟我去宴会厅吧。"

受到这种盛情邀请，饥肠辘辘的水手们大喜过望。其中有一个自认为是大家的代言人，便向好客的女主人保证：对他们来说，一天到晚都是吃饭的时候。只要锅里有肉，锅下有火就好。于是，美丽的女人前面带路，身后跟着四个侍女，一个长着海绿色的头发，另一个穿着橡树皮的紧身胸衣，第三个手指尖儿喷着水珠，第四个我已经记不得有什么奇怪之处了，不断地催促客人快走。最后众人来到一间华丽的宴会厅。这间大厅呈完美的椭圆形，光线从水晶穹顶照射下来。周围摆着二十二张宝座，每张宝座上都悬着深红、金黄相间的华盖，下面铺着最柔软的坐垫，坐垫还有金线流苏镶边。每个来客都应邀坐定，二十二名饱经风霜的水手衣衫褴褛地坐在二十二张带着华盖的宝座上，宝座是如此富丽堂皇，就算是最自负的君王在最宏伟的大厅里的王座也不过如此了。

你们多半能看到那些客人在宝座上频频点头，挤眉弄眼，交头接耳，表示他们非常满意。

"我们好心的女主人把我们全都当成国王伺候呢。"一个说，

"哈！你闻到香味儿了吗？我猜就算把这场宴席用来招待二十二位国王都很般配呢。"

另一个说："我希望宴席上主要是带骨猪腿肉、里脊肉、猪排和猪后戈，不要那些华而不实的精致小碟。要是这位好心的小姐不见怪，我一上来就要先来一片肥肥的煎培根。"

唉，这些饕餮之徒！你们瞧，他们就是这副嘴脸。就算坐在帝王的宝座上，他们也只想着满足口腹之欲，他们这些品性跟猪狼之辈没什么两样；的确，就算让他们当国王，他们也没有一点儿国王的样子，倒像是最卑劣的畜生。

那个美丽的女人拍了拍手，立即走进来二十二名仆人，每个人都端着最精美的食物。食物刚刚出锅，热气腾腾，热气浮在宴会厅的水晶穹顶下，像一团团白云。接着，又来了二十二名侍者，每个人都捧着各式各样的大酒瓶，有的美酒往外倒的时候闪闪发光，随后泛着泡沫钻进嗓子眼里；最值得一提的是，一种紫色的葡萄酒清澈透明，你们可以看到杯底那得意忘形的人的人影。仆役们给二十二名客人斟酒上菜的时候，女主人和四名侍女就在宝座中间周旋，一会儿走到这个人身边他要吃饱，一会儿走到那个人跟前让他多喝几杯，说他们这么多天都没有吃饱喝足过，这次宴席一定要好好犒劳犒劳自己。不过，每当水手们的视线离开她们的时候（水手们的视线经常离开她们，主要盯着盆盏碗碟），那个美丽的女人和四个侍女就会把头扭到一边得意地大笑。就连那些仆从跪着上菜的时候也在咧着嘴嗤笑，而那些客人只顾着尽情享用端上来的珍馐美馔。

偶尔有一次，那些来客似乎尝到了某种他们不怎么喜欢的东西。

"这道菜有股怪味儿。"其中一个说，"不太合我的口味，不过我还是把它吞下去了。"

"用一杯美酒送下你的嗓子眼。"邻座的同伴说，"酒这东西能让饭菜味道更好。不过老实说，我觉得这酒也有股怪味儿。可是喝得越多，我就越喜欢这股味儿。"

不管他们对饭菜有什么稍感不满的地方，都坐下吃了大半天。你们要是看见他们那副狼吞虎咽的样子，肯定会替他们觉得丢人。他们的确坐在黄金宝座上，但是行为举止却像猪圈里的猪猡；如果他们多少还有点儿头脑，肯定会猜到那位美丽的女主人和她的侍女有多鄙视他们。合计一下那二十二个饕餮之徒吃掉的肉山酒海的数量，我也为他们感到脸红。他们把自己的家、把自己的老婆孩子、把俄底修斯、把其他的一切都抛到了九霄云外，眼里只剩下这桌宴席，希望能永远享用下去。最后，他们终于酒足饭饱，一点儿都吃不下去了。

"最后一块肥肉吃得我有点儿恶心了。"其中一个说。

"我撑得一口都吃不下去了。"他的邻座长叹一声说，"唉，多可惜啊！我的胃口还是和往常一样好呢。"

总而言之，所有人都停止了吃喝，背靠在宝座上，一副又愚蠢又无奈的样子，看上去十分可笑。女主人见状，放声大笑起来，四个侍女也哈哈大笑起来，二十二个上菜的仆人也哈哈大笑起来，二十二个斟酒的仆役也哈哈大笑起来。他们笑得越开怀，那二十二个酒囊饭袋就越显得愚蠢、无奈。然后，那个美丽的女人走到大厅中央站定，伸出一根细长的小棒（她一直把小棒抓在手里的，只不过到此刻他们才注意到），轮流指向每个人，把所有人都指了个遍。别看她脸蛋那么漂亮，别看她脸上带着笑意，此刻看上去就像最丑恶的巨蛇一样恶毒；那些水手尽管愚钝，这会儿也开始疑心自己落入了一个蛇蝎女巫的魔掌。

"可怜虫们！"她喊道，"你们辜负了一位小姐的盛情，在这个高贵的宴会厅里，你们干出了在猪圈里干的勾当。你们早就成了地道的猪猡，根本不配长成人类的模样。跟你们同为人类，让我觉得十分可耻，简直一会儿都无法忍受。不过，要让你们表里如一，呈现出自己的猪猡本性，只消略施一点儿小魔法就行。饕餮之徒们，现出你们应当呈现的原形，到猪圈里去吧！"

话音未落，她一边挥舞手中的魔棒，一边傲慢地跺了跺脚。这时，来客们发现自己的同伴不再是人，而是变成了二十一头猪，坐在黄金宝座上，顿时个个吓得魂飞魄散。每个人（他们还以为自己是人呢）都想发出一声惊叫，却发现自己只能像猪似的号叫，也就是说，他自己也变成了和同伴一模一样的动物。看见猪猡坐在铺着软垫的黄金宝座上真是太荒唐了，于是，他们急忙从椅子上滚下来，像别的猪猡一样，四脚着地，站在地板上。他们本来想呻吟着求饶，可是猪猡的嗓子只能发出咕噜声和号叫声。他们本来要绝望地绞起手来，却发现只能用两条后腿蹲着，两只前蹄在空中乱抓一气。天哪！他们两只耳朵耷拉着，一对红眼睛半陷在肥肉里！还有，他们希腊式的鼻子也变成了长长的猪嘴！

不过，尽管他们已经变成了畜生，体内却遗留着一定的人性，足以对自己的丑陋感到震惊。所以，他们仍然想呻吟，结果发出的咕噜声和号叫声比之前更加可怕。你们听了他们杀猪般的号叫声，会以为是屠夫正在拿着刀子捅他们的嗓子眼呢。至少也是有人在拽他们那滑稽的小尾巴呢。

"快滚到你们的猪圈去！"女巫说着，对他们挥了几下魔棒，然后转身对仆役们说："把这些猪赶出去，丢几个橡实给他们吃。"

宴会厅的大门打开了，这群猪由于猪性的倔强使然，四处乱跑，就是不肯往正道上走。不过他们最终还是给赶到宫殿的后院里去了。这种景象真是催人泪下（我希望你们中间不会有人狠心发笑），因为这些可怜的家伙一路上到处嗅来嗅去，在这里捡一片白菜叶，在那里叼一块萝卜头，还把鼻子拱进土里找东西吃。进了猪圈后，他们表现得比真正的猪猡还恶劣：你咬我，我咬你，哼哼个不停，把脚伸进槽里，急不可耐地抢食吃。把猪食全都吃完后，他们便钻进一大堆肮脏的稻草里，呼呼大睡起来。就算他们还有一丝残存的人性，最多也只够想一想自己什么时候挨宰，宰杀后做成的熏肉质量如何。

刚才我跟你们说过，这期间欧律罗科斯一直在宫殿的门厅里等着，他等啊等，等啊等，怎么也猜不出自己的朋友究竟下落如何。最后，他听见猪猡的咆哮声响彻宫殿，看到大理石盆里的水花也呈现出猪的形态，觉得最好还是赶紧回到船上去，把这些古怪的事情汇报给英明的俄底修斯王。于是，他拔腿就跑，冲下台阶，一口气跑到了海边。

"你怎么一个人回来了？"俄底修斯王一看见他就问道，"你那二十二个同伴呢？"

听他这么一问，欧律罗科斯放声痛哭起来。

"唉！"他哭道，"恐怕我们再也见不到他们的面了。"

他把自己所了解的情况一五一十地告诉了俄底修斯，还说，他怀疑那个美丽的女人是个邪恶的女巫，而那座大理石宫殿别看那么壮观，实则是一个阴森森的大洞穴。他实在想不出来同伴们究竟怎么样了，可能是被那群猪活活给吃了。听到这里，所有的水手都惊恐万分。可是俄底修斯却立即佩上宝剑，挎上弓箭，右手拿起长矛。随从们看到他们英明的领袖在做战前准备，赶紧问他要往哪儿去，情真意切地恳求他不要离开他们。

"你是我们的王，"他们哭着说，"更重要的是，你是全世界最聪明的人，只有你的智慧和勇气能让我们脱险。如果你丢下我们到魔宫去，你就会落得和那些可怜的同伴同样的下场，我们就再也看不到亲爱的伊塔刻了。"

"正因为我是你们的王，"俄底修斯说，"正因为我比你们都聪明，我才必须去看看我们的同伴究竟出了什么事，看看还有没有办法搭救他们，这是我义不容辞的责任。在这里等着我，如果我明天没有回来，你们就扬帆起航，想方设法回到我们的祖国。至于我，我要为那些可怜的水手负责，他们曾经和我一起并肩作战，曾经和我一起历经狂风暴雨、惊涛骇浪。我誓死也要把他们救回来。"

随从们虽然不敢强迫他留下，但却拦着他不让他走。俄底修斯王严厉地皱起眉头瞪了他们一眼，摇了摇长矛，叫他们让开，否则就不客气了。看到他如此坚决，他们只好放他走。俄底修斯离去后，水手们坐在沙滩上，情绪低落地等着他归来，祈祷他还能归来。

俄底修斯刚从悬崖边向前走了几步，那只紫色的鸟就像上次那样向他飞来，一边叫着："啾啾，啾啾，啾——呜——啾！"一边使出浑身解数劝他不要再往前走。

"小鸟，你这是什么意思呢？"俄底修斯嚷道，"你长得像一位身穿紫袍、头戴金冠的国王。是不是因为我也是位国王，所以你特别想跟我说说话？如果你能说话，就告诉我你想让我做些什么吧。"

"啾啾！"紫色的小鸟非常伤心地回答，"啾啾，啾啾，啾——呜——啾！"

小鸟的心头肯定藏着沉重的痛苦，可惜它有苦说不出，否则也能获得少许慰藉。俄底修斯没有时间去猜这个谜，于是他加快步伐，沿着青翠宜人的林荫大道往前走去。突然，一个聪明伶俐、奇装异服的年轻人出现在他面前。那人披着短斗篷，头上的帽子似乎长着一对翅膀，看他步履轻快的样子，你们会觉得他的两只脚也长着翅膀。为了走得更快更轻巧（他总是在路上奔波），他还拿着一根长着翅膀的手杖，上面还缠着两条蛇。我说了这么多，你们肯定猜到此人就是水银了。俄底修斯早就认识水银，而且从水银那里学到过不少学问，所以一眼就认出他了。

"你匆匆忙忙地上哪儿去啊，聪明的俄底修斯？"水银问，"你不知道这座岛是个魔岛吗？坏女巫（她叫喀耳刻，是埃厄忒斯王的妹妹）就住在那边树林里的大理石宫殿里。她可以用魔法把所有人都变成飞禽走兽，至于变成什么，就要看那个人本性像什么了。"

"我在悬崖边看到的那只小鸟，"俄底修斯惊叫起来，"难道曾经是个人？"

"对了，"水银回答说，"他叫庇科斯，曾经是个国王，而且还是个挺不错的国王，就是有点儿爱显摆自己的紫袍、金冠和金项链，所以就被变成了羽毛艳丽的小鸟。待会儿会在宫殿门口迎上前的那些狮子、狼和老虎原本都是些凶狠残忍的人类，所以变成现在这样的野兽，还挺符合他们的性情。"

"那我那些可怜的同伴呢？"俄底修斯问道，"他们也被那个坏女巫的魔法变成飞禽走兽了吗？"

"你也知道他们有多贪吃。"水银回答说。他是个淘气的家伙，忍不住要开玩笑，"所以就算听说他们全都变成了蠢猪，也不该觉得意外嘛。要是那个喀耳刻没做过其他伤天害理的事儿，我倒不认为她有多大的罪孽。"

"可是，我还能不能救得了他们？"俄底修斯问。

"这就需要你发挥所有的聪明才智喽。"水银说，"而且还得我伸把手，免得她把你这个精明的国王变成一只狐狸。不过，只要你照我说的做，兴许能化险为夷呢。"

水银一边说着，一边好像在寻找什么东西。他猫着腰往前走，不一会儿，伸手揪住一株开着白花的小植物。他把那朵花采下来闻了闻。俄底修斯方才正好注视着那里，他觉得水银的手指一碰到那棵植物，雪白的花朵就绽放开了。

"拿卜这朵花，俄底修斯。"水银说，"你要像爱护眼睛一样爱护它。我向你保证，它极其珍贵罕见，你就算走遍全世界也找不到第二朵了。把它拿在手里，走进宫殿后，跟女巫说话的时候经常闻一闻，尤其是她给你吃东西或者让你用她的金杯喝酒的时候，鼻孔里一定要充满这朵花的芳香。只要你照办，兴许就会让她的魔法失灵，她就不能把你变成一只狐狸了。"

接着，水银又叮嘱他如何行事，让他务必胆大心细，而且再次鼓励他说，尽管喀耳刻法术不凡，但是他安全离开魔宫的可能性还是很大。俄底修斯认真地听完水银的嘱咐，然后谢过好友，继续向前走去。刚走了几步，就想到还有几个问题想请教水银，可是回头一望，水银不见了，刚才那个地方连个人影儿都没了。他那顶长着翅膀的帽子、那双长着翅膀的鞋子，再加上长着翅膀的手杖已经带他走远了。

俄底修斯来到宫殿前的草地上，那些狮子和其他猛兽跳起来迎接他。它们本来要对他摇摇尾巴，舔舔他的脚，可是聪明的国王用长矛赶走了它们，厉声叫它们滚开，因为他知道这些猛兽曾经是嗜血成性的坏人。要是它们能随心所欲地作恶的话，早就把他撕成碎片了，而不是对他摇头摆尾。野兽们惨叫着，恶狠狠地瞪着他。他爬上宫殿门前的台阶时，它们就站在远处望着。

走进大厅，俄底修斯一眼就看见了正中央的魔法喷泉，此时它喷出的水柱又像那个穿着雪白长袍的人了，他仿佛摆出了欢迎的架势。国王也同样听到了织机穿梭的嗡嗡声、一个美丽女人的甜美歌声，随后是她和四个侍女悦耳的说话声，中间还夹杂着一阵阵愉快的笑声。不过，俄底修斯并没有浪费时间去听歌声和谈笑声，而是把长矛靠在门厅的柱子上，解开剑鞘里的宝剑，头也不回地走过去把折门推开。那个美丽的女人一看见门口那个伟岸的身影，便从织机旁站起身来，笑盈盈地跑上前，伸出双手迎接他，笑容十分明媚。

"欢迎，勇敢的来客！"她大声说，"我们正盼着你呢。"

那个长着海绿色头发的妖女也行了个屈膝礼表示欢迎，接着，身穿橡树皮紧身胸衣的妖女和手指尖喷水珠的妖女，以及那个我记不得有什么特殊之处的妖女，也都上前来行礼。接着，那个美丽的女妖喀耳刻走上前（她觉得自己骗过了那么多人，不可能迷惑不了俄底修斯，却没想到他有多聪明），对他说了一番话。

她说："你的同伴们已经被迎进了我的宫殿，享受着和他们的行为举止完全相符的热情接待。要是你乐意，就先吃点儿东西，然后到他们雅致的寓所去找他们。瞧，我和侍女们把他们的像织进了这块锦缎呢。"

她指了指织机上那匹精美的织品。自从那些水手来了以后，喀耳刻和四个妖女一定织得很卖力，因为除了我之前说过的部分，她们又织了好长一段。在新织成的锦缎上，俄底修斯看见他的二十二个朋友坐在上有华盖、下有坐垫的宝座上，对着珍馐美酒狼吞虎咽。这幅作品就织到这里为止，没有接着往下织。嘿，的确。女妖那么狡猾，不可能让俄底修斯看到她如何用自己的魔法对付那些饕餮之徒。

"至于你，勇敢的先生，"喀耳刻说，"从你的派头来看，我认为你绝对是一位国王。请屈驾跟我来，你会得到应有的礼遇。"

于是，俄底修斯跟着她走进椭圆形的宴会厅。他的二十二个同伴曾经在这里的盛筵上狂吃滥饮，最后落得十分悲惨的下场。不过，俄底修斯始终把那朵雪白的花儿拿在手里，喀耳刻说话的时候，他不断地嗅着花儿。迈过宴会厅的门槛时，他对着那朵花儿深深地吸了吸它的香气。现在宴会厅里不再是二十二把宝座摆在周围，而是正中央放着一张宝座。不过，这张宝座比任何君主帝王坐过的都要富丽堂皇：整个宝座用雕花的黄金铸成，嵌着宝石，坐垫柔软得像新鲜玫瑰花瓣堆成的，上面悬着的华盖散发着阳光般的温暖和明媚，喀耳刻懂得怎么把阳光织进帷幔。女妖牵着俄底修斯的手，让他在那张光彩夺目的宝座上坐下，然后击了一下掌，召唤她的管家。

"去把专门供国王饮酒的御用酒杯拿来！"她说，"斟满我哥哥埃厄忒斯王最赞赏的那种美酒。他上次带着漂亮的女儿美狄亚来看我的时候，对那美酒赞不绝口呢。那个乖巧听话的好孩子要是在这里，看到我用那种美酒招待我的贵客，肯定非常高兴。"

趁管家去拿酒的时候，俄底修斯把那朵雪白的花儿凑到鼻子跟前嗅了嗅。

"那酒能益寿延年吗？"他问。

一听这话，四个侍女扑哧一声笑了，女妖严肃地扫了她们一眼。

"那可是最益寿延年的葡萄酒。"她说，"它和别的酒不一样，别的酒会掩饰一个人的性情，而这种酒会显露一个人的性情，让他看到自己的真实面目。"

男管家最喜欢看女妖把人变成猪或者其他野兽的情景，于是，他赶忙去取来那只御用酒杯，并斟满了金子般亮闪闪的美酒。酒不断地冒着泡，像阳光一样灿烂的飞沫溢到了杯沿上。别看那酒看上去漂亮，其实里面混合了喀耳刻所精通的法力最强的魔法。

每一滴纯葡萄酒配两滴纯毒液，而毒液让这酒喝上去味道更好，所以就更加危险。光是杯沿上冒着飞沫泡泡的香味儿就足以把一个人的胡子变成猪的鬃毛，把一个人的手指变成狮子的利爪，或者让人从背后长出尾巴来。

"喝吧，我高贵的客人！"喀耳刻说着，笑容可掬地把酒杯递给俄底修斯，"一杯下去，万愁俱消。"

俄底修斯王右手接过酒杯，左手把雪白的花儿凑到鼻孔上，深深吸了一口气，让自己的肺部充满清澈的香气。然后，他端起酒杯，一干而尽，而后不动声色地看着那个女妖。

"可怜虫！"喀耳刻大叫一声，同时把魔棒对俄底修斯巧妙地一挥，"你竟敢不现出原形？快变成和你本性最相符的兽类！如果是猪猡，就到猪圈去跟你的猪同伴相会；如果是狮子、狼或老虎，就到草坪去和那些野兽号叫；如果是狐狸，就去耍你偷鸡的花招。既然喝干了我的酒，就不能再做人了！"

可是，那朵白花的效力非常大，俄底修斯不但没有变成猪从宝座上滚下来，也没有变成其他什么动物，反而比以前更正义凛然，更有国王的气概。他把魔杯往地下一掷，杯子当啷一声掉在大理石地板上，滚到了大厅那头。然后，他拔出剑来，一把抓住女妖美丽的鬈发，似乎要一刀砍掉她的脑袋。

"恶毒的喀耳刻！"他厉声喝道，"我让你的魔法结束在这把剑下。今天就是你的死期，你这卑鄙无耻的坏蛋，你诱惑人们犯罪，把他们变成野兽，从而犯下种种罪孽，从今往后你再也不能逞凶作恶了。"

俄底修斯的语气和神色十分可怕，他的宝剑寒光四射，看上去削铁如泥，还不等他的剑落下去，喀耳刻已经吓得差点儿一命呜呼。那个管家捡起地上的酒杯，连滚带爬地逃出了大厅。女妖和四个侍女全都跪倒在地，绞着手高喊饶命。

"饶了我吧！"喀耳刻哭着说，"饶了我吧，尊贵、英明的俄底修斯。我现在才知道，您就是水银向我预警过的那个人，是世界上最谨慎的人，任何魔法都打不败您。只有您才能征服喀耳刻。饶了我吧，最最聪明的智者。我愿意真心实意地款待您，甚至做奴做仆服侍您，这个壮丽的宫殿从此以后就是您的家。"

那四个妖女吓得花容失色，慌作一团。特别是那个长着海绿色头发的水妖，哭得满地都是海水；那个泉水女妖除了指尖在喷水珠外，简直要化成泪人了。可是俄底修斯不肯就此罢休，他要求喀耳刻发誓听他的命令，除了把他那些同伴变回人形外，剩下那些鸟兽，他说把谁变回人形就把谁变回人形。

"答应我的条件，我才能饶你的性命。"他说，"否则你今天必死无疑。"

出鞘的宝剑悬在头顶，女妖立即痛快地答应，过去作了多少恶，现在就行多少善，不管多么不情不愿。她领着俄底修斯走出宫殿的后门，带他去看猪圈里的猪猡。猪圈里有五十来头猪，都十分肮脏，其中大部分生来就是猪。令人惊奇的是，别看那些新来的猪猡不久前还披着人皮，可已经看不出他们跟那些原生猪猡之间有什么区别。毫不客气地说，他们表现得反而更过火，似乎故意要到猪圈里最肮脏的地方打滚，而且许多行为都比天生具有猪猡习性的原生猪更恶劣。人一旦变成畜生，残存的那点儿人类智慧反而会让其增加十倍的兽性。

然而，俄底修斯的同伴还没有完全忘记原先直立行走的印象。当他走到猪圈跟前的时候，二十二头大猪离开猪群，连滚带爬地朝他奔来，一齐发出可怕的号叫声，俄底修斯只好用两只手捂住耳朵。可是，他们仿佛也不明白自己想干什么，不知道是肚子饿了，还是别的什么原因心里难受。奇怪的是，他们在很难过的时候竟然还会把鼻子拱进烂泥里找东西吃。那个身穿橡树皮紧身胸衣的妖女（她是个橡树精）给他们扔了一把橡实。那二十二头猪立马连滚带爬地跑去争抢，好像一年到头连酸了的牛奶都没喝过一口。

"这肯定就是我的同伴了。"俄底修斯说，"我知道他们的性情。他们简直不值得我们费这个劲。不过，我们还是要把他们变回来，以免他们把别的猪猡给带坏了。喀耳刻小姐，如果你有能力把他们变回来，就把他们变回来吧。我估计这比把他们变成猪猡更费事儿。"

于是，喀耳刻挥起魔棒，嘴里念念有词。听见她念咒语的声音，二十二头猪顿时竖起了大耳朵。他们的猪鼻子越来越短，猪嘴越来越小（他们似乎有点儿舍不得，因为这样一来他们就不能迅速地狼吞虎咽了），一个个用后腿站立起来，用两只前蹄挠着鼻子，这番情景真叫人叹为观止。起初，旁观者简直不知道该管他们叫猪还是叫人，不过，不一会儿，大家就会觉得他们确实更像人。最后，俄底修斯那二十二个同伴恢复了原形，看上去几乎跟他们离船的时候一模一样。

不过，你们切不可以为他们的猪性完全消失了。猪性一旦潜入人性就很难彻底摆脱了。这点橡树精就可以证明，她极其喜欢捉弄人，所以又在刚刚恢复人形的那二十二个人面前丢了一把橡实，橡实就丢在他们刚刚打滚的猪圈里，结果他们立即俯下身去，非常丢脸地又啃又嚼。后来，他们想起来自己是人，急忙站起身来，那副样子简直愚不可及。

"多谢高贵的俄底修斯！"他们喊道，"是你让我们从牲畜又变回了人。"

"别谢我了。"英明的国王说，"恐怕我为你们所做的很少。"

说实话，他们说话的声音里还夹杂着某种可疑的咕噜声，后来过了好久好久，他们说起话来还咕噜咕噜的，而且动不动就发出号叫声。

"你们是否还会再回到猪圈去，取决于你们自己未来的表现。"俄底修斯又说。

这时，附近一棵大树的枝头上传来一阵鸟叫声。

"啾啾！啾啾！啾——呜——啾！"

正是那只紫色的小鸟，这期间它一直站在他们头顶上方的树枝上，观察着事态的发展。它希望俄底修斯还记得它为了不让他们受到伤害，曾经怎样极力阻拦他和他的同伴。俄底修斯命令喀耳刻立即把这只善良的小鸟变回来，变成当初她所见到的那个国王的样子。话音未落，小鸟还没来得及再叫一声"啾啾"就变成庇科斯国王从树上跳了下来。他身穿紫色长袍和艳丽的黄色长裤，衣领上有一圈精美的刺绣，头上戴着黄金王冠，看上去和其他国王一样威严。庇科斯和俄底修斯以王者的礼仪相互致敬。从此以后，庇科斯王不再为自己的王冠和王家的服饰而自鸣得意，也不为自己身居王位而自命不凡了。他感觉自己只是人民的仆人，把让人民过上更幸福的生活作为自己终生的目标。

至于那些狮子、老虎和狼（只要俄底修斯发话，喀耳刻就会立马让他们恢复人形），俄底修斯认为最好还是让他们保持现在的模样，这样可以警示人们他们的性情有多残忍，而不是让他们披着人皮走来走去，假装有人性，其实藏着一副嗜血成性的野兽心肠。因此，他连看都不看他们一眼，随他们去号叫。就这样，他按照自己的心意把所有的事情都安顿好之后，就派人去叫留在海边的同伴。欧律罗科斯率领同伴们来到喀耳刻的宫殿里，大家全都舒舒服服地住了下来，休养生息，恢复元气，直到彻底消除旅途的疲劳为止。

THE POMEGRANATE SEEDS

·✦· 石榴籽 ·✦·

　　得墨忒尔[1]妈妈极其疼爱自己的女儿珀耳塞福涅[2]，很少让她独自到田野上去。可是，在我的故事开始那会儿，那位善良的夫人十分繁忙，因为她要照管小麦、玉米、黑麦和大麦，总而言之，要照管地上生长的各种农作物。由于那年收获的季节来得特别晚，必须让庄稼比往年成熟得更快。于是，她戴上罂粟花（她总是戴着这种花儿）编的帽子，坐上由一对飞龙拉的车子，准备出发。

　　"亲爱的妈妈！"珀耳塞福涅说，"您不在家，我会非常寂寞。我可不可以跑到海边，去叫几位海洋仙子从海浪里出来跟我玩？"

1.得墨忒尔：古希腊神话中的谷物女神，克罗诺斯和瑞亚的女儿，宙斯的妹妹兼妻子，赫拉、赫斯提亚、波塞冬和哈得斯的姐妹，以及西西里岛的守护神。

2.珀耳塞福涅：得墨忒尔和宙斯的女儿，被冥王掳去做了冥后。

"可以，孩子。"得墨忒尔回答说，"那些海洋仙子都是好人，不会让你惹上麻烦。不过，你要当心，不要离她们太远，不能一个人到田野上乱跑。没有妈妈在身边照看，小姑娘很容易惹上麻烦的。"

那孩子答应会像个大姑娘似的小心谨慎。飞龙拉着车子兜了一圈，不见了。珀耳塞福涅迫不及待地来到海边，叫海洋仙子出来跟她玩。海洋仙子们的家就住在海底，她们能听出珀耳塞福涅的声音，不一会儿，海面上就露出她们亮晶晶的脸蛋和海绿色的头发。她们带来很多美丽的贝壳，上岸后就坐在湿漉漉的沙子上，忙着串成项链。海浪轻轻拍打着她们的身体，她们把串好的贝壳项链给珀耳塞福涅戴在脖子上。为了表达自己的感激之情，珀耳塞福涅央求她们跟她到田野上去，去采很多很多鲜花，她要给每个好伙伴编个花环。

"噢，不行啊，亲爱的珀耳塞福涅。"海洋仙子说，"我们不敢跟你到干燥的陆地上去。我们吸进去的每口气都得有大海的咸风，否则会晕过去的。你没看到我们多么小心翼翼地让海浪拍打着自己吗？我们得时刻让自己的身体保持湿润。否则，我们很快就会被晒干，就像海草的枯枝败叶似的。"

"太可惜了。"珀耳塞福涅说，"不过，你们可以在这里等我，我跑去采满满一围裙的花，海浪最多拍打你们十次，我就回来了。我很想给你们做几个花环，要做得跟这个五彩贝壳项链一样漂亮。"

"好吧，我们等着你。"海洋仙子们回答说，"不过，你走了以后，我们倒不如躺在水下柔软的海绵上休息休息。今天空气有点儿干燥，搞得我们不太舒服。不过，我们每隔几分钟都会伸出头来看看你回来没有。"

昨天，小珀耳塞福涅在一个地方看到很多很多鲜花，她告别海洋仙子后就朝那里跑去。可是到那儿一看，那些花有点儿凋败了。她希望能给朋友们采摘最新鲜、最漂亮的花朵，于是便往田野上多走了几步。田野上的鲜花美极了，她不由得高兴得尖叫起来。她从来没见过这么娇艳的鲜花：这么芬芳这么硕大的紫罗兰、这么艳丽多姿的玫瑰花、这么妩媚绰约的风信子、这么馥郁芬芳的石竹花，以及很多很多别的鲜花，有些花朵和颜色都似乎不太常见。有那么两三次，她仿佛觉得前面的地面上突然冒出一簇特别绚丽的鲜花，仿佛有意引诱她往前多走几步似的。不一会儿，珀耳塞福涅就采了满满一围裙美丽的鲜花。她刚要回到海洋仙子那里，跟大家一起坐在湿漉漉的沙滩上编花环，可是，那是什么？就在前面不远的地方，一株很大的灌木上盛开着满满一树鲜花，那是全世界最绚丽的花朵。

"乖乖！"珀耳塞福涅叫了一声。接着，她想："我刚刚还看过那个地方，怎么会没看到那些花儿，真是怪事！"

她越走近那株灌木，就越觉得它美不胜收，叫人挪不开眼睛。

最后，她来到花树跟前。奇怪的是，尽管这株花树美得难以形容，她却不确定自己是不是喜欢它。树上开出了一百多朵色彩最绚丽的花朵，每朵花的颜色都不尽相同，却又有相似之处，表明它们都是同根所生的姊妹花。花树的叶子光泽绚丽，花瓣也流光溢彩，这反而让珀耳塞福涅疑心它们可能有毒。说老实话，她甚至想转身逃走，可是又觉得有点儿傻气。

"我真是个傻孩子！"她心里想着，又鼓起勇气来，"这可是全世界最漂亮的花树。我要把它连根拔下来带回家，种在妈妈的花园里。"

珀耳塞福涅左手兜住满满一围裙花，右手抓住那棵硕大的花树，用力拔啊拔，可是树根周围的土纹丝不动。这棵植物的根扎得多深啊！小姑娘使出吃奶的劲儿去拔，终于看到树下的土壤松动了，树根周围的大地裂开了缝。她又拔了一下，可是很快就松开了手，因为她仿佛觉得脚下响起轰隆隆的声音。难道这些树根伸进什么魔洞里去了不成？这个念头让她觉得好笑，于是，她再用劲一拔，花树连根拔起了。珀耳塞福涅往后退了几步，得意地举着手里的花树，瞅了瞅树根拔出来之后在土里留下的那个洞。

让她大为吃惊的是，那个洞越来越大，越来越深，最后简直变成了一个无底洞。与此同时，洞底传来了轰隆隆的声音，而且越来越大，越来越近，听上去像马蹄的嘚嘚声和车轮的隆隆声。她吓呆了，站在那里使劲往那个神奇的洞里瞅，不一会儿就看到四匹黑马鼻子里喷着烟从地里冲出来，身后拉着一辆金碧辉煌的战车。它们拉着战车跳出无底洞，抖着黑色的鬃毛，甩着黑色的尾巴，纵身一跃，就来到珀耳塞福涅的跟前。金辇上坐着一个衣着华丽的人，只见他头戴王冠，王冠上的钻石光芒四射。他仪态不凡，气质高贵，甚至有点儿英俊，但是看上去闷闷不乐的样子。他揉着两只眼睛，举手遮住太阳，仿佛很少生活在阳光下，所以不太适应。

那人看到受惊的珀耳塞福涅，就招手叫她过去。

"别害怕，"他说着，竭力堆出一副笑脸，"快过来！难道你不想坐在我漂亮的马车上兜兜风吗？"

可是珀耳塞福涅惊恐万分，她只想逃得远远的。这也难怪，那个陌生人尽管脸上带着笑容，但是看着脾气一点儿都不好。而且他说话的时候语气又深沉又严厉，听上去像地震时从地下传来的隆隆声。孩子们一遇到危险就会喊妈妈，珀耳塞福涅也不例外。

"妈妈，得墨忒尔妈妈！"她大叫起来，声音直发颤，"快来救我！"

她的呼救声太小了，妈妈根本听不见。再说了，得墨忒尔此刻多半远在千里之外某个遥远的国家种植玉米呢。就算能听到呼救声，她对可怜的女儿也爱莫能助，因为珀耳塞福涅刚喊出声，那个陌生人就跳下马车，一把抱起小姑娘，跳上车去，抖开缰绳，吆喝着四匹黑马立刻出发。四匹黑马撒腿飞奔起来，不像在地面上奔驰，倒像在空中飞驰。转眼之间，珀耳塞福涅就看不见埃特纳山谷了，她一直住在那座风景宜人的山谷里；再一眨眼，就连埃特纳山峰也远远抛在了身后，显得十分缥缈，她都分不清哪儿是青色的山峰，哪儿是火山口喷出的青烟了。不过，可怜的小姑娘还在喊着求救，她围裙里的鲜花撒了一路，马车过处，她的叫声不绝于耳。叫声传到许多母亲耳朵里，母亲们赶紧跑去看自己的孩子，确定他们没有遇到什么危险。可是得墨忒尔妈妈远在天边，听不到这哭叫声。

他们坐在马车上一路驰骋，陌生人尽其所能安慰珀耳塞福涅。

"你干吗这么害怕呢，我可爱的小姑娘？"他极力让自己那粗粝的声音变得柔和点儿，"我答应你，绝不会伤害你。对了！你刚才在采花是吗？等咱们到了我的宫殿，我给你一座花园，里面满满的都是花儿，比你这些花儿还要漂亮，全都是用珍珠、钻石和红宝石做成的。你知道我是谁吗？人们管我叫哈得斯[1]，我掌管着钻石和其他所有的宝石。地下所有的金银都归我所有，更不用说铜和铁，还有给我当燃料的煤矿了。你看见我头上戴的这顶华丽的王冠了吗？你可以把它拿去当玩具。噢，我们会成为非常要好的朋友。等我们避开这讨厌的阳光，你就会发现我比你想象的更随和。"

"放我回家！"珀耳塞福涅哭着说，"放我回家！"

---

1. 哈得斯：古希腊神话中的冥王，掌管地府的一切。

"我的家比你妈妈的家更好。"哈得斯王回答说，"我住在一座用黄金建造的宫殿里，窗户是水晶做成的。因为那里没什么阳光，所以房子里都是用钻石灯照明。我的宝座极其华丽，你肯定没见过那么富丽堂皇的宝座。要是你喜欢，你可以坐在上面，当我的小王后，我可以坐在脚凳上。"

　　"我才不要什么黄金宫殿和宝座呢！"珀耳塞福涅抽泣着说，"啊，我的妈妈，我要妈妈！快把我送回我妈妈身边！"

　　可是自称哈得斯王的那个人只是吆喝马儿快跑。

　　"别犯傻了，珀耳塞福涅。"他说道，听语气有点儿闷闷不乐，"我愿意把自己的宫殿、王冠和地下所有的宝藏都送给你，但是你那副样子仿佛我在伤害你似的。我的宫殿就缺一个快乐的小姑娘沿着楼梯跑上跑下，用她的笑声给宫殿增添欢乐。你必须为哈得斯王这么做。"

　　"决不！"珀耳塞福涅答道，她看上去伤心极了，"要是你不把我送回我妈妈身边，我以后永远都不会再笑了！"

　　可是她的话多半给淹没在呼啸而过的疾风里了，因为哈得斯策马扬鞭，全速前进。珀耳塞福涅不停地喊叫，喊得那么久，叫那么大声，可怜的小嗓子都快喊哑了，最后再也叫不出来了。就在这时，她刚好看到一片麦浪滚滚的宽阔麦田——你们猜她看到谁了？不是别人，正是她的妈妈得墨忒尔！得墨忒尔妈妈正在忙着耕种，没注意疾驰而过的金辇。小姑娘鼓足全身的力气，又喊了一声，可是没等得墨忒尔回过头，金辇已经跑远看不见了。

哈得斯王走的路逐渐变得越来越暗。两旁是巨石悬崖，金辇从中间隆隆驶过，发出滚雷般的回响。石缝里长出的树木枝叶暗淡。过了不久，尽管才刚刚正午时分，天空却变得更加暮色苍茫。黑马风驰电掣一般，奔到了阳光照不见的地方。可是，天色越暗，哈得斯的脸色就越缓和。他长得并不难看，特别是在不强颜欢笑的时候。珀耳塞福涅在渐渐昏暗的暮色中瞅了瞅他的脸，暗暗希望他不会像自己起初想的那么邪恶。

"呼！被讨厌的阳光折磨了这大半天，这暮色实在叫人舒坦。"哈得斯王说，"灯光和火把的光芒经过钻石的反射会更加赏心悦目！等我们到了宫殿，你就会看到一派富丽堂皇的景象。"

"还有很远吗？"珀耳塞福涅问，"等我看过你的宫殿后，你会把我送回去吗？"

"这事儿以后再说。"哈得斯回答说，"我们才刚刚进入我的地界。看到我们前面那条大道了吗？穿过那几道大门，我们就到家了。我那头忠实的守门犬就在门口卧着呢，刻耳柏洛斯[1]！刻耳柏洛斯！到这儿来，我的乖狗狗！"

说着，哈得斯拉住缰绳，金辇停在门道两个高大的柱子中间。他刚才说的那只守门犬从门槛上跳起来，两条后腿直立起来，两

---

1. 刻耳柏洛斯：冥府守门狗，蛇尾三头，长年不眠。

只前爪搭在金辇的车轮上。可是，天哪，那只狗长得多么奇怪啊！哎呀，那简直是一只面目狰狞的大怪物。只见它长着三颗头，一颗比一颗凶恶。不过哈得斯王却对它们很亲切，他轮番拍了拍那三颗头。他仿佛很喜欢这只守门犬，对它就像对可爱的小猎犬似的。刻耳柏洛斯呢，显然很高兴看到自己的主人，它像别的狗一样，频频摇着尾巴对主人表示亲昵。它的尾巴显得异常灵活，珀耳塞福涅不由得仔细望去，结果发现它的尾巴竟然是一条不折不扣的活龙！那条龙长着火红的眼睛和会分泌毒液的毒牙。三头犬刻耳柏洛斯亲切地讨好主人时，那条龙尾却不听话地摆动扭曲，看上去极其愤怒而暴戾，似乎完全在自行其是。

"那只狗会咬我吗？"珀耳塞福涅不由得瑟缩着身子往哈得斯跟前靠了靠，"它长得可真难看！"

"噢，别害怕！"她的同伴说，"它从不主动伤人，除非有人未经允许踏入我的领地，或者不经我同意就擅自离开。卧下，刻耳柏洛斯！来吧，我可爱的珀耳塞福涅，咱们继续往前走。"

金辇继续前行，哈得斯王回到自己的王国，似乎非常高兴。他把岩石中间丰富的黄金矿脉指给珀耳塞福涅看；还有几处地方，只要一锹下去，就能刨出一蒲式耳的钻石。的确，沿路全是闪闪发光的宝石，如果在地面上，这些宝石价值连城，可是在这里就算不上什么了，就连叫花子都不屑于为它弯下腰呢。

金辇驶入大门不久，他们就来到一座桥上，桥梁似乎是用铁铸成的。哈得斯停下车，叫珀耳塞福涅去看桥下缓缓流过的河水。珀耳塞福涅从来没见过这么慢悠悠、黑漆漆、泥乎乎的河水：它照不出岸上任何东西的影子，流得非常缓慢，似乎流着流着就忘记该往哪个方向流了，干脆哪儿都不去，停在原地不往前流了。

"这是勒忒河[1]。"哈得斯王说，"是不是很赏心悦目？"

"我倒觉得很阴森可怕。"珀耳塞福涅说。

"可是合我的口味。"哈得斯回答道，谁要是不同意他的看法，他就会拉下脸，"别的不说，这条河的水质非常好，只要喝上那么一口，就会把所有的担忧和愁闷都忘在脑后。我亲爱的珀耳塞福涅，你只要喝上一小口，就会立马忘记对你妈妈的思念之苦，就不会有任何往事妨碍你在我的宫殿里无忧无虑地生活下去了。等我们一到宫殿，我就叫人用金杯盛点儿来给你喝。"

"噢，不，不，不！"珀耳塞福涅大声喊道，她又啜泣起来，"我宁肯为了思念母亲而受千倍的苦，也不愿因为忘记她而享片刻的快乐。我最最亲爱的妈妈！我永远永远都不愿忘记她。"

"那咱们就走着瞧吧。"哈得斯王说，"你不知道我们在宫殿里会过上多么快活的生活。我们这会儿才到门廊呢，告诉你，这些柱子可都是纯金打造的。"

---

1. 勒忒河：古希腊神话中的冥河，亦即忘川河。喝了冥河之水，人们就会忘记生前的生活记忆。

他从金辇上走下来，把珀耳塞福涅抱下车，抱着她爬上高高的台阶，走进宫殿的大厅。各种五光十色的硕大宝石将大厅照得亮堂堂的。这些宝石熠熠发光，仿佛一盏盏明灯，在房间里散发着百倍的光芒，可是在这魔光中间却有一种幽暗的色调，除了珀耳塞福涅这个可爱的小姑娘和她手里拿着的那朵鲜花外，大厅里没有一件东西让人看着愉悦的。在我看来，就是哈得斯王自己在这座宫殿里也不快乐，所以他才偷走珀耳塞福涅，好让自己有真心喜爱的对象，而不再用这种令人厌倦的豪华来欺骗自己的心。别看他声称讨厌地上世界的阳光，可是这个小姑娘出现在这里，尽管泪流满面，却仿佛一道含着水的微弱阳光，钻进了这座魔法大厅。

哈得斯召来仆人，叫他们马上去准备一桌最豪华的宴席，最重要的是，别忘了盛一金杯勒忒河水，摆在珀耳塞福涅的盘子边。

"我不会喝的，什么都不喝。"珀耳塞福涅说，"就算你永远把我关在你的宫殿里，我也一口东西都不吃。"

"那真是叫人遗憾。"哈得斯王拍着她的脸蛋说，他竭力做出一副和蔼可亲的样子，只是并不知道该怎么表现，"我觉得你这孩子给宠坏了，我的小珀耳塞福涅。不过，等你看见我的厨师给你做的那些好吃的，你很快就会胃口大开了。"

说着，他把厨师召来，严令他把小孩子爱吃的各种美味佳肴都摆在珀耳塞福涅面前。其实，他这么做有个不可告人的动机：你们要知道，人们一旦被带到魔法世界，只要尝一口那里的食物，就永远都不能再回到自己亲人的身边了，这是一条约定俗成的规矩。如果哈得斯王有心计的话，应该给珀耳塞福涅拿一些水果、面包和牛奶（那个小姑娘习惯吃这些简单的食物），说不定她很快就会忍不住吃几口。可是，他把这事儿完全交给了自己的厨师，那位厨师和别的厨师一样，以为最合胃口的食物就是油腻腻的油酥糕点、重口味的腌肉和加了香料的甜蛋糕——珀耳塞福涅的妈妈从来没给她吃过这些东西，它们的气味不但没有激起她的食欲，反而让她倒胃口。

不过，现在我们要暂时离开哈得斯王的地盘，去看看丢了女儿的得墨忒尔妈妈怎么样了。你们还记得，当四匹黑马拉着金辇硬把她的爱女珀耳塞福涅带走的时候，曾经路过一片麦田，当时她就在滚滚麦浪里忙碌，没看到疾驰而过的金辇。就在金辇飞驰而去的时候，珀耳塞福涅使出浑身力气大叫了一声。

小姑娘虽然一路喊叫，却只有最后这声尖叫传到了得墨忒尔妈妈耳朵里。她误以为那隆隆的车轮声是天上的滚雷声，还想着马上就要下雨了，会帮她让庄稼长得更快呢。可是，听到珀耳塞福涅的尖叫声时，她大吃一惊，抬起头来四处张望，却什么都没看到，只觉得那是自己女儿的声音。可是，她觉得那孩子不可能翻山越岭，穿洋过海跑到这里（就算是她本人，没有飞龙的帮助，也到不了这里），所以得墨忒尔竭力说服自己相信是别的孩子发出的哭叫声，不是她的宝贝珀耳塞福涅。尽管如此，她还是觉得心神不宁，就像每个做母亲的女人没有把孩子托付给姑妈或者其他可靠的监护人，总是要担心一样。于是,她再顾不上在田里忙碌了,匆忙往家里赶去。田里活儿没有干完,第二天那片庄稼看上去既缺乏阳光,又缺乏雨水,麦穗都蔫了,根上仿佛也出了什么毛病。

那对飞龙的翅膀肯定非常灵活,因此不到一个小时,得墨忒尔妈妈就回到了家门口。她下车推开门,发现家里空无一人。不过,她知道孩子到海边去了,于是匆匆忙忙赶到海边,结果只看到几个可怜的海洋仙子正从海浪上露出湿漉漉的脸庞往岸边张望。原来,她们一直都在海绵上等着,每隔半分钟左右,四个仙子就从水中伸出脑袋,看看她们的小伙伴回来没有。她们一见到得墨忒尔妈妈,就坐到浪尖上,让巨浪把她们送到她跟前。

"珀耳塞福涅到哪儿去了?"得墨忒尔大声喊道,"我的孩子到哪儿去了?是不是你们这些任性的海洋仙子把她诱到海底去了?"

"啊,我们没有,善良的得墨忒尔妈妈!"无辜的海洋仙子说着,把海绿色的头发甩到身后,望着她的脸说,"我们就算做梦都不会想去做那样的事。珀耳塞福涅确实跟我们玩了一会儿,不过她早就走了,说是要去干燥的陆地上采些花来编花环。那时候天还很早,后来她一直没回来,我们再也没看到她了。"

得墨忒尔不等海洋仙子说完,就急匆匆地到左邻右舍去打听了。可是谁都无法为这位可怜的妈妈提供任何有用的消息,告诉她珀耳塞福涅究竟出了什么事。不错,有个渔夫提着一筐鱼沿着海滩往回走的时候，确实在沙滩上看到过她的小脚印；有个庄稼人看见过那孩子弯下腰摘花的身影；有几个人听见过隆隆的车轮声或者远处的滚雷声；还有个老太婆采摘马鞭草和猫薄荷的时候，听到了喊叫声，不过她以为是孩子们在胡闹，所以连头都没抬。那些愚蠢的人啊！费了那么多口舌，搞了那么大半天，才说明白他们什么都不知道。这会儿天都黑了，得墨忒尔妈妈觉得必须到别的地方去找找看。于是，她点上一支火把出发了，决心不找到珀耳塞福涅就永远都不回家。

她走得心急火燎，把飞龙和车子都忘了。要不就是她认为步行寻找会找得更彻底。不管怎么说吧，她手里擎着火把，仔细查看着沿路的每一样东西，开启了她的伤心之旅。还没走出多远，她就发现一朵异常艳丽的鲜花，正是从珀耳塞福涅拔起来的那株花树上掉下来的。

"啊！"得墨忒尔妈妈借着火把的亮光仔细看了看，心想，"这朵花有问题！没有我的帮助，大地开不出这样的花来。这是魔法作祟，肯定有毒，说不定我那可怜的孩子就是被它毒害了。"

她捡起那朵毒花放在怀里，不知道是否还会找到女儿的其他纪念物。

整整一夜，得墨忒尔敲遍了每座小屋和农舍的门，叫醒疲惫的农夫，问他们有没有看到她的孩子。农夫睡得迷迷糊糊，打着哈欠站在门口，非常怜悯地回答她的问题，并请她进屋去歇一歇。每到一座宫殿门口，她都大声疾呼，奴仆们以为哪位伟大的国王或王后前来赴宴或投宿，赶紧跑来打开门。等他们发现原来只是一个伤心而焦灼的女人，手里举着火把，头上戴着枯萎的罂粟花环，就会出言不逊，有的甚至扬言要放狗咬她。谁也没有见过珀耳塞福涅，谁也无法给她提供女儿的一丝线索。就这样，一整夜过去了，得墨忒尔妈妈还在不停地寻找自己的女儿，她既不肯坐下休息片刻，也不肯停下脚步吃东西，就连火把都忘记熄灭了。天边露出玫瑰色的曙光，接着，旭日东升，大放光芒，火把那通红的火焰在天光中黯然失色。但是，我很好奇那支火把是什么材料做成的，因为它白天暗淡地燃烧着，到了夜晚又和往常一样明亮，风吹雨打都熄灭不了它。后来在得墨忒尔寻找珀耳塞福涅的那些日日夜夜里，它一直都在燃烧。

她不只向人类打听爱女的消息，还跑到丛林里和小溪旁向各路精灵询问。那个时候，精灵们常常在僻静而宜人的地方出没，对得墨忒尔妈妈这些通晓他们语言和习俗的人十分友善。比如说，有时候，得墨忒尔妈妈会用手指轻轻敲击一棵大橡树多节的树干，粗糙的树皮就会立刻裂开，从里面走出一位非常美丽的少女，那就是住在橡树里的橡树精灵。她们跟橡树一样长命百岁，微风轻拂绿叶时，她们就会非常快乐。可是，这些身穿树叶的姑娘没有一个见过珀耳塞福涅。于是，得墨忒尔继续往前走，或许会来到一眼喷泉跟前。泉水从卵石覆盖的洞里喷出来，她便把手伸进泉水里抚弄。瞧，随着泉水的喷涌，从铺满沙子和卵石的水底钻出一位头发上滴着水的少女，她上半身露在泉水外，随着不断喷涌的水花上下起伏。可是，当得墨忒尔妈妈问她有没有看到那个失踪的孩子停下来喝泉水的时候，水泽仙女泪汪汪地（这些水仙有的是眼泪，会为每个人掬一把同情的眼泪）咕哝着回答："没有！"她们的声音就像潺潺的溪流。

她还会经常遇到牧羊神，他们长得像脸膛黝黑的乡下人，只不过他们的耳朵毛茸茸的，前额上长着小犄角，还长了两条山羊的后腿，在森林和田野里快乐地戏耍蹦跳。他们喜欢嬉戏笑闹，可是当得墨忒尔向他们打听女儿的下落时，那些性情快活的精灵也变得极其哀伤，他们没有任何好消息可以告诉得墨忒尔。不过，有时候她也会突然撞到一帮粗鲁的森林神，他们长着猴脸和马尾巴，经常又叫又笑，欢蹦乱跳地手舞足蹈。当她停下脚步向他们询问的时候，他们反而把这个孤独女人的不幸当作新的笑料，笑得更凶了。这些令人厌恶的森林神多么刻薄冷漠啊！还有一次，她走到一片僻静的牧场上，碰到一个名字叫潘[1]的牧羊人。潘坐在高高的岩石下吹着牧笛。他也长着犄角、毛茸茸的耳朵和山羊腿。他认识得墨忒尔妈妈，所以尽可能彬彬有礼地回答了得墨忒尔妈妈的问题。他还邀请她尝一尝木碗里

1.潘：赫尔墨斯的儿子，伟大的自然之神，是猎人、牧羊人和羊群的守护神。他长着山羊的蹄子、尖尖的耳朵和一对小小的犄角。

的羊奶和蜂蜜。然而，潘和其他精灵一样，也说不出珀耳塞福涅的下落。

就这样，得墨忒尔妈妈走了九天九夜，却没找到珀耳塞福涅的踪影，只偶尔看到一朵枯萎的鲜花。她每看到一朵，就捡起来放进怀里，因为她觉得这些花儿多半是她可怜的孩子掉在路上的。白天，她顶着炎炎烈日赶路；夜晚，火把的火焰熊熊燃烧，照亮她的寻女之路。她昼夜不停地找啊找，连坐下来休息片刻都不肯。

第十天，她突然看到一个洞口。此时正值中午时分，别的地方阳光灿烂，那个洞口却暮色沉沉，而且碰巧点着一支火把。火把时明时灭，极力在暮色中发出光芒，却还是无法用它凄凉的微光照亮昏暗的洞穴。得墨忒尔不肯错过任何地方，于是便站在洞口往里面张望，她举着自己的火把照进洞去，洞里稍微亮堂了点。借着火光，她看到洞里仿佛有个女人的身影，只见那个身影坐在去年秋天凋败的落叶中间，落叶是被风吹进了洞里后，变成一堆枯叶的。那个女人（如果那是个女人的话）一点儿都不像女性那么美，因为他们告诉我，那个女人的头就像一只狗头，脖子上还缠着几条蛇当装饰品。不过，得墨忒尔妈妈一看见她，就知道她是那种专门以苦为乐的怪人，从来不跟别人说话，除非那个人像她所希望的那样伤心而可怜。

"我已经够伤心的了。"可怜的得墨忒尔心想，"足以跟这个忧伤的赫卡忒[1]说说话，即便她现在比以往忧伤十倍，也比不上我可怜。"

于是，她抬脚走进洞里，在那个狗头女人身旁的枯叶上坐下。自从女儿丢了以后，全世界都找不到和她同病相怜的人。

"噢，赫卡忒，"她说，"如果你丢过女儿，就知道什么是悲伤了。拜托发发善心告诉我，你有没有看到我可怜的孩子珀耳塞福涅从你的洞口经过？"

"没有。"赫卡忒粗声嘎气地回答，每说一两个字就叹口气——"没有啊，得墨忒尔妈妈，我连你女儿的影子都没见到。不过，你要知道，我的耳朵很不寻常，全世界任何悲伤惊恐的叫喊声都会钻进我的耳朵里。九天前，我坐在洞穴里伤心的时候，倒是听到有个小姑娘大喊大叫，好像非常痛苦。那孩子肯定出事了。依我看哪，多半是被一条恶龙或者什么残忍的怪兽抓走了。"

"你这么说可要了我的命了！"得墨忒尔大叫起来，她差点儿昏过去，"叫喊声是从哪里传来的，听上去又是往哪个方向去的？"

"那声音很快就过去了。"赫卡忒说，"当时还有车轮往东方驶去的隆隆声。我只能告诉你这么多。恕我直言，你再也见不到自己的女儿了。我建议你最好在这个洞里住下，从今以后咱们

1.赫卡忒：幽冥和魔法女神，象征着世界的黑暗面。

274

俩就是世界上最可怜的女人。"

"现在还不行，邪恶的赫卡忒。"得墨忒尔说，"首先，你要拿上火把帮我去寻找我的孩子。等到再也没有任何希望找到她的时候（如果那个黑色的日子注定要到来），如果你愿意让我栽倒在这堆枯叶或那块光秃秃的大石头上，我就会给你看看什么叫伤心。不过，除非我知道她已经不在人世间，否则我绝不会允许自己绝望。"

那个忧郁的赫卡忒不大喜欢到外面阳光灿烂的世界去。不过，她认为郁郁寡欢的得墨忒尔的悲伤会像暮色一样笼罩着她们两个，即便太阳再灿烂，都驱不散那层暮色，因此，她可以像在山洞里一样尽情享受自己低落的情绪。于是，她同意跟得墨忒尔一起去。她们两个出发了，尽管外面阳光明媚，天清气朗，她们手里还是擎着火把。火把的光芒似乎投下一层阴霾，所以沿途碰到的人都不大看得清她们的身影。如果那些路人不小心看到赫卡忒的样子，看到她前额缠绕的毒蛇，肯定会吓得逃之夭夭，连头都不回。

两个人就这样凄凄惶惶地往前走。突然，一个念头从得墨忒尔心里闪过。

"对了，有个人肯定见过我可怜的孩子！"她大叫起来，"他应该能说出我孩子的下落。我之前怎么没想到他？那人就是阿波罗。"

"什么！"赫卡忒说，"那个整天坐在太阳下的年轻人？噢，你可别想着去找他。他是个无忧无虑、不务正业的小伙子，而且总是对人笑眯眯的。再说了，他周围的阳光那么刺眼，我的眼睛都快哭瞎了，他的阳光会把我可怜的眼睛给刺瞎的。"

"你答应跟我做伴的。"得墨忒尔说，"走吧，咱们得赶紧，不然太阳一落山就找不到他了。"

于是，她们动身去找阿波罗，路上两人不停地悲叹。说实话，赫卡忒比得墨忒尔还要悲伤，因为她所有的快乐都寓于悲伤之中，所以要充分利用自己的悲伤。走了很久之后，她们终于来到全世界阳光最灿烂的地方。只见一个十分英俊的小伙子，长着长长的金色鬈发，仿佛是金色的阳光披在肩上；他的衣服就像夏天的云彩，轻盈而美丽；他脸上的神色快活极了。赫卡忒举手遮住眼睛，嘀咕着说，他应该戴一块黑面纱。阿波罗（也就是她们要找的人）手里拿着竖琴，一边弹奏着甜美的乐曲，一边唱着他刚刚创作的一首特别优美的歌曲。这个年轻人才华横溢，而且以会作诗闻名。

得墨忒尔带着她忧郁的同伴走过去，阿波罗笑容可掬地看着她们。他笑得那么灿烂，缠在赫卡忒头上的蛇不由发出可憎的嘶嘶声，赫卡忒很想赶紧回自己的洞里去。不过，得墨忒尔根本没顾上理会阿波罗是在对她们微笑还是对她们皱眉，她太难过了。

"阿波罗！"她大声叫着说，"我遭逢大难，来找您求援了。您能告诉我，我的宝贝女儿珀耳塞福涅怎么样了吗？"

"珀耳塞福涅！您是说她叫珀耳塞福涅？"阿波罗说着，努力回忆起来。因为他的心里总是充斥着源源不断的快乐，很容易就把最近发生的事给忘了，就连昨天的事都不太记得。"啊，对了，我记起来了。那真是个可爱的孩子呢。我很高兴地告诉您，亲爱的夫人，几天前我确实见过小珀耳塞福涅。您完全不用担心她。她很安全，在非常可靠的人的手里。"

"噢，我亲爱的孩子在哪里？"得墨忒尔绞着双手扑到他脚下叫起来。

"唉！"阿波罗一边说，一边不断地拨动琴弦，说话间穿插着乐声，"小姑娘正在采花（她对花的品位确实很高雅），突然被哈得斯王抢走，带到他的领地去了。我从来没到过那个地方，不过听说那里的王宫建筑风格十分华贵，用的材料也是最华丽、最昂贵的。黄金、钻石、珍珠和各种各样的宝石，都会成为您女儿的普通玩具。亲爱的夫人，我建议您放宽心。珀耳塞福涅对美的追求会得到充分的满足，尽管没有阳光，她还是会过上一种令人羡慕的生活。"

"闭嘴！您怎么能这么说！"得墨忒尔愤愤地说，"那里有什么能满足她的心？没有爱，那种金碧辉煌的生活算什么？我必须把她找回来。您能跟我一起去吗，阿波罗，去把我的女儿从那个邪恶的哈得斯那里要回来？"

"对不起，"阿波罗非常文雅地行了个礼，回答说，"我当然希望您得偿所愿，但是很遗憾，我自己手头事务紧迫，实在无法奉陪。况且，我跟哈得斯王私交不好。实话告诉您，他的三头犬是绝不会放我进门的，因为我走到哪儿都会带着一缕阳光，您也知道，这在哈得斯的王国里被视为禁忌。"

"啊，阿波罗！"得墨忒尔话里带刺说，"您真是有琴无心啊，再会。"

"您不想再多待一会儿吗？"阿波罗说，"可以听听我把珀耳塞福涅这个美丽动人的故事编成即兴诗。"

得墨忒尔摇摇头，匆匆忙忙和赫卡忒一起走了。阿波罗（我刚才告诉过你们，他是一位出色的诗人）立即着手，以那位可怜的母亲的忧伤为题材，创作了一首颂歌。如果从他优美的作品去判断他的情感，一定会觉得他具有悲天悯人的情怀。可是，当一位诗人惯于将自己的心弦当作琴弦，他尽可以随心所欲地拨动，却不会感受到任何痛苦。所以说，住在阳光里的阿波罗尽管唱了一支忧伤的歌曲，但他还是像阳光一样快乐。

可怜的得墨忒尔妈妈终于知道了女儿的下落，可是一点儿也高兴不起来。相反，她的处境看上去似乎更让人绝望了。如果珀耳塞福涅还在大地之上，她或许有希望把女儿找回来。可是现在那个可怜的孩子被关在宝藏之王的重重铁门里，门口还有三头犬刻耳柏洛斯把守，看样子根本就没有逃脱的可能。那个忧郁的赫卡忒喜欢看事物最阴暗的一面，她劝得墨忒尔跟她回山洞去，在痛苦中了却余生。得墨忒尔回答说，赫卡忒想回去尽管回去好了，她要走遍天涯海角，去寻找哈得斯领地的入口。赫卡忒听了她的话，便匆匆回自己心爱的山洞去了，沿路的孩子看到她的狗脸，都给吓坏了。

可怜的得墨忒尔妈妈！她孤零零地一个人走在漫漫长路上，举着那支永不熄灭的火把，那明灭不定的火焰仿佛象征着她心中交织燃烧的悲痛和希望，想想就让人觉得凄凉。她的心中如此痛苦，刚出事的时候她还是个相当年轻的女人，短短几天时间，她仿佛已经变成了垂垂老妇。她无心理会自己的衣着，也想不起丢掉枯萎的罂粟花环。那个花环还是珀耳塞福涅消失那天早上戴在头上的。她不顾一切地东奔西走，蓬头垢面，人们以为她是个精神错乱的疯女人，做梦都想不到这就是得墨忒尔妈妈，负责照管农民种在地里的每一粒种子。现在，她已经没有心思去管什么播种收获了，农民只好自己去照管自己的农事，庄稼的枯荣也顺其自然了。得墨忒尔似乎对什么事都提不起兴趣，只有看到孩子们在嬉戏或者在路边采花的时候，她才会呆呆站在那里，眼泪汪汪地看着他们。孩子们看到她如此悲伤，都十分同情，他们围在她的身边，忧伤地望着她的脸。她就会挨个儿亲吻他们，然后送他们回家，告诉他们的父母永远都不要让孩子跑远。

"要是让他们跑远了，"她说，"你们说不定会遭遇和我同样的不幸，那个铁石心肠的哈得斯王会喜欢上你们的宝贝，把他们掳上马车带走。"

一天，她为了寻找哈得斯王国的入口，来到埃琉希斯统治者刻琉斯（Celeus）王的宫殿。她爬上高高的台阶，走进大门，发现王室正为了王后的婴儿急得焦头烂额。那个孩子似乎病得很重（我猜多半是牙疼），不肯吃东西，一天到晚哭个不停。王后墨塔涅拉（Metanira）迫不及待地想找个保姆，她看到一位神色威严的中年妇女走上台阶，便觉得这正是她要找的人。墨塔涅拉王后抱着号啕大哭的孩子跑到门口，恳求得墨忒尔帮她照看孩子，至少告诉她怎么办。

"你愿意把孩子完全托付给我吗？"

"愿意，而且求之不得。"王后回答说，"只要你肯把所有的时间都用来照顾他，我就愿意。因为我看得出来，你也有孩子。"

"你说得对。"得墨忒尔说，"我曾经有过自己的孩子。唉，我愿意给这个生病的可怜孩子当保姆。不过，我要事先跟你说好，我会采取认为适合他的治疗方法，不管是什么方法，你都不得干涉。一旦你插手干涉，这个可怜的孩子就会因为自己母亲的愚蠢而受苦。"

说完，她亲了亲那个孩子。那个孩子似乎很喜欢，他露出了笑容，还往她怀里偎了偎。

就这样，得墨忒尔妈妈把自己的火把放在墙角（火把在墙角一直燃烧着），在刻琉斯王的宫殿里住了下来，给小得摩福翁王子（Demophoön）当了保姆。她把王子当作自己的亲生儿子看待：孩子是用温水洗澡还是冷水洗澡，多久出去透一次风，或者什么时候上床睡觉，谁都不许置喙，不管是国王还是王后。如果我告诉你们那个孩子的病好得多快，你们肯定难以置信。没多久，那孩子就长得胖乎乎、红扑扑的，十分壮硕；还迅速长了两排洁白的牙齿，古往今来那些小家伙都没有他牙齿长得快。得墨忒尔刚接手照管他的时候，连他妈妈都说他是世界上最苍白、最可怜、最弱小的小不点儿，现在已经变成了一个十分健壮的孩子，又叫又笑，踢腾着脚丫，从房间这头儿滚到那头儿。左邻右舍那些善良的女人都跑到王宫来，看到那位可爱的小王子长得又漂亮又健康，个个吃惊得说不出话来。更令她们惊异的是，谁也没见过他吃过任何食物，甚至连一杯牛奶都没有喝过。

"保姆，请问你是怎么让这个孩子长得这么健壮的？"王后一个劲儿地追问。

"我曾经是个母亲。"得墨忒尔总是这样回答，"我照顾过自己的孩子，所以知道别的孩子需要什么。"

可是，墨塔涅拉王后很想知道那个保姆究竟是怎样照顾自己的孩子的，这也是情理之中的事。于是，有一天夜晚，她悄悄藏在得墨忒尔和小王子睡觉的卧室里。烟囱里原本有火苗，现在只剩下煤和余烬在壁炉里闪着光，一股火苗不时蹿起来，烤着周围的墙壁。得墨忒尔抱着孩子坐在壁炉前，在火光的映射下，她的影子在天花板上摇摆不定。她把小王子的衣服脱掉，从一个瓶子里倒出香水，给他擦洗全身，然后，她把通红的余火拨开，弄出一块空地，正好就是放垫底薪柴的地方。孩子高兴地叫着，拍着两只胖胖的小手，冲着保姆开心地大笑（你们的弟弟妹妹洗热水澡的时候都会这样）。得墨忒尔突然把一丝不挂的小王子放在余火中间的空地方，还把炉火耙到他身上盖好，然后若无其事地走开了。

你们可以想象，墨塔涅拉王后见状叫得有多惨！她什么都顾不上了，只担心自己的宝贝被烧成炉渣，于是冲出来奔到壁炉跟前，把炉火耙开，一把把可怜的小王子得摩福翁从燃烧的煤炭上拎出来抱在怀里，他的两个小拳头里还各攥着一块通红的煤块呢。王子立马哇哇大哭起来，就像熟睡的孩子突然被惊醒了似的。让王后又惊又喜的是，孩子浑身上下没有任何被火烧伤的痕迹。她转过身看着得墨忒尔妈妈，要求她解释其中的奥秘。

"愚蠢的女人！"得墨忒尔回答说，"你不是答应把这个可怜的孩子完全托付给我吗？你根本不知道自己给他带来多大的损失。如果你把他交给我照料，他长大后就跟天国的孩子一样，不仅会具有超凡的力量和智慧，而且会长生不老。不经烈火的淬炼，凡夫俗子怎么能获得永生？你把自己的孩子给毁了。尽管他活着的时候会强壮有力，成为英雄，但是由于你的愚蠢，他会像其他女人的孩子那样，逐渐老死。母亲的软弱无知葬送了孩子永生的机会，再见。”

得墨忒尔一边说，一边亲了亲小王子得摩福翁，想到小王子丧失的机会，她不由得叹了口气。墨塔涅拉王后恳求她留下来，什么时候想用炉火盖住小王子都随她，可是得墨忒尔根本不理睬她，头也不回地离开了王宫。可怜的孩子！他后来再也没有睡得那么暖和过。

住在王宫的时候，得墨忒尔妈妈一心照顾小王子，失去珀耳塞福涅的悲痛暂时得到了缓解。可是现在没有什么好忙活的了，她又像以往那样，伤心欲绝了。最后，绝望的得墨忒尔做出一个可怕的决定：她的女儿一天找不回来，那些植物就一天不准生长，一棵庄稼、一根草、一个土豆、一个萝卜及任何可以供人畜食用的蔬菜都不能生长。她甚至不允许树木开花，以防有人看到美丽的花朵欢欣鼓舞。

现在，没有得墨忒尔的允许，就连芦笋都别想把头探出地面，你们可以想象大地上降临了多大的灾难。农夫像以往一样耕种，可是肥沃的土地却像沙漠一样，寸草不生。牧场在丰美的六月份和寒冷的十一月一样，一片枯黄。富翁的万亩良田和穷人家的小菜园一样，颗粒无收。小姑娘的花坛里只有干巴巴的花梗。老人们摇着白发苍苍的头，说大地也像他们一样苍老了，脸上不会再出现夏日温暖的笑容。可怜那些快要饿死的牛羊，跟在得墨忒尔身后哞哞咩咩地叫个不停，似乎它们的本能教它们向她求情似的，凡是知道她神力的人们都祈求她对人类发发慈悲，无论如何，让草木生长。得墨忒尔妈妈虽然天生一副慈悲心肠，此时却丝毫不为所动。

"决不！"她说，"要想大地再现生机，除非我的女儿回来，草木沿着她回来的道路破土而出。"

最后，似乎再没有别的办法了，我们的老朋友水银接到紧急命令，去找哈得斯王商量，希望能说服他弥补自己犯下的过错，放珀耳塞福涅回去。于是，水银抄近路赶到哈得斯王的大门口，一下子从三头犬头上飞过去，眨眼间就来到了宫殿门口。那些仆役认得出他的面孔和衣着，因为他们经常在附近看到他的飞帽、飞鞋和蛇杖。他要求马上拜见国王。哈得斯在楼梯上听到他的声音，就传他进殿。水银说话生动有趣，他很喜欢跟水银聊天。趁他们商谈正事的当儿，我们得先说说从上次见到珀耳塞福涅到现在，她过得怎么样。

你们或许还记得，那个孩子曾经声称，只要哈得斯王强迫她留在他的宫殿里，她就一口东西都不吃。她是怎么在坚持水米不沾牙的同时，让自己保持水灵灵、粉嫩嫩的样子，我就说不清楚了；不过，据我所知，有些小姐可以靠空气活下去，看来珀耳塞福涅就具有这样的能力。不管怎么说，她离开外面的世界已经有六个月了，那些仆从可以作证，她连一口东西都没尝过。一天又一天，哈得斯王用孩子们最喜欢吃的糖果、果脯和各式各样的糕点百般引诱，她就是一口都不吃，这点真是值得赞扬。不过，她的好妈妈经常告诫她这些东西对人体有害，所以就算没有别的原因，单单为了妈妈的告诫，她也绝不会吃的。

其实，在这段时间里，生性快乐活泼的小姑娘并不像你们想象的那么闷闷不乐。这座巨大的宫殿有数以千计的房间，美丽而神奇的东西应有尽有。的确，有一种永不消逝的阴霾在不计其数的柱子中间半隐半现，小姑娘在柱子中间穿梭的时候，它要么从她前面一闪而过，要么悄悄跟着她的脚步。那些宝石尽管熠熠发光，璀璨耀眼，却抵不上一束阳光明亮；被珀耳塞福涅当作玩具的那些最流光溢彩的五彩宝石也比不上她过去采摘的鲜花美丽。然而，不管小姑娘走到哪里，不管是金碧辉煌的大厅还是卧室，仿佛都随身带着大自然的气息和阳光，仿佛用她的两只手把带着露珠的鲜花撒满了宫殿。珀耳塞福涅来了以后，宫殿不再像以往那样庄严而凄凉、奢华而阴冷。住在宫殿的人都感觉到了这点，哈得斯王的切身感受更加深刻。

"我的小珀耳塞福涅，"他曾经说，"我多么希望你能稍稍喜欢我一点儿。我们这些生性忧郁的人跟生性快乐的人一样，心里充满了热情。如果你能心甘情愿地跟我在一起，我会比拥有一百座这样的宫殿更快乐。"

"唉！"珀耳塞福涅说，"你应该在把我抢来之前先设法让我喜欢上你。你现在最好的选择就是放我走。那说不定我还会时不时想起你来，觉得你心地善良。或许，有朝一日，我还会回来看看你。"

"不行，不行！"哈得斯苦笑着回答，"我不相信你肯回来。你太喜欢阳光下的生活了，太喜欢到处采花了。多么无聊、多么幼稚的趣味啊！我下令给你挖来的那些宝石，比我王冠上任何一颗都华丽，难道还比不上一朵紫罗兰漂亮？"

"连一半都比不上。"珀耳塞福涅说着，一把抓过哈得斯手里的宝石，远远地丢到大厅那头，"我可爱的紫罗兰啊，难道我再也见不到你了吗？"

她失声痛哭起来。可是，孩子的眼泪里面所含的盐分或酸性不足，不像成人的眼泪那样会把眼睛哭得红肿。所以，过了不一会儿，珀耳塞福涅就高高兴兴地在大厅里玩耍起来，就像在海边跟那四个海洋仙子玩耍一样开心。哈得斯王望着她的身影，不禁希望自己也是个孩子。小珀耳塞福涅转过身，看到那位伟大的国王站在自己豪华的大厅里，看上去是那么伟岸、那么忧伤、那么寂寞，不由得动了恻隐之心。她跑回他身边，有生以来第一次把自己柔软的小手放进他的手里。

"我有点儿喜欢你了。"她抬起头看着他的脸低声说。

"真的吗，我亲爱的孩子？"哈得斯叫了一声，俯下他那张阴郁的脸来吻她。可是珀耳塞福涅把脸别开，不让他亲，因为他的容貌尽管高贵，看上去却阴沉可怕。"唉，我不配亲你，把你关了这么久，让你忍饥挨饿。你饿坏了吧？我这里难道就没有一点儿你肯吃的东西吗？"

宝藏之王这么问，其实心里有个不可告人的目的。你们肯定还记得，珀耳塞福涅要是吃了他的东西，就永远都不能擅自离开他的领地了。

"的确没有。"珀耳塞福涅说，"你的厨师长总是一个劲儿地烘烤煎炸，大菜做了一道又一道，还以为我会喜欢。其实那个可怜的小胖子真是不必那么费劲。除了我母亲亲手烤的面包和从她的果园里摘来的水果，这个世界上就没有我想吃的东西。"

哈得斯听了这话，顿时意识到自己把引诱珀耳塞福涅吃东西的办法搞错了。那个小姑娘已经吃惯了得墨忒尔妈妈给她吃的粗茶淡饭，在她眼里，那个厨师做的珍馐美馔远远比不上那些简单的食物。哈得斯奇怪自己原先怎么没想到这一点，于是赶紧派可靠的侍从拿上一只大篮子，到地面上去采摘最美味多汁的梨子、桃子和梅子。可惜这会儿正是得墨忒尔禁止任何水果和蔬菜生长的时候，哈得斯的侍从找遍全世界也只找到一个干瘪的石榴，都快不能吃了。可是，除此之外实在找不到别的东西了，他只好带上那只干瘪枯萎的老石榴回到宫殿，把它放在一只金灿灿的托盘上，端给珀耳塞福涅。说来也巧，就在那个仆从把石榴从宫殿后门端进去的时候，我们的朋友水银上了前门的台阶，受命来游说哈得斯王放走珀耳塞福涅。

珀耳塞福涅一看到金托盘上的石榴，就叫侍从赶紧拿走。

"告诉你，我连碰都不会碰的。"她说，"就算我饿坏了，也不想吃这么可怜巴巴的干石榴。"

"这已经是世界上唯一的一个了。"侍从说。

他把盛着石榴的金托盘放在桌子上，转身走出了房间。侍从前脚离开，珀耳塞福涅后脚就不由自主地走到桌子跟前，眼巴巴地看着那个干瘪的果子。说实话，看到合自己口味的东西，她觉得六个月的胃口一下子打开了。那个石榴看上去可怜巴巴的，里面的汁液还没有牡蛎壳里的多，可是，哈得斯王的宫殿里再没有其他能吃的东西了。这是她到这里以后看到的第一个水果，多半也是最后一个。而且，除非她赶紧把它吃掉，否则它会越来越干，一点儿都不能吃了。

"至少我可以闻闻味道。"珀耳塞福涅心想。

于是，她拿起石榴，凑到鼻子跟前。不知怎么搞的，那果子一靠近她的嘴巴，就钻进了那张红红的小嘴里。天哪，真是千古憾事啊！珀耳塞福涅还没弄明白怎么回事，牙齿已经咬上去了。就在这时，房间的门打开了，哈得斯王走了进来，水银跟在他身后，他一直在劝说哈得斯王放走他的小囚徒。珀耳塞福涅听到开门声，赶紧把石榴从嘴边拿开。可是水银（他的眼睛最尖，脑子比谁转得都快）发现那小姑娘有点儿惊慌失措，又看到那只金托盘空着，立刻猜出来她吃了一口什么东西。至于老实的哈得斯，他可没发现这个秘密。

"我的小珀耳塞福涅，"国王说着坐下来，疼爱地把她拉到自己两膝中间，"这是水银，他告诉我，由于我把你掳到我的领地，无辜的人们遭了大难。说实话，我早就意识到自己不该把你从你的好妈妈那里掳走。不过，你想想看，我亲爱的孩子，这个巨大的宫殿阴沉沉的（尽管那些宝石光芒璀璨），而我又不是那种生性快乐的人，自然想找个比我快乐的人来陪着我。我曾经希望你把我的王冠当玩具，还有我——啊，你笑了，顽皮的珀耳塞福涅——就算我板着脸，也可以给你当玩伴。这真是异想天开啊。"

"倒不算太异想天开。"珀耳塞福涅低声说，"有时候你确实逗得我挺开心的。"

"谢谢你，"哈得斯王干巴巴地说，"可是，我非常清楚，你把我的宫殿当成了暗淡无光的监狱，把我当成铁石心肠的看守。整整六个月你水米未进，我要是还强行把你留在这里，那就真成了铁石心肠了。我还你自由。跟水银走吧。赶紧回家，回到你亲爱的妈妈身边去。"

你们可能想不到，发现自己就要离开可怜的哈得斯了，珀耳塞福涅的心里竟然很难过，尤其是对没有告诉他自己吃了石榴的事感到特别愧疚。她想到自己离开后，这座巨大的宫殿对他来说将会多么寂寞、多么阴冷，不由得流下几滴眼泪。她是这里仅有的一点儿阳光，他之所以把她偷来，仅仅是因为太珍爱她了，一旦她离开，这里就只剩下死气沉沉的珠光宝气了。要不是水银催她动身，还不知道她会对那个郁郁寡欢的地藏之王说多少温柔的话语呢。

"快走！"水银在她耳边说，"小心陛下改变主意。小心点儿，千万别提刚才金托盘上放的东西。"

不一会儿，他们穿过大门口（三头犬刻耳柏洛斯在他们身后以三倍的声音狂吠），出现在地面上。随着珀耳塞福涅匆忙的脚步一路向前，沿路的绿色也铺展开去，两旁绿草如茵，树木葱茏。她在哪里驻足，哪里就会开出娇嫩的鲜花。紫罗兰从路旁一朵朵冒出来。庄稼以十倍的生机苗壮发芽生长，仿佛要弥补那荒芜的岁月浪费的时光。饿坏了的牛羊立刻啃起了牧草，它们饿了这么久，现在白天吃个不停，连半夜都要爬起来进食。不过，告诉你们，那年可把农夫们给忙怀了，他们发现夏天突然降临，赶紧侍弄庄稼。还有，全世界的小鸟都在花朵绽放的树上跳来跳去，欣喜若狂地齐声欢唱。

得墨忒尔妈妈早已回到空无一人的家里了，此刻她正愁眉不展地坐在门口的台阶上，手里还举着那支燃烧的火把。她茫然地望着明灭不定的火光，突然，火光摇曳了几下，熄灭了。

"这是怎么回事？"她心想，"这是一支魔法火把，我的孩子没回来，它应该一直燃烧下去的。"

她抬眼望去，惊奇地看到枯黄的荒野突然披上了绿装，就像初升的太阳将远远近近的大地染成金色一样。

"难道大地竟然违背我的指令？"得墨忒尔妈妈愤愤地说，"我不是命令它寸草不生吗？除非我的女儿回到我的怀抱，否则不能出现一丝绿色。"

"那就张开您的双臂吧，亲爱的妈妈！"一个非常熟悉的声音喊道，"把您的乖女儿拥入怀抱吧！"

珀耳塞福涅跑过来，扑进妈妈的怀里。母女两人抱头大哭，一时间百感交集。分离的痛苦曾经让她们潸然落泪，现在却因为重聚的喜悦无以表达，反而落下了更多的眼泪。

她们的心情稍稍平静后，得墨忒尔妈妈焦急地打量着珀耳塞福涅。

"我的孩子，"她说，"你在哈得斯王的宫殿里有没有吃过什么东西？"

"最亲爱的妈妈，"珀耳塞福涅回答说，"我要一五一十地告诉您。直到今天早上为止，我连一口东西都没吃过。可是，后来他们给了我一个石榴（干瘪得只剩下籽儿和皮了），我很久都没有见过水果了，快饿晕了，就忍不住咬了一口。碰巧就在那个时候，哈得斯王和水银走进了房间，我没顾上咽下去，可是，亲爱的妈妈，恐怕有六颗石榴籽留在了我的嘴里，我希望不妨事。"

"啊，这孩子好倒霉，我好可怜啊！"得墨忒尔大叫起来，"你吃一颗石榴籽，每年就要在哈得斯王的宫殿里待一个月，吃了六颗就要待六个月。妈妈只要回半个女儿。你一年只能跟我待六个月，还有六个月要跟那个一无是处的大魔王待在一起。"

"别说得那么难听，哈得斯王挺可怜的。"珀耳塞福涅吻了吻妈妈，"他心肠挺不错的。如果他愿意让我每年跟您在一起待六个月，就算剩下那六个月让我待在他的宫殿里，我也觉得没什么。当然，他把我掳走是他不对，但是，就像他所说的那样，一个人待在那座阴森森的大殿里，对他来说确实太凄凉了。要是有个小姑娘沿着楼梯跑上跑下戏耍，他的心情就会好得多。看到他那么高兴，我也觉得很开心，所以，总的来看，最亲爱的妈妈，咱们还是应该感谢他不打算把我整年留在自己身边吧。"

THE GOLDEN FLEECE

·金羊毛 [1]·

　　伊阿宋原本是伊俄尔斯科国王埃宋 [2] 的儿子，但是他父亲的王位被篡夺，因此他从小就离开父母，被送到最古怪的名师那里。你们肯定没有听说过这么古怪的老师。当时有一个民族，或者叫作半人马族，被称作肯陶洛斯人，那位博学多识的老师就是肯陶洛斯人。他住在一个山洞里，身体和四肢长得像一匹白马，脑袋

---

1. 金羊毛：宙斯曾派一只会飞的金毛羊去救塞萨利的王子弗里克索斯——他的父亲听信谗言，要用他来做祭品祈求上天赐予好收成。金毛羊背着弗里克索斯逃离祭坛，最后在科尔喀斯停下。国王埃厄特斯将自己的女儿嫁给弗里克索斯，并将金毛羊作为祭品献给宙斯。而那金灿灿的羊毛就挂在一片小树林里，成为这个王国最有价值的珍宝。
2. 埃宋：一位正直的国王，但性格过于优柔寡断。同母异父的哥哥珀利阿斯阴谋推翻了埃宋的统治，并将他放逐到了城外。

和肩膀长得像人。他的名字叫喀戎。别看他相貌古怪，却是一位出类拔萃的好老师，他的几个高徒建立了不少丰功伟业，也让他这位老师名满天下，这当中有大名鼎鼎的赫拉克勒斯[1]，还有阿喀琉斯[2]、菲罗克忒忒斯[3]及名医埃斯科拉庇俄斯[4]。善良的喀戎教他的弟子们弹竖琴、治疾病、舞刀使盾，还教各种五花八门的技艺，那时候孩子们学的都是这些东西，而不是数学语文。

其实，我有时候觉得喀戎老师多半跟这些人没多大区别，可是因为他是个心地善良的老头儿，整天乐呵呵的，总是趴在地上给孩子们当马骑，在教室里爬来爬去。弟子们长大后，当了爷爷，一边把小孙子放在自己膝头颠马，一边跟他们讲自己上学时的趣事，那些孩子就以为爷爷的启蒙老师是个半人半马的肯陶洛斯人。小孩子嘛，不太听得懂大人跟他们说的话，脑子里常常会产生一些荒唐的念头。

不管怎么着吧，人们总是说（只要世界还存在，还会一直这么说下去），喀戎长着老师的脑袋，却有着马的身体和四肢。想想看，那个威严的老先生用四只蹄子嘚嘚嘚走进教室，搞不好还

---

1. 见本书另两个故事《三只金苹果》和《俾格米人》。
2. 阿喀琉斯：特洛伊战争中希腊军的英雄，海洋女神之子。出生后被其母亲提着在冥水中浸过，除脚踵外，浑身刀枪不入。
3. 菲罗克忒忒斯：是古希腊神话中有名的神射手，在特洛伊战争后期起到了决定性的作用，最终射杀了掳走海伦、掀起战争的特洛伊王子帕里斯。赫拉克勒斯在临死前把自己的强弓和毒箭都传给了菲罗克忒忒斯。
4. 埃斯科拉庇俄斯：古希腊神话里的医药之神。

会踩到某个小孩子的脚趾头，而且挥舞的也不是教鞭，而是马尾巴，说不定上着课，还会溜达到门外啃两口草吃，这成何体统！我心里很纳闷，铁匠会给他钉一副什么样的铁掌？

伊阿宋跟这个四条腿的喀戎住在山洞里。他来的时候还是个几个月大的婴儿，走的时候已经完全长成了大人。他不仅竖琴弹得好，精通各种武艺，粗通草药和医理，最重要的是，他还是个身手不凡的骑手，因为说到教年轻人骑马，没有哪个老师比得上喀戎。最后，伊阿宋长成了一个高大健壮的小伙子，他决心自己到世界上去闯闯，不再征求喀戎的意见，也不告诉老师自己作何打算。当然，这么做一点儿也不明智。我的小听众们，我希望你们千万不要效仿伊阿宋。不过，你们要知道，他听说自己是个王子，而他的父亲埃宋王曾经是伊俄尔斯科的国王，后来被一个叫珀利阿斯的人篡夺了王位，要不是伊阿宋藏在这个肯陶洛斯人的山洞里，也会被他杀死。现在伊阿宋已经长大成人，而且身强力壮，他打算拨乱反正，惩罚那个欺负他父亲的珀利阿斯，并把他赶下王位，自己取而代之。

他做好这样的打算，便一手拿上一根长矛，把一张豹子皮披在肩上遮风挡雨，黄色的长鬈发随风飘扬着踏上了旅程。他最引以为傲的就是那双系带鞋，那是他父亲留给他的，上面的刺绣十分精美，用两根金色的带子系在脚上。人们很少看到这样的装扮，所以他一路走过的时候，妇女和孩子都跑到门口窗边张望，很好奇这个英俊的小伙子披着豹子皮、穿着金带鞋是要往哪儿去，一只手拿一支长矛是打算建立什么样的英雄业绩。

我不知道伊阿宋走了多远，此时他来到一条湍急的大河边。河水黑色的漩涡泛着白沫，汹涌澎湃，奔腾向前，阻住了他的去路。河面在旱季虽然不算太宽，但是最近刚下过雨，再加上奥林波斯（Olympus）山上的积雪融化，所以河水暴涨，涛声如雷，水势凶猛，看上去十分危险。伊阿宋尽管勇敢，但还是认为最好在河边等等。河底似乎布满了嶙峋的怪石，有些尖锐的石头还露出了水面。不一会儿，一株连根拔起的大树随着激流漂来，枝干被撞得粉碎，乱作一团，被岩石绊在了河面上。淹死的牛羊尸体也不时从水面上漂过去。

总而言之，这条泛滥的河流已经造成了不少灾难。显而易见，河水太深，伊阿宋 不过去；水流太急，他也游不过去。而且河面上看不到桥，就算有渡船，也早被岩石撞得粉碎了。

"瞧那个可怜的小伙子，"身边有个粗哑的声音说，"他肯定没学到什么真本事，连这么条小河都不知道怎么过去。还是说他担心弄湿了自己那双漂亮的金带鞋？真可惜呀，他那个四只蹄子的老师不在这里，否则就能把他安全驮过河去！"

伊阿宋大吃一惊，因为他没想到附近有人。他回头一望，只见身边站着一个老太婆[1]。老太婆头上顶着一件破斗篷，手里拄

1.据古希腊神话，此老妇即天后赫拉，她允诺做伊阿宋的保护神。

着一根拐杖，拐杖的头雕成一只布谷鸟的样子。她看上去年迈体弱，满脸皱纹，可是却长着一双棕色的大眼睛，那双眼睛像牛眼似的，又明亮又漂亮，当它盯着伊阿宋的眼睛看的时候，伊阿宋就什么都看不见了，眼里只剩那双大眼睛。老太婆手里拿着一个石榴，可这会儿早就过了吃石榴的季节。

"你上哪儿去啊，伊阿宋？"老太婆问。

你们瞧，她似乎知道他叫什么。的确，那双棕色的大眼睛看上去无所不知，通晓古今未来。就在伊阿宋盯着她看的时候，一只孔雀神气活现地走过来，站在老太婆身边。

"我到伊俄尔斯科去。"小伙子回答说，"去叫邪恶的珀利阿斯王从我父王的宝座上滚下来，我要取而代之。"

"哦，那好啊！"那个老太婆仍然用沙哑的嗓音说道，"你如果只有这么点儿正事儿，倒是不急。小伙子，你还是先把我背过河去，我和我的孔雀跟你一样，到河对岸去有事儿呢。"

"好大妈，"伊阿宋说，"您的事总比不上把一个国王赶下台重要吧。再说了，您自己也看到了，这水太急，要是我一不小心绊倒，我们两个都会被冲走的。河水冲走咱们，可比冲走那边那棵被连根拔起的大树容易得多。要是能把您背过去，我倒很乐意帮忙。可我担心自己没有足够的力气。"

"那你肯定也没有足够的力气把珀利阿斯赶下台。"老太婆不屑一顾地说，"还有，伊阿宋，除非你在一个老太婆有需要的时候能伸出援手，否则你就不应该去做什么国王。国王是干什么的？不就是济贫扶弱的嘛。随你的便吧。你不背我，我就用这两条可怜的老腿自己挣扎着 过去。"

说着，老太婆把拐杖戳进河里，仿佛在岩石嶙峋的河底寻找最安全的地方下脚。这时，伊阿宋对自己不愿意背她过河的行为开始感到可耻。他觉得，如果这个可怜的老人家在湍急的河流中遇到不测，他肯定会终生后悔，永远都无法原谅自己。不管善良的喀戎是半人半马还是常人，都曾教导他说，济贫扶弱才是最高贵的行为；老师还说，对待年轻妇女要像对待自家姐妹，对待上了年纪的妇女要像对待自己的妈妈。想起老师的谆谆教诲，血气方刚的英俊青年便跪倒在地，恳求老人家趴到他背上。

"这样过河好像不太安全。"他说，"不过，既然您的事情那么紧急，我就看看能不能把您背过去。只要我不被河水冲走，就不会让您给冲走。"

"咱俩给冲走倒舒服了。"老太婆说，"不过你别担心，咱们会安全过去的。"

说着，她伸出两条胳膊搂住伊阿宋的脖子。伊阿宋把她背起来，勇敢地迈进狂怒的激流里，蹒跚着离开河岸。此时，那只孔雀便飞上了老太太的肩头。伊阿宋一只手拄着一支长矛，以免跌倒，而且长矛还可以帮他在水下的乱石中探路。即使如此，他都无时无刻不在担心自己和同伴的安危，担心他们跟那棵大树和牛羊的尸体一起，被激流冲走。冰冷的雪水从奥林波斯山陡峭的山坡上怒吼着奔腾而下，水势凶猛，仿佛对伊阿宋心怀仇恨，或者一心想把他背上的包袱给夺走。伊阿宋走到一半，那棵被连根拔起的大树（就是我刚才跟你们说的那棵）从岩石缝里挣脱出来，随着激流朝他冲来，所有断裂的枝叶都伸展开来，仿佛百手巨人布里亚柔斯伸出的一百条胳膊似的。还好它从旁边漂了过去，没有碰到伊阿宋。可是紧接着，他的一只脚紧紧卡进了岩石缝里，他使劲一拔，脚拔出来了，但是金带鞋却留在了河底。

伊阿宋不由得懊恼地叫了一声。

"怎么了，伊阿宋？"老太婆问。

"糟透了！"小伙子说，"我一只鞋子卡在岩石缝里了。等我到了珀利阿斯的王宫，一只脚穿着金带鞋，另一只光着脚丫子，那成何体统！"

"别放在心上。"他背上的同伴乐不可支地说，"你丢掉那只金带鞋就算是交了好运了。这下我确信你就是会说话的橡树一直在说的那个人了。"

这会儿伊阿宋顾不上打听那个会说话的橡树说了什么。但是同伴那兴高采烈的语气鼓舞了年轻人的士气。而且，他有生以来从来没觉得像现在这么劲头十足过，自从把那个老太婆背到背上，他就觉得自己浑身是劲，不但不觉得累，反而越走越有力气。他在湍流中奋力跋涉，终于抵达对岸。爬上河岸，他稳稳当当地把老太太和她的孔雀放在草地上。可是，看见自己那只光着的脚丫子上只剩下一截金鞋带，他不由得有点儿垂头丧气。

"用不了多久你就会得到一双更漂亮的系带鞋。"老妇人用那双美丽的棕色眼睛体贴地望着他说，"我向你保证，你只要让珀利阿斯王瞧一眼你的光脚丫，他就会面如死灰。那边就是你要走的路。去吧，我善良的伊阿宋，我的祝福会永远伴随着你。等你登上宝座，别忘了你背过河的老太婆。"

说完，老妇人就蹒跚着走开了，临走时扭头冲他笑了笑。不知道是因为那双美丽的棕色眼睛在她周围投下一圈光环，还是别的什么原因，伊阿宋总觉得她有一种高贵而威严的仪态。而且，尽管她像风湿病人似的步履蹒跚，但是动作举止却像王后似的优雅端庄。孔雀已经从她肩头飞了下来，在她身后神气活现地走着，同时展开它那华丽的雀屏，给伊阿宋欣赏。

老太太和孔雀渐行渐远，已经看不见了。伊阿宋也踏上了自己的旅程。走了很远的路之后，他来到一座距离大海不远的城镇，城镇坐落在山脚下。城外聚集着一大群人，男女老幼个个穿着最好的衣服，显然是在过节。越往海边去，人群就越密集。伊阿宋向那边望去，就在人头攒动的上空，一缕青烟朝着蓝天袅袅升起。他向其中一个人打听，这附近是什么城镇，怎么聚集了那么多人。

"这是伊俄尔斯科王国。"那个人回答说，"我们都是珀利阿斯王的臣民。我们的君主把我们召集起来，是为了让我们看他向波塞冬[1]献祭黑牛。据说波塞冬是国王陛下的父亲。瞧，国王在那边呢，就在青烟从祭坛上升起的地方。"

那个人一边说，一边非常好奇地打量伊阿宋，因为伊阿宋的衣着一点儿都不像伊俄尔斯科人。他肩上披着一张豹子皮，一手拿着一支长矛，看上去十分古怪。伊阿宋也觉察到那个人在盯着他的脚丫子看。你们还记得吧，他一只脚穿着父亲给他的金带鞋，一只脚光着脚丫子。

"快瞧！你们快瞧！"那个人对旁边的人说，"看见了吗？他只穿了一只鞋！"

一听这话，人们一个接一个扭过头来，盯着伊阿宋看。看到伊阿宋的样子，他们似乎个个大吃一惊。不过，他们的目光主要落在伊阿宋的两只脚上。伊阿宋听到人们交头接耳地窃窃私语起来。

"一只鞋！一只鞋！"他们一个劲儿地说，"穿一只鞋的人！他终于来了！他是从哪里来的？他打算干什么？国王会对这个穿一只鞋的人说些什么？"

可怜的伊阿宋非常尴尬，他认定伊俄尔斯科人极其粗鲁，竟然在大庭广众之下对他衣着打扮的一点意外缺陷议论纷纷。与此同时，不知道是大家把伊阿宋推搡到人群前面去了，还是伊阿宋自己从人群里挤上前去的，总之他很快就发现自己站在距离祭坛

---

1. 波塞冬：古希腊神话中的海神。

不远的地方。珀利阿斯王正在祭坛献祭黑牛。人们看到伊阿宋光着一只脚，都非常吃惊，嗡嗡地议论着，顿时人声嘈杂，打断了献祭仪式。此时国王手里拿着刀子，正要割开黑牛的喉管，听到下面喧闹的人声，他怒气冲冲地转过身来，两只眼睛盯着伊阿宋。人们已经从伊阿宋身边退开，这样一来，那个小伙子就站在祭坛旁边的空地上，和愤怒的珀利阿斯王正面相对。

"你是谁？"国王皱起眉头厉声喝问，"竟敢在我给我父亲波塞冬献祭黑牛的时候引起这么大的骚乱！"

"这不能怪我。"伊阿宋回答说，"要怪也只能怪国王陛下的臣民鲁莽，他们看到我光着一只脚就大惊小怪地喧哗起来。"

听了伊阿宋的话，国王迅速扫了一眼他的两只脚，顿时大吃一惊。

"哈！"他嘀咕着说，"这就是那个穿一只鞋的家伙了，果不其然！我该拿他怎么办？"

他紧紧握着屠刀，仿佛要杀伊阿宋，而不是那头黑牛。尽管他只是嘀咕了几句，周围的人们还是隐隐约约听见了他的话。起初人们叽叽喳喳地议论着，后来干脆大声叫起来。

"穿一只鞋的人来了！预言要应验啦！"

你们要知道，很多年前，多多那的会说话的橡树就曾经告诉珀利阿斯王，有个只穿一只鞋的人会把他赶下王位。为此，他严令所有人都必须把两只鞋的鞋带系好，否则不允许出现在他面前。

他在宫中指派了一名官员专门检查人们的鞋子，一旦谁的旧鞋有磨损的迹象就由国库出钱，立即给他买新鞋换上。当国王的这些年，他还从来没像现在这样紧张过。可怜的伊阿宋的光脚丫让他十分惊恐。不过，他天生就是个胆大而冷酷的人，所以很快便拾起勇气，开始考虑用什么办法除掉这个可怕的穿一只鞋的陌生人。

"好小伙子，"珀利阿斯王尽可能放缓语气，企图让伊阿宋放松警惕，"衷心欢迎你驾临我的王国。从你的衣着打扮来看，你一定来自很远的地方，因为我们这个地方很少有人穿豹子皮。请问你怎么称呼？曾在何处求学？"

"我叫伊阿宋，"年轻的外乡人回答说，"我还是个婴孩的时候就住在肯陶洛斯人喀戎的山洞里。他是我的恩师，他教我音乐，教我骑马，教我治病救人，也教我用武器杀敌。"

"我听说过喀戎老师。"珀利阿斯王说，"也知道他的脑袋里装满了学问和智慧，只不过这颗脑袋碰巧长在马身上而已。看见他的高徒光临鄙地，我深感荣幸。不过，为了求证你在那位誉满天下的名师那里究竟获益多少，我想问你一个问题，能请你回答一下吗？"

"敬请赐教！"伊阿宋说，"我不会假装无所不知，但是也会尽力作答。"

珀利阿斯王打算用诡计把年轻人诱进圈套，借他的口说出除掉他的办法，让他自寻死路。于是，他狡诈而邪恶地笑着说：

"勇敢的伊阿宋，"他问道，"如果你明知道世界上有这么一个人，注定要你命丧他手，而且现在那个人就站在你的面前，任你摆布，你会怎么做？"

伊阿宋看到珀利阿斯王眼睛里那种掩饰不住的怨毒，多半猜出国王已经发现他来此地的目的了，而且猜出国王有意让他自寻死路。但是，他仍然不屑于说假话。他是一位堂堂正正的王子，决定实事求是，有什么说什么。既然国王选择向他提出这个问题，既然他答应认真回答，那就只能讲出在可以任意摆布死敌的情况下，最谨慎的办法应该怎么做，除此之外，别无选择。

因此，他考虑片刻后，斩钉截铁地回答了这个问题。

"我会打发这人去找金羊毛！"他说。

你们要知道，这可是世界上最艰巨、最危险的任务。首先，你要扬帆远航，穿过未知海域。任何一个远航的年轻人都没有可能获得金羊毛，也没有希望活着回来，讲述自己的历险经历。珀利阿斯王听到伊阿宋的回答，高兴得两眼发光。

"说得好，穿一只鞋的聪明人！"他大声说，"那就去吧，冒着生命危险，去给我把金羊毛带回来。"

"我可以去。"伊阿宋镇定自若地回答说，"如果我失败了，你就用不着再害怕我回来找你的麻烦了。可是，如果我带着战利品回到伊俄尔斯科，珀利阿斯王，你就立刻从高高在上的王座上下来，把王冠和权杖交给我。"

"那当然！"国王狞笑着说，"在这期间，我会替你好好保管它们的。"

离开国王后，伊阿宋想到的第一件事就是去多多那，询问会说话的橡树该走哪条路。那棵神奇的橡树在一片原始森林的正中央，雄伟的枝干高耸入云，伸入一百英尺的高空，在四周投下大片的浓荫，面积足有一英亩。站在树下，伊阿宋抬头望着多节的枝干和碧绿的树叶，对着老树神秘的树心，大声说起话来，仿佛在对某个藏在绿叶深处的人说话似的。

"我要怎么做才能得到金羊毛？"他说。

起初，万籁俱寂，不仅会说话的橡树的树荫下悄无声息，就连整片孤寂的丛林里都十分安静。过了一会儿，橡树的枝叶开始摇来摆去，飒飒作响，仿佛有微风拂过，但是林间其他树木依然纹丝不动。声音越来越大，逐渐变成了疾风在呼啸。过了不多久，伊阿宋觉得自己仿佛听到了只言片语，但是又非常嘈杂，因为大树的每片树叶都仿佛一条舌头，无数条舌头同时在念叨。声音越来越宽广，越来越深沉，最后像一阵旋风卷过橡树，千千万万树叶簌簌飒飒的低语声汇聚成一个巨大的声音。现在，劲风依然在枝叶间咆哮，但是却像有个男低音在说话，作为一棵大树，能说得这么清晰已经尽力了：

"去找造船匠阿耳戈斯，让他给你造一艘五十支桨的战舰！"

然后，那声音又变成树叶含混不清的簌簌声，渐渐消失了。

声音完全消失后，伊阿宋怀疑自己是否真的听到了大树在说话，还是想象力把吹过繁茂枝叶的普通风声幻想成了话语。

不过，他在伊俄尔斯科人中间一打听，发现城里当真有一个名叫阿耳戈斯的造船匠，而且技艺十分高超。这说明橡树确实通灵，否则它怎么知道有这么一个人？听了伊阿宋的请求，阿耳戈斯欣然答应给他造一艘需要五十个壮汉划的战舰，尽管那个时候世界上还没有出现过体形那么大、吨位那么重的战舰。就这样，那位木工师傅带着他雇的短工和学徒动工了。他们忙得不可开交，有的砍木头，有的叮叮当当地敲着榔头，忙了好长一段时间，终于造出了一艘战舰，战舰就命名为"阿耳戈号"，似乎随时可以下水。既然会说话的橡树能给出这么好的建议，伊阿宋觉得再去请教请教总不会错。于是，他又来到高耸入云的大树下，询问接下来该怎么办。

上次他来的时候，整棵树的枝叶都簌簌飒飒地喧嚣着，这次不同上次：过了不一会儿，伊阿宋就发现头顶上一根大树枝的叶子开始飒飒作响，仿佛疾风只吹动了那一根树枝似的，其他的树枝都安安静静，寂然无声。

"把我砍下来！"树枝刚能把话说清楚，就开口说道，"把我砍下来！把我砍下来！把我雕成你的船艏像。"

听了它的话，伊阿宋把树枝整根砍了下来。附近就有一名专门雕刻船艏像的雕刻师，手艺还算不错，也雕过好几个船艏像。

他雕的都是女人的半身像，样子很像现在船艏斜桁下面竖起的那种船艏像，一双呆滞的大眼睛，任凭风吹浪打，眨都不眨一下。可是（奇怪透顶的是），雕刻师发现他的手仿佛受到某种未知力量的引导，那种力量具有比他更高超的技艺，借他的双手和工具雕刻出一个他做梦都想不到的人像。雕像是一个美丽的女人，戴着头盔，长鬈发披肩，左臂举着一面盾牌，盾牌中央是美杜莎活灵活现的蛇发头像；右臂伸出来，仿佛指着前方。这个神奇雕像的脸庞尽管并没有怒气冲冲，也不会令人望而生畏，但是却显得威风凛凛，或许你们可以说它看上去很威严。那张嘴巴似乎随时准备一张一合，讲出一番金玉良言。

伊阿宋看到橡木雕刻非常满意，吩咐雕刻师一气呵成，并且马上装到船艏，船艏像从古到今都是装在那个位置的。

伊阿宋看着那张不动声色、威风凛凛的脸庞，大声说："现在我得去找会说话的橡树，请教下一步该怎么办。"

"用不着了，伊阿宋。"一个声音说道。虽然这个声音低沉得多，但是却让他想到大橡树那雄壮的语调，"你有什么问题可以随时来请教我。"

听到这些话，伊阿宋目不转睛地盯着那张雕像的脸。他简直无法相信自己的耳朵和眼睛：那张橡木嘴唇真的动了，显而易见，声音就是从雕像的嘴巴里发出来的。伊阿宋惊魂甫定，转念一想，这尊雕像本来就是用会说话的橡树的枝干雕刻而成的，它会说话也就没什么好奇怪的了，这不但不值得大惊小怪，反而是世界上最天经地义的事。要是它不会说话倒让人奇怪了。毫无疑问，在危险重重的航行中能带上这样一块神木，运气相当不错呢。

"神像啊！"伊阿宋叫道，"你是多多那橡树的女儿，继承了会说话的橡树的智慧，请你告诉我，我上哪儿去找五十名勇士来划这艘战舰的五十支桨？他们不但要膂力过人，还要有临危不惧的胆魄，否则我们根本别想拿到金羊毛。"

"去吧！"橡木雕像回答说，"去召集全希腊的英雄！"

事实上，考虑到要建立的丰功伟业，还有什么高见比船艏像的建议更高明？伊阿宋立即派人到各个城市，向全希腊人宣告：埃宋王的儿子伊阿宋王子要去寻找金羊毛，他需要四十九名最勇敢、最强壮的青年帮他划桨，跟他风雨同舟，患难与共。他本人算第五十名勇士。

消息一传开，全希腊有探险精神的年轻人个个精神抖擞，跃跃欲试。他们当中有的人已经斗过巨人，杀过恶龙；而相对年轻的勇士还没有碰到那样的好运，总觉得白活了这么久，不曾骑过一条飞蛇，不曾用长矛刺进一个喀迈拉的身体，甚至不曾用双手掐死过一头雄狮。这次机会难得，找到金羊毛之前，他们肯定会碰到很多类似的险情。于是，他们擦亮自己的盔甲盾牌，戴上利剑，从四面八方云集伊俄尔斯科，登上新造的战舰。他们握着伊阿宋的手，向他保证他们已经将生死置之度外，一心陪他把这艘战舰划到世界的尽头，划到他认为他们最应该去的地方。

这些勇士当中很多都曾受教于四蹄名师喀戎，跟伊阿宋算是师兄弟，而且也都知道伊阿宋是个胸怀大志的人。后来擎过天的大力士赫拉克勒斯就在其中。此外还有孪生兄弟卡斯托耳和波吕丢克斯，他们虽然是从蛋里面孵出来的，可是从来没有人说他们胆小如鸡；有以杀死弥诺陶洛斯而闻名的忒修斯；有眼睛锐利无比的林叩斯，他能够看穿磨盘，看到藏在大地深处的金银财宝；还有最优秀的琴师俄耳甫斯，他弹琴唱歌的时候，优美的乐声能让野兽后腿直立跟着翩翩起舞。是的，听到他某些更加动听的乐曲，岩石都会挪动它那长满青苔的身躯，森林的树木都会连根拔起，彼此点着头，跳起乡村舞。

划桨手当中还有一个美丽的女郎，名叫阿塔兰忒。她在大山中长大，由一只熊喂养成人。那个美丽的姑娘脚步特别轻盈，踩着浪尖从这个浪头走到那个浪头，也只不过湿一湿鞋底罢了。她在山野中长大，性情狂野，整天谈论的是女性的权利，而且喜欢打猎作战远胜过针线女红。但是，在我看来，这群大名鼎鼎的人当中，最引人注目的倒是北风的两个儿子 (空中少年，性情狂暴)，他们长着翅膀，遇到风平浪静的时候，可以鼓起腮帮子，像他们父亲一样吹出一股清风。对了，同行的人当中还有几位预言家和魔术师，他们能预言明天、后天甚至一百年后发生的事，但是对眼下发生的事却茫然不觉。

伊阿宋指定提费斯当舵手，因为他能观测星辰，熟知方位。林叩斯由于眼力过人，被安置在船头担任瞭望。他坐在船头，可以看见一天航程以外的事物，却容易把鼻子底下的东西放过。要是海很深，林叩斯就可以精确地告诉你海底岩石和沙子的情况；他常常向同伴大呼小叫，说他们正从一大堆沉没的财宝上面驶过，他虽然看见了，却并没有因此变得多富有。说实话，他说这话的时候，很少有人相信他。

唔！可是，当阿耳戈英雄们（人们就是这样称呼这五十名勇敢的探险家的）万事俱备，准备出发时，遇到一个始料不及的问题，不解决这个问题，航行还没开始就要结束了。你们要知道，战舰太长、太大、太笨重，五十个人一起用力都无法把它拖下水。我猜，那时候赫拉克勒斯的力气还没有长足，否则他可以十分轻松地把战舰放下水，就像小孩子把玩具船放进小水坑似的。可是，当时那五十名英雄推的推，拉的拉，一个个脸涨得通红，"阿耳戈号"却纹丝不动。最后，大家累得筋疲力尽，全都垂头丧气地坐在海边，心想，只能把这艘战舰放在这里，任它腐烂破败了，而他们要么游过海去，要么休想得到金羊毛。

突然，伊阿宋想到了那个神奇的船艏像。

"啊，会说话的橡树的女儿呀，"他大声喊道，"我们怎么才能把战舰弄下水？"

"你们都坐下，"雕像回答道（其实她最开始就知道该怎么办，只不过是在等人向她发问罢了），"抓住船桨，让俄耳甫斯弹起竖琴。"

那五十名英雄立即上船，抓好船桨，并把它们高高举到空中。俄耳甫斯（喜欢这项工作远远胜过划船）的手指抚过琴弦。随着第一声动听的音乐响起，他们感觉战舰动了。俄耳甫斯轻快自如地拨着琴弦，战舰立刻滑进大海，雕像用它那神奇的嘴唇饮着波涛，然后又像天鹅一样，轻盈地仰起脑袋。划桨手使劲划着手中的船桨，船头顿时白浪滚滚，海水在战舰的尾浪里汩汩流动。俄耳甫斯弹奏着活泼的曲子，战舰仿佛随着节拍在浪尖上跳舞。就这样，"阿耳戈号"在众人的祝福声中顺利驶出港口，人群顿时欢声雷动。只有那个邪恶的老珀利阿斯站在海岬上，恶狠狠地瞪着那艘战舰，希望把胸中的怒火变成狂风暴雨吹出去，让战舰和舰上的人都葬身大海。他们驶出五十英里远之后，林叩斯那锐利的目光碰巧往后一扫，他说，那个心肠歹毒的国王还站在海岬上，满脸怨毒，阴沉沉的仿佛天边黑色的雷云。

为了打发时光，英雄们在旅途中谈论起了金羊毛的由来。金羊毛原本长在玻俄提亚国一只公羊身上。公羊驮着两个遭遇生命危险的孩子翻山越岭，漂洋过海，一直逃到了科尔基斯。两个孩子当中，那个叫赫勒的女孩不小心掉进海里淹死了。另一个是个小男孩，叫弗里克索斯，被忠心耿耿的公羊安全驮上海岸。可是公羊上岸后就累死了。可怜的公羊死后，身上的羊毛变成了金羊毛，象征着它的赤胆忠心，纪念它衷心救主的行为。那金羊毛成了世间最美的东西，悬挂在一片圣林里的一棵树上。我也不知道它在那里悬挂了多少年了，只知道那些有权有势的国王对它垂涎三尺，因为他们的宫殿里没有这么富丽堂皇的东西。

如果我把阿耳戈英雄的全部历险故事都讲给你们听，那讲到天黑也讲不完。你们从已经听到的故事就可以猜出来，他们的奇遇层出不穷。在某座小岛上，他们受到了国王库齐库斯（Cyzicus）的盛情招待。他大宴宾客，像款待兄弟一样接待他们。可是，阿耳戈英雄们发现那个好心的国王愁眉不展，忧心忡忡，便问他怎么回事。库齐库斯王告诉他们，他和他的臣民受尽附近山上住民的凌辱，那些人跑来烧杀抢掠，无恶不作，蹂躏他们的国家。说着，库齐库斯指着对面的那座山，问伊阿宋和他的同伴看见了什么东西。

"我看到一些十分高大的东西。"伊阿宋回答说，"不过，离得太远了，我看不清究竟是什么东西。说实话，陛下，那些东西看上去非常奇怪，我倒觉得它们多半是云彩，只不过形状碰巧像人的身影。"

"我看得一清二楚。"林叩斯说。你们知道，他是个千里眼，能像望远镜似的看到远方，"那是一帮巨人，每个人都长着六只胳膊，每只手里都拿着一根大棒、一把宝剑或者别的什么武器。"

"你视力真好！"库齐库斯王说，"不错，你说得对，他们确实是六臂巨人，也就是我和臣民们的死对头。"

第二天，阿耳戈英雄们正要告辞的时候，那些可怕的巨人下山了。他们一步跨出一百码，每个人挥舞着六只胳膊，看上去十分狰狞可怕。这些怪物只要一个人就能发动一场战争，因为他可以用一只胳膊投掷巨石，一只胳膊扬起大棒，第三只胳膊挥舞利剑，第四只胳膊用长矛挑刺敌人，第五、第六只胳膊还可以拉弓射箭。不过，好在那些巨人虽然身躯庞大，长着很多胳膊，但是每个人只有一颗心，而且胆魄也跟常人一样，并不比常人勇敢。再说了，就算他们个个都是百臂巨人布里亚柔斯，这些勇敢的阿耳戈英雄也会斗志昂扬地跟他们干一仗呢。伊阿宋和他的朋友们勇敢地迎上前去，杀了不少巨人，剩下的慌不择路地逃走了。要是那些巨人长着六条腿，而不是六条胳膊，逃跑起来兴许还更方便些。

英雄们来到色雷斯的时候，又遇到一件奇事。他们发现一个可怜的瞎眼国王菲纽斯被臣民遗弃，孤零零地过着悲惨的日子。伊阿宋问他有没有什么需要他们效劳的，国王回答说，他受尽三个鸟妖哈耳庇厄的欺负。那些女妖长着女人的脸蛋，秃鹫的翅膀、身体和爪子，经常抢他的饭吃，弄得他不得安宁。听到他的遭遇后，阿耳戈英雄们便在海边设下盛筵，因为那个双目失明的国王说，那三个鸟妖十分贪婪，只要闻到香味儿就会迅速飞来把食物抢走。果然不出所料，宴席一摆好，三只丑恶的鸟妖就拍着翅膀飞来了，它们伸出利爪把食物抓起来，飞到很远的地方去了。可是，北风的两个儿子拿起宝剑，张开翅膀，腾空而起，在那几个飞贼身后穷追不舍，一直追出了几百英里，总算在几个岛屿中间把它们追上了。那两个长着翅膀的小伙子跟他们的父亲一样，都是暴脾气，他们对着那几个哈耳庇埃咆哮了一番，还抽出剑来恐吓它们，它们只好郑重起誓，以后再也不敢骚扰菲纽斯王了。

阿耳戈英雄们继续向前航行，沿途碰到许多奇遇，每段奇遇都是一个精彩的故事。有一次，他们登上一座海岛，躺在草地上休息，突然，一阵铁头箭像雨点似的向他们射来。有的射在地上，有的插进了他们的盾牌，还有几支射进了他们的皮肉里。五十名英雄从地上跳起来，环顾四周，四处寻找偷袭他们的敌人，可是连一个人影儿都看不到，整座岛也看不到哪里能隐藏弓箭手。可是，铁头箭还是"嗖嗖"地向他们射来。后来，他们碰巧抬起头，发现一大群鸟在他们上空盘旋，把身上的羽毛向阿耳戈英雄们射来。那些羽毛就是搞得他们十分狼狈的铁头箭。大家都不知道该怎么去抵御。如果不是伊阿宋想到去找船艏像求计问策，五十名阿耳戈英雄还没看到金羊毛，就被一群可恶的飞鸟给射死或射伤了。

伊阿宋撒开腿跑到战舰跟前。

"啊，会说话的橡树的女儿，"他上气不接下气地喊道，"我们比以往更需要你的智慧！一群鸟不断用它们的铁头羽毛射我们，我们被它们折腾得够呛。怎么才能把它们赶跑？"

"把你们的盾牌敲得叮当响。"雕像说。

听了雕像的高见，伊阿宋急忙跑到同伴那里，此时同伴们比大战六臂巨人时沮丧得多。伊阿宋叫大家赶紧用刀剑敲击铜盾。五十名英雄立即使劲敲起了盾牌，叮叮当当，响声震天，把那些鸟吓得慌忙飞走了。虽然翅膀上的一半羽毛都拿去射箭了，但是它们展开翅膀掠过长空时，远远望去，仍然像一群大雁。俄耳甫斯用竖琴弹起一首凯歌庆祝胜利，而且还唱起优美动听的歌曲。伊阿宋恳求他快别再唱了，因为那群铁头羽毛的鸟儿是被刺耳的声音赶跑的，搞不好会被悦耳的声音诱回来。

阿耳戈英雄们留在岛上休整的时候，看见一艘小船向岸边划来，船上坐着两位很有王子气魄的年轻人，而且长得英俊极了。那时候的年轻王子们普遍都长得很英俊。你们能猜得出来船上这两位是谁吗？嘿，告诉你们吧，他们就是弗里克索斯的儿子，对，弗里克索斯就是那个小时候骑着公羊逃亡到科尔基斯的小男孩。弗里克索斯到科尔基斯后，娶了国王的女儿，这两位年轻的王子就是他们的孩子。两位王子生在科尔基斯，长在科尔基斯，小时候常在那片圣林边玩耍，而悬挂金羊毛的那棵树就在那片圣林的正中央。现在，他们俩准备前往希腊，希望从仇人手里夺回父亲被窃取的王国。

两位王子听说阿耳戈英雄们准备去科尔基斯，就表示愿意折返，给他们带路。但是，听他们两位的意思，仿佛对伊阿宋能否取得金羊毛表示怀疑。据他们说，悬挂金羊毛的那棵树由一条恶龙把守，但凡有人敢靠近，都会被它一口吞掉。

"何况还有别的阻力从中作梗。"两位年轻王子接着说，"可是光是对付恶龙还不够吗？啊，勇敢的伊阿宋，还是趁早回头吧，要是听说你和你这四十九位勇敢的同伴被恶龙一口一个吃掉，我们会很难过的。"

"我年轻的朋友们，"伊阿宋不以为意地回答说，"你们认为那条恶龙非常可怕，对此我一点儿都不感到惊讶。你们从小就是在对那个怪物的恐惧中长大的，所以到现在仍然对它感到畏惧，就像小孩子害怕妖魔鬼怪一样，因为保姆从小用妖魔鬼怪吓唬他们。在我眼里，那条恶龙无非就是一条大蛇，它想一口吞掉我不太可能，倒是我砍下它丑陋的脑袋、剥掉它的皮很有可能。总而言之，谁想回去就回去吧，我取不到金羊毛绝不回希腊。"

"我们谁都不回去！"四十九名勇士大声说，"咱们现在就上船，如果恶龙想把咱们当早餐，就让它尽管放马过来。"

俄耳甫斯习惯把所有的事都谱成音乐，他弹起竖琴，唱起最雄壮的歌曲，让每个人都感觉这世上没有比斗恶龙更吸引人的事，就算万一被恶龙一口吃掉，那也是非常光荣的，而且没有比这更光荣的。

此后，因为有两位熟悉路的王子引路，战舰很快就驶到了科尔基斯。科尔基斯的国王埃厄忒斯听说阿耳戈英雄们驾到，立刻把伊阿宋召进宫殿。国王是个严峻而冷酷的铁面君王，尽管他竭力做出彬彬有礼、殷勤好客的样子，伊阿宋却一点儿也不喜欢他那张脸，就跟他不喜欢篡夺了父亲王位的珀利阿斯王的那张脸一样。

"欢迎你，勇敢的伊阿宋。"埃厄忒斯王说，"请问，你们是来旅游观光的，还是来寻找未知岛屿的？或者是别的什么风把你的大驾吹到我的宫廷来的？"

"尊敬的陛下！"伊阿宋说着鞠了一躬。因为喀戎老师教他要讲礼貌，不管是对国王还是乞丐，都要举止得体，"我来贵国确实有事相求，还望陛下恩准我完成我的使命。珀利阿斯王篡夺了我父亲的王位，他无权坐在那张宝座上，正如他无权坐在陛下这个宝座上一样。他答应只要我能把金羊毛带给他，他就立刻退位，将王冠和权杖交给我。陛下知道，金羊毛就悬挂在科尔基斯的一棵树上，我恳求陛下准许我把它带走。"

国王不由自主皱起眉头，怒目横视。他把金羊毛看得比世界上任何东西都宝贵，为了霸占金羊毛，他甚至可以不择手段。因此，听说勇敢的伊阿宋王子和希腊最勇敢的四十九位年轻武士到科尔基斯来就为了拿走他的宝贝，他顿时怒不可遏。

埃厄忒斯十分严厉地盯着伊阿宋说："你知不知道要想取到金羊毛，得完成什么样的任务？"

"我听说过，"小伙子答道，"有条恶龙在树下把守，有人胆敢走近，它就会一口把他吃掉。"

"不错！"国王带着并不友善的笑容说，"千真万确，年轻人。不过，想被恶龙吞掉也不是那么容易的，你得先完成别的任务，或许相比之下这些任务更艰巨一些。比如说，你得先驯服我那两头铜蹄铜肺的公牛。那是技艺超凡的铁匠赫菲斯托斯为我铸造的。每头牛的肚子里都有一个火炉，它们会从鼻子和嘴巴喷出烈火，迄今为止，凡是企图靠近它们的人，都立刻被烧成一小堆黑色的灰烬了。你对此作何感想，我勇敢的伊阿宋？"

"既然这事儿阻碍我完成使命，"伊阿宋镇定自若地说，"那我赴汤蹈火，也会迎难而上。"

埃厄忒斯想让伊阿宋知难而退，他接着说："等你驯服了那两头火牛，还得给它们套上犁铧，让它们到马尔斯林地去开垦那片圣地，然后种上龙牙，就是卡德摩斯用来种植武士的龙牙。龙牙之子是一群难以驾驭的恶棍，如果你驾驭不了他们，他们就会手持利剑将你撕碎。我勇敢的伊阿宋，不论是从人数上，还是从力量上，你和那四十九位阿耳戈英雄都远远不是他们的对手。"

"我的恩师喀戎老师早就跟我讲过卡德摩斯的故事。"伊阿宋回答说，"兴许我可以像卡德摩斯一样，驾驭那些争强好胜的龙牙之子。"

"我真希望那条龙马上把他吃掉！"埃厄忒斯王低声嘀咕着，"把他那个四个蹄子的迂夫子老师也给吃掉！哼，真是个自命不凡的纨绔子弟！这么不知天高地厚！那就等着瞧吧，我的喷火牛会让他尝到厉害的。"

"那好吧，伊阿宋王子，"他极力做出一副彬彬有礼的样子说，"既然你这么坚持，那今天先舒舒服服歇一歇，明天一早就试试你犁地的本事。"

就在国王跟伊阿宋说话的时候，有个美丽的姑娘站在宝座的后面。她目不转睛地瞅着那个年轻的异乡人，全神贯注地聆听他说的每句话。当伊阿宋告退的时候，那个女郎跟在他身后走出了宫殿。

"我是国王的女儿。"她对伊阿宋说，"我叫美狄亚，知道很多公主不知道的事情，也能干出很多她们做梦都不敢想的事。如果你相信我，我可以指点你如何驯服那两头火牛，如何播种龙牙，如何取得金羊毛。"

"美丽的公主，"伊阿宋回答说，"如果你当真肯指点我，我这辈子都对你感激不尽。"

伊阿宋凝视着美狄亚的脸庞，在她脸上看到一种料事如神的智慧。有些人的眼睛充满神秘的色彩，当你凝视它们的时候，似乎能看得很远很远，仿佛在向一口深井里张望，你永远都无法肯定是否看到了井底，也不能肯定井底是否藏着什么东西。这位姑娘就长着这样一双眼睛。如果说伊阿宋会害怕什么的话，也就害怕跟这位年轻的公主为敌了。别看她现在看上去这么美丽绝伦，说不定下一刻就会变得像看守金羊毛的恶龙一样可怕了。

"公主，"他惊叫道，"你看上去真是非常聪明能干，可是，你怎么才能如你所言，帮我完成使命？难道你是一位女法师？"

"是的，伊阿宋王子。"美狄亚笑眯眯地回答说，"你说对了。我是一名女法师。我父亲的妹妹喀耳刻[1]教过我法术，把我变成了女法师。如果我愿意，我可以告诉你那个带着孔雀、拿着石榴、挂着布谷鸟拐杖、让你背过河的老妇人是谁；还可以告诉你借船艏像的嘴唇跟你说话的人是谁。你瞧，我知道你所有的秘密。我愿意帮你算你运气好，如果我要害你，你多半很难逃脱被恶龙吞掉的下场。"

"我倒不怎么在意那条恶龙。"伊阿宋回答说，"要是知道如何对付那两头铜蹄铜肺的公牛就好了。"

"如果你像我想得那样勇敢，像你所需要的那样勇敢，你自己的心就会教你如何对付一头疯牛的。"美狄亚说，"到了生死关头你自然会知道怎么做。至于那两头畜生喷出的烈焰，我这里倒是有一瓶魔膏，可以防止你被烧伤，就算被烧伤，涂上魔膏也会痊愈的。"

她把一只金盒子递给伊阿宋，教他如何把里面的香膏敷在身上，并告诉他午夜时分到哪里跟她会面。

"只要你勇往直前，"她又说了一句，"不到天亮铜牛就会被驯服。"

---

1. 见《喀耳刻的宫殿》。

小伙子向她保证自己绝对不会退缩。然后，他就回到同伴那里，把他和公主之间的谈话告诉了众人，并叫大家做好准备，以防不时之需。

　　到了约定的时间，美丽的美狄亚走上王宫的大理石台阶，递给伊阿宋一个篮子，篮子里装着卡德摩斯很久以前从恶龙嘴里拔出的龙牙。美狄亚牵着伊阿宋走下宫殿的台阶，穿过城里安静的大街，走进皇家牧场，两头铜蹄公牛就关在牧场里。那是一个星光灿烂的夜晚，东边的天际隐约露出一丝亮光，月亮很快就要升起来了。一进牧场，公主便站住脚步，四处张望。

　　"它们就在那儿！"她说，"卧在牧场那头的角落里用火反刍呢。告诉你，它们一看到你，好戏就开始上演了。我父亲和满朝大臣最喜欢看来取金羊毛的异乡人套牛了。每次遇到这样的事，科尔基斯就像过节一样。我本人也非常喜欢观看这种场面。一眨眼工夫，它们喷出的烈火就能把一个年轻人化成灰烬，速度快得不可思议。"

　　"美丽的美狄亚，"伊阿宋问道，"你确定金盒子里的药膏能防止被可怕的烈焰烧伤吗？"

　　昏暗的星空下，美狄亚盯着伊阿宋的脸说："倘若你心存疑虑，倘若你有一丁点儿恐惧，就干脆不要靠近公牛，否则还不如没有来到这个世界的好。"

　　不过，伊阿宋铁了心要取金羊毛，我觉得，哪怕再往前走一步就会化成灰烬或黑渣，他也不会退缩。所以，他放开美狄亚的手，头也不回地朝她指的方向走去。就在前面不远处，他感觉到四股燃烧的气体时明时灭，时隐时现，很有规律，显现时会把周围的黑暗微微照亮。你们肯定猜到了，这是两头铜牛在呼吸，它们卧在地上反刍的时候，四只鼻孔就静静地冒出带着火气的鼻息。

　　伊阿宋才往前走了两三步，就觉得四股火气喷得更猛烈了。因为两头铜牛听到他的脚步声，抬起火热的鼻子使劲嗅着空中的气息。他又往前走了几步，从它们喷吐的火红的气体来看，那两头牲畜已经站起身来。现在，他能看到越来越亮的火苗和四溅的火花了。伊阿宋又往前走了一步，两头牛顿时发出可怕的吼声，喷出明亮的火光；吼声在牧场上回响不绝，火光把整个牧场照得通亮。勇敢的伊阿宋又往前迈了一步，两头火兽吼声如雷，像一道闪电似的向伊阿宋扑来，朝他喷出一道道白焰，把周围照得雪亮，所有的东西都显露无遗，比大白天看得还清楚。看得最清楚的还是那两头可怕的牲畜，它们正迎面向他奔来，铜蹄踩在地面上嗒嗒直响，尾巴硬撅撅地竖到空中，公牛发怒时都是这副架势。它们的气息如此灼热，不仅烤焦了面前的牧草，而且喷到干枯的树上，立即将其化成一簇烈焰。伊阿宋就站在那棵树下，但是尽管烈焰卷住了他的身体，却没有损伤他一根毫毛（多亏了美狄亚的魔药），就仿佛他是石棉制成的似的。

　　年轻人发现自己没有化为灰烬，立即大受鼓舞，以逸待劳地站在那里等待公牛发起进攻。两头铜牛冲过来，以为肯定会把他挑到半空，结果他右手抓住其中一头牛的牛角，左手抓住另一头牛卷曲的尾巴，像铁钳似的把它们箍在手里。唔，他肯定臂力无穷。不过，这件事的奥秘在于：铜牛是魔兽，伊阿宋用自己英勇无畏的搏斗打破了火攻的魔咒。从此以后，勇士们在危急关头最喜欢用的方法就被称为"抓住牛角"，其实攥住牛尾也是一样的——也就是说，克服恐惧，用蔑视危险的办法战胜危险。

现在，给它们套上犁铧，带着它们去犁地就容易多了。那具犁铧闲置了这么多年，已经锈迹斑斑；那片地荒芜了这么久，一直没有人能耕种。我猜，善良的老喀戎肯定教过伊阿宋怎么耕种，说不定还把犁铧套在自己身上去犁过地呢。不管怎么说，我们的英雄顺利地犁开了那片草地，月亮升到半空时，整片地犁完了，黑黝黝的土地在他面前铺展开来，就等着播种龙牙了。于是，伊阿宋把龙牙撒在地里，又用耙子把它们埋进土壤，然后就站在地头，焦急地等着看接下来会发生什么事。

"要等很长时间才能成熟吗？"他问身旁的美狄亚。

"甭管迟早，总会成熟的。"公主回答说，"只要把龙牙种下去，就一定会长出一大片武士来。"

月亮高高挂在中天，清辉普照着那片犁过的田地，可是，那田里什么都看不见。哪个农民见状都会说，伊阿宋要等几个星期才能看到绿芽破土而出；要等几个月，金灿灿的庄稼才能成熟收割。可是，过了不多久，田里就冒出了亮晶晶的东西，在月光下熠熠发光，像闪烁的露珠。那些东西越长越高，原来是长矛的铁头。接着，许多明晃晃的头盔也钻出了地面，头盔下面露出了武士们胡子拉碴的黑脸膛，他们使劲挣扎，想挣脱束缚他们的大地。他们投向这个世界的第一瞥目光就充满了愤怒和挑衅。接着，他们亮闪闪的胸甲钻出地面，只见他们右手持剑或持矛，左手持盾；半截身体刚刚长出地面，就急不可耐地挣扎着，似乎想把自己从地里连根拔起来似的。凡是种下龙牙的地方，都长出了全副武装的战士。他们用刀剑把盾牌敲得叮当响，恶狠狠地你瞪着我，我瞪着你；因为他们满怀愤怒地来到这个美丽的世界上，来到静谧的月光下，就是为了同胞相残，好让自己生存得更快活。

世界上还有很多军队仿佛也拥有龙牙武士这种凶残暴虐的性情。但是，这些龙牙武士性情暴虐倒还情有可原，因为他们是从月光下的田地里冒出来的，没有受过母亲的哺育。如果亚历山大或拿破仑那些一心想要征服全世界的伟大统帅能像伊阿宋那样，轻而易举地种出一大片龙牙武士，那他们该有多开心啊！

刚开始，武士们站在那里挥舞着武器，用刀剑把盾牌敲得叮当响。他们热血沸腾，渴望厮杀。接着，他们开始高声喊叫起来："敌人在哪里？带我们去冲锋！不胜利毋宁死！冲啊，勇敢的同胞们！不胜利，毋宁死！"此外还有数以百计的其他呐喊声，人类在战场上冲锋陷阵时喊的那些口号仿佛就挂在他们嘴边。

伊阿宋看到月光下刀剑森森，觉得最好把宝剑抽出鞘。终于，前排的武士们看到了伊阿宋。顷刻之间，所有的龙牙武士都把他当成了敌人，他们异口同声地高喊着："保卫金羊毛！"一个个挥起剑、举起矛，朝他扑来。伊阿宋知道自己单枪匹马根本不可能抵御得了这支嗜血成性的军队，但是，既然别无选择，只能挺身而出，像龙牙武士一样战死疆场。

可是，美狄亚叫他从地上捡起一块石头。

"赶紧扔到他们中间去！"美狄亚大声叫道，"这是你自救的唯一办法。"

此时，那些武士已经离得越来越近了，伊阿宋都看见他们愤怒的眼睛里冒出的火花了。他用力把石头掷出去，正好砸在一个挥着利剑朝他冲来的高个儿武士的头盔上。石头擦过那个武士的头盔，打在旁边同伴的盾牌上，又弹起来朝另一张愤怒的面孔飞去，正中那人的眉心。三个被石头砸中的人都想当然地以为是旁边的人在攻击他，于是不再向伊阿宋冲来，而是互相厮杀争斗起来。混战迅速蔓延开来，不一会儿，全军都陷入了激战，你砍我，我刺你，刀光剑影，人头落地，胳膊腿搬家。这场激战蔚为壮观，把伊阿宋看得叹为观止。不过，看到自己丢一块石头就引起这么大一场混战，他忍不住哈哈大笑起来。短短一瞬间（短暂得就跟武士生长的时间差不多），龙牙武士全都横尸疆场了，只剩下最后一个幸存者，也是全军最勇敢、最强壮的英雄。他把猩红的宝剑举过头顶，高呼："胜利啦！胜利啦！英名不朽！"就咽下最后一口气，倒在地上，躺在了那些战死的兄弟们中间。

这就是龙牙武士军队的下场。那场激烈、狂热的酣战就是他们在这片美丽的土地上尝到的唯一的快乐。

"让他们在这片荣誉的土地上安歇吧。"美狄亚狡猾地笑着对伊阿宋说，"世界上总是有这样的笨蛋，他们不知道自己为了什么而拼命厮杀，战死疆场，还痴心妄想子孙后代把桂冠戴在他们锈迹斑斑的破头盔上。伊阿宋王子，看到最后那个家伙倒下去的时候那副狂妄自大的神气，你不觉得好笑吗？"

"我觉得很难过。"伊阿宋严肃地回答说，"公主，老实跟你说，看到这番情景后，我觉得为了金羊毛好像并不怎么值得。"

"明天早上你就不这么想了。"美狄亚说，"的确，金羊毛或许并不像你想象得那么重要，但是，世界上没有比它更好的东西了。人生在世总要有个目标。行了，你今晚的任务已经大功告成了。明天你就可以告诉埃厄忒斯王，给你分配的第一项任务已经完成了。"

伊阿宋欣然听取了美狄亚的劝告，一大早就去王宫拜见埃厄忒斯王。他走进接见厅，站在王座脚下，深深鞠了一躬。

"你的眼睛看上去很疲倦，伊阿宋王子。"国王说，"看来一夜都没睡。希望你慎重考虑一下，不要为了驯服我的铜牛把自己烧成灰烬。"

"这事儿已经办成了，但愿陛下感到满意。"伊阿宋回答说，"两头公牛已经驯服，并套上了犁铧；那片地也犁过了，龙牙种在地里，盖上了土；武士们也长出来了，他们厮杀争斗，全都战死了。现在，请陛下恩准我去把那条恶龙干掉，从树上取下金羊毛，带着我的四十九位同伴离开贵国。"

埃厄忒斯王一听，顿时皱起眉头，显得怒气冲冲，心烦意乱。他知道，君无戏言，现在，只要伊阿宋敢去取金羊毛，他理应允许他去。可是，这个年轻人这么幸运地解决了铜牛和龙牙武士的问题，国王担心他同样能顺利地杀死恶龙。因此，虽然他巴不得看到伊阿宋被恶龙一口吃掉，但还是决定不冒这个风险，以免心爱的金羊毛落入他人手中。

"年轻人，"他说，"要不是我那不孝的女儿美狄亚用魔法帮助你，你根本就完不成任务。如果你不耍花招，这会儿早就化成一捧灰烬或者一堆黑渣了。我严禁你再设法去取金羊毛，违令者斩。坦白告诉你吧，你连一根金羊毛丝儿都别想见到。"

伊阿宋悲愤交加地告退了。他实在想不出什么好办法了，只能去召集他那四十九位勇敢的阿耳戈英雄，立即奔赴马尔斯林地，杀死恶龙，夺取金羊毛，登上"阿耳戈号"，扬帆驶回伊俄尔斯科。的确，这个计划能否成功，取决于一个可疑的问题：那条恶龙是否需要张那么多次嘴把这五十名勇士全部吞下去。可是，正当伊阿宋匆匆忙忙走下宫殿台阶的时候，美狄亚公主在他身后叫住了他，并且招手叫他回去。她那双黑色的眼睛闪着敏锐而智慧的光芒，伊阿宋觉得好像有条蛇在通过那双眼睛往外张望。尽管她昨天刚刚帮过他那么大的忙，他也不敢保证今天太阳落山前她不会对自己不利。你们要知道，那些女巫永远都靠不住。

"我那正派的父王埃厄忒斯怎么说？"美狄亚微微一笑，问道，"他愿不愿意痛痛快快地把金羊毛给你？"

"恰恰相反，"伊阿宋回答说，"他因为我驯服了铜牛、播种了龙牙而大发雷霆，叫我别再痴心妄想，不管我能不能杀死恶龙，他都不会把金羊毛给我。"

"是的，伊阿宋。"公主说，"还有件事我不妨告诉你。明天太阳升起之前如果你们还没离开科尔基斯，国王就要烧毁你的战舰，把你和你那四十九位勇敢的同伴统统处死。不过，你放心。只要金羊毛在我的魔法势力范围内，你就一定会拿到的。今晚午夜前一个小时，在这里等我。"

到了约定时间，伊阿宋王子和美狄亚公主肩并肩，悄悄穿过科尔基斯的大街小巷，朝圣林走去。金羊毛就悬挂在那片圣林中央的一棵树上。他们穿过牧场的时候，两头铜牛走到伊阿宋身边，哞哞地叫着，点着头，伸出鼻子让伊阿宋抚摸，它们就跟普通的公牛一样，也喜欢友善的人抚摸自己的鼻梁。它们的野性已经被彻底驯服了，肚子里的炉火似乎也随着那股野性的消失熄灭了，这样一来，它们吃起草来更津津有味了，反刍起来也更舒服了。

确实，以前这两头可怜的牲畜想吃口草都很不方便，只要它们一凑过去，鼻孔里喷出的火焰就把牧草给烧焦了。我实在想不出来它们是怎么活下来的。不过，现在它们不再喷出一团团的火焰和一股股的浓烟了，而是呼出甜美的牛的气息。

伊阿宋友善地拍了拍公牛，跟在美狄亚身后走进了马尔斯林地。那里的大橡树已经有几百年的树龄，树荫浓密，把月光遮得严严实实，只偶尔透进一道微光。微风轻轻把树枝吹到一旁，露出一线天空，以免身处昏暗之中的伊阿宋忘记头顶上还有一片天空。他们走啊走，终于来到林地幽暗的中心，美狄亚捏了捏伊阿宋的手。

"往那边瞧，"她低声说，"看见了吗？"

只见那边一道光芒在参天的橡树中间闪闪发光，不像月光，倒像落日的金色余晖。光芒是从某个物体上散发出来的，那物体好像悬挂在丛林深处距离地面大约一人高的地方。

"那是什么？"伊阿宋问。

"那就是你不远万里，历尽艰险来寻找的东西啊！"美狄亚说，"这会儿它在你眼前大放光彩，你却认不出它来了？那就是金羊毛。"

伊阿宋又往前走了几步，然后站住脚凝视着它。啊，多么美丽的无价之宝啊！多少英雄为了一睹它的风采，历尽艰辛乃至命丧黄泉，不是在寻找途中葬身大海，就是被铜牛的烈焰烧成灰烬。

此刻，它在这里光芒四射，璀璨夺目。

"多么光彩夺目啊！"伊阿宋欣喜若狂地叫起来，"它肯定浸染过落日最绚丽的金色余晖。我现在就要去把它取下来贴在我的胸口。"

"慢着！"美狄亚拦住他说，"你忘了什么东西在守护它吗？"

老实说，看见自己梦寐以求的东西就在眼前，伊阿宋早已高兴得把恶龙的事抛到九霄云外了。可是很快，他就意识到要取金羊毛，还会遇到什么样的危险：当时刚好有一只羚羊把那道光芒当成落日的余晖了，于是飞奔着穿过树林，径直朝金羊毛跑去。突然间，随着一阵可怕的嘶嘶声，恶龙那巨大的脑袋和半截长满鳞片的身体突然从树干上伸下来（因为它本来缠在悬挂金羊毛的那棵树上）抓住可怜的羚羊，一口吞了下去。

恶龙美餐一顿后意犹未尽，它似乎觉察到附近还有别的活物，于是把脖子伸得老长，用那张丑陋的大嘴在树木间不停地试探，忽而这里，忽而那里。伊阿宋和公主藏在一棵橡树后，那恶龙把嘴伸到他们跟前，天哪，只见那颗巨大的龙头在空中摇来摆去，距离伊阿宋王子只剩一臂之遥了。那副样子实在叫人恶心。它那张开的大嘴简直跟王宫的大门一样宽。

"我说，伊阿宋，"美狄亚低声说（她跟所有的女巫一样，都喜欢恶作剧，存心要将这位勇敢的年轻人吓得心惊肉跳），"你现在还觉得有把握取到金羊毛吗？"

伊阿宋没有回答，而是抽出宝剑，向前迈了一步。

"站住，傻小子！"美狄亚一把抓住他的胳膊说，"你怎么还不懂呢？要是没有我做你的守护天使，你早就没命了。我这个金盒子里面装着一种魔药，对付恶龙比你的利剑管用得多。"

恶龙多半听到了他们的动静，它嘶嘶叫着，黑色的脑袋和开叉的舌头像闪电似的猛地伸过来，脖子足足伸长了四十英尺。它的头一伸过来，美狄亚就把金盒子里的魔药倒进了它张开的大嘴里。恶龙顿时发出一阵可怕的嘶吼声，激烈地扭动着身子，只见它尾巴甩到了最高的大树的树梢，接着"砰"的一声砸下来，把所有的树枝打得稀巴烂，随后便平展展地躺在地上，一动也不动了。

"那是安眠药。"女巫对伊阿宋王子说，"迟早人们会发现这些怪兽还有用；所以我不想把它杀死。快动手！把宝贝取下来，我们赶紧回去。你已经取到金羊毛了。"

伊阿宋从树上把金羊毛取下来，匆忙穿过树林往外走。他拿在手里的宝贝散发着金黄色的光芒，将沿路的幢幢黑影照得通亮。他看见自己曾经背过河的那个老妇人和她的孔雀就站在前面不远处的地方。老妇人看到他，高兴地拍了拍手，催他快走，随后便消失在了幽暗的丛林里。伊阿宋看到北风的两个儿子正在几百英尺的高空里沐浴着月光戏耍，就让他们赶紧去叫其他的阿耳戈英雄尽快上船。不过，尽管隔着几堵石墙、一座山和马尔斯林地的黑影，林叩斯的千里眼已经看到伊阿宋拿着金羊毛回来了，于是他建议大家赶紧上船。大家听了他的话，立即登上船，各就各位，把船桨握在手里，准备开船。

伊阿宋向战舰走去，他听见会说话的船艏像用严肃而甜美的声音急切地呼喊他：

"快，伊阿宋王子！赶快逃命！"

他一纵身跳上了船。四十九名英雄看到金羊毛那绚丽的光芒，大声欢呼起来。俄耳甫斯弹起竖琴，战舰仿佛长了翅膀，伴随着琴声的节奏在浪尖上飞驰，他们乘风破浪，向家乡驶去！

[全书完]

纳撒尼尔·霍桑

（Nathaniel Hawthorne，1804—1864）

美国文学史上首位创作短篇小说的作家，心理分析小说的开创者。代表作《红字》进入世界文学经典名著行列。

其作品不仅广受读者热爱，也深深影响亨利·詹姆斯、爱伦·坡、赫尔曼·麦尔维尔等文学大师。

代表作品：

长篇小说《红字》《七角楼房》

短篇小说集《神奇故事集》《坦格林故事集》《重讲一遍的故事》《古宅青苔》《雪影》等

任小红

翻译家。已翻译出版图书数十种，包括小说、童话故事和社科类书籍。

作品有《金银岛》《老人与海》《海明威短篇小说》《卢布林的魔术师》《弗洛伊德说》《美国语文》《世界经典童话故事集》等。

扫一扫,

测测在经典文学的平行时空中,你是哪一个角色?

经典,你真的读懂了吗?

关注"2040 BOOKSTORE",一张图,读懂世界经典名著。

希腊神话故事集

产品经理｜鲍晓霞　　装帧设计｜沈璜斌

插画绘制｜狮　央　　后期制作｜朱君君

产品监制｜何　娜　　出品人｜吴　畏

图书在版编目（CIP）数据

希腊神话故事集 ／（美）纳撒尼尔·霍桑著 ；任小
红译. —— 昆明 ：云南美术出版社，2018.1（2019.6重印）
ISBN 978-7-5489-2950-5

Ⅰ. ①希… Ⅱ. ①纳… ②任… Ⅲ. ①神话—作品集
—古希腊 Ⅳ. ①I545.73

中国版本图书馆CIP数据核字(2017)第331227号

责任编辑：梁　媛
　　　　　黄云松
装帧设计：沈璜斌
责任校对：李　平

希腊神话故事集
[美] 纳撒尼尔·霍桑　著
任小红 译

出版发行：云南出版集团
　　　　　云南美术出版社（昆明市环城西路609号）
经　　销：果麦文化传媒股份有限公司
制版印刷：河北鹏润印刷有限公司
开　　本：880mm×1230mm　1/32
字　　数：230千
印　　张：10.75
印　　数：23,001-28,000
版　　次：2018年1月第1版
印　　次：2019年6月第5次印刷
书　　号：ISBN 978-7-5489-2950-5
定　　价：46.00元